마다가스카르
자살예방센터

현 대 문 학 │ 창 작 선

마다가스카르 자살예방센터

김이은 창작집

현대문학

차례

마다가스카르 자살예방센터

1

　남자는 현관에 두 개의 '찌라시'를 붙이다 말고 맞은편 창
너머 먼 곳에 눈을 준다. 4층 높이의 창밖으로 횡단보도와 그
건너편 뚜또 에스프레소 커피전문점이 보인다. 그 앞에는 근처
대학가 학생들인 듯 보이는 사람들이 테이크아웃 커피를 받아
들기 위해 짧게 줄을 서 있다. 그 줄을 보고 있자니 남자도 얼
른 거기에 가담해 꽁무니 한 자리를 차지하고 싶은 생각이 든
다. 하지만 곧 생각을 바꾼다. 며칠 전에 찌라시를 돌리다 말고
목이 말라 남자도 뚜또 에스프레소 커피를 사 마신 적이 있었
다. 깊이가 십오 센티는 될 만한 큰 컵에 커피를 따라주는데 그
냄새가 꼭 뜨겁게 달궈진 아스팔트 같았기 때문이다. 커피전문
점 너머로는 갖가지 색깔의 불을 밝힌 상점들이 밀집해 있어

공중으로 퍼진 불빛에 밤하늘도 소리를 지를 판이다. 반면 횡단보도 이쪽으로는 남자가 들어 있는 4층 높이의 연립을 비롯해 같은 모양의 연립이 무려 열 채나 늘어서 있다. 주인 없는 방들은 불이 꺼져 있어 남자는 캄캄한 이쪽과 대낮처럼 환한 저쪽에 번갈아 시선을 주며 고개를 갸웃거린다. 횡단보도를 사이에 두고 양쪽을 저울에 올려놓으면 어떻게 될까. 남자는 뜬금없이 머릿속으로 한쪽으로만 기우는 기묘한 동네 풍경을 상상하며 다음 집으로 걸음을 옮긴다. 카고 팬츠 양쪽 다리에 붙은 주머니에 손을 집어넣어 '하니 익스프레스'와 '늘푸른 부동산'의 두 가지 찌라시를 꺼내려는데 한쪽 손에 부동산 찌라시 대신 낯선 팸플릿이 딸려올라온다. 아, 낮에 여자가 건넸던 거지……. 남자는 팸플릿을 구겨버릴지 말지를 생각하다 열 걸음쯤 떨어져 서 있는 여자를 돌아본다. 남자와 시선이 마주친 여자가 남자의 뒷덜미라도 잡아채려는 듯 빠른 걸음으로 남자 옆에 와 선다.

"거기 적힌 자가진단 문항을 한번 체크해보세요. 자신의 자살성향을 스스로 판단할 수 있다니까."

남자는 여자의 말에 팸플릿을 구겨버리지도 못하고 공연히 이맛살만 찌푸린다. 뭐야. 아직도 안 간 거야. 여자는 어둠에 희미하게 드러난 남자의 그림자를 밟고 올라서 있다. 여자는 낮부터 남자를 귀찮게 했었다. '이태백 씨, 안녕하세요. 오늘도 행복한가요. (^-^) @>─' 뜬금없이 낮에 남자의 휴대폰으로 이런 문자메시지가 들어왔었다. 안녕하냐구? 행복하냐구?

그리고 그 뒤에 붙인 미소와 장미꽃 한 송이는 또 뭔가 말이다. 아무리 봐도 알지 못하는 사람으로부터 온 메시지였다. 남자는 어떤 할 일 없는 놈의 장난일 거라 생각하며 삭제버튼을 눌러 메시지를 지우고는 곧 잊어버렸다. 그런데 한 이십 분쯤? 메시지 도착을 알리는 신호음이 다시 울렸다. 이십 분 간격으로 누군가에게서 메시지를 받은 건 정말 드문 일이었다. '지금 방문할 예정. 늘 그렇듯 집에 계시죠, 이태백 씨? ^_^;; 집을 비우시면 곤란합니다.' 집에 온다고? 난처한 표정에다 집을 비우면 곤란하다는 건 또 뭔가. 남자는 이번엔 신중하게 삭제버튼을 눌렀다. 그런데 한 시간쯤 뒤 메시지 내용대로 정말 한 여자가 나타났다. 유니폼인 듯 보이는 연둣빛 점퍼 가슴 부분에 김도명 주임이라는 글씨가 새겨져 있었다. 여자는 한국자살예방센터 직원이라며 명함을 내밀었다. 그런데 대체 그게 남자와 무슨 상관이란 말인가. 자살예방캠페인 중이라고? 그래서?

2

　그래서? 그래서라니.
　"그래서라뇨. 난 당신을 도우려는 겁니다. 팸플릿의 자가진단 문항을 체크해보세요."
　현관문이 열리자마자 여자는 남자에게 팸플릿을 내밀었다. 한 손으로는 현관 손잡이를, 나머지 손으로는 벽을 짚고 있던 남자는 어느 쪽 손을 뻗어야 하는 건지 모르겠다는 표정으로 멀뚱히 여자를 건너다보기만 한다. 여자는 남자를 대신해 현관 손잡이를 잡고 남자의 빈손에 팸플릿을 쥐어준다. 그러고서도 남자는 여자가 집 안으로 들어갈 만한 틈을 벌려주지 않는다. 여자는 잡고 있던 손잡이를 자신 쪽으로 바싹 끌어당겨 몸을 비껴 집 안으로 들어갈 수 있도록 공간을 만든다.

"연락드렸던 김도명입니다. 방문상담 신청하셨죠?"

여자의 목소리가 빈 복도의 벽을 타고 다시 여자의 귓속을 울린다. 여자는 마치 커다란 파이프 입구에 대고 말을 하는 듯한 기분이 든다. 코발트블루 색깔의 페인트로 칠해진 복도는 간간이 켜진 낮은 조도의 조명을 받아 검푸른 빛을 띠고 있다. 복도는 그마저도 군데군데 페인트가 떨어져나가 시멘트벽이 고스란히 드러나 있는 곳이 많다. 남자는 온 얼굴을 찌그러뜨려 최대한 귀찮은 기색을 드러낸다. 좀 들어가죠. 여자는 빠른 속도로 닫히는 현관문보다 조금 더 빠르게 발을 집어넣어 문을 벌리고는 안으로 들어선다. 여자는 남자의 허락도 기다리지 않고 좁은 현관에 스니커즈를 단정하게 벗어놓고 실내로 거침없이 들어간다.

방문상담을 위해 찾아가는 대부분 사람들의 첫 행동이 문을 닫아거는 거라는 건 센터 입사 초기에 이미 숙지한 사실이다. 게다 타인에 대한 지나친 경계심은 사회적으로 학습된 자기방어 습관이라는 걸 고려하더라도 상당히 지나치다. 자살자의 초기증상이 타인과의 대화를 꺼리고 대인관계를 극도로 기피하는 거라는 것 또한 센터 직원에겐 기초상식에 속하는 사실이다. 할

당지역 사람들의 신상을 분석하고 각기 갖고 있는 자살성향을 파악해서 통계치를 낸 다음, 자살가능지수가 팔십 퍼센트를 넘는 사람들을 대상으로 자살예방캠페인을 하는 것이 센터의 일 중 하나다. 이태백은 자살가능지수가 무려 팔십육 퍼센트로 나타났다.

여자는 느린 시선으로 집 안을 꼼꼼히 둘러본다. 대낮인데도 실내에는 희미하고 불안한 어둠이 가득하다. 방에 깔린 종이장판은 찢어져 군데군데 바닥이 드러나 있고 구석엔 낡은 캐시미론 이불채가 둘둘 말려 부려져 있다. 바닥에 아무렇게나 널려진 오래된 잡지는 동그란 냄비자국으로 꺼멓게 눌어붙어 있고, 싱크대엔 씻지 않은 스테인리스 대접들이 잔뜩 쌓여 있다. 비스듬히 엎어져 있는 그릇 바깥으로 시든 배춧잎이 삐죽 나와 있다. 얼마나 환기를 하지 않은 건지 숨을 들이쉴수록 가슴은 더 답답해진다. 습기와 곰팡이냄새 때문에 두통이 일기 시작해 여자는 눈을 내리깔고 양손으로 관자놀이를 세게 누른다. 바닥으로 떨어진 시야에 닳아져 구멍난 남자의 양말이 들어온다. 쑥 비어져나온 남자의 엄지발가락에 오랫동안 자르지 않아 때끼고 길쭉한 발톱이 얹혀 있다. 발가락은 편안하게 땅을 밟고 있는 대신 공중을 향해 조금 들려 있다. 그래도 양말에 구멍이 난 사실은 알고 있는 듯한 자세다.

여자는 창 쪽으로 다가가 두텁게 쳐진 커튼을 걷어낸다. 열리는 커튼 틈으로 날카로운 햇살이 들이쳐 방 안을 두 동강으로 갈랐다. 그러자 남자가 소스라치듯 놀라 재빨리 커튼을 닫는다.

이어 한쪽 팔로는 눈을 가린 채 고개를 외로 꼬고 팔만 뻗어 커튼이 잘 여며졌는지 확인한다. 남자의 표정은 금방이라도 주먹을 휘두를 듯 험상궂다. 허공을 향한 채 초점이 맞지 않는 눈을 애써 찌그러뜨리지만 여자는 전혀 위협을 느끼지 않는다.

"뭐하는 짓입니까. 남의 집에서."

짐작했던 반응이니까. 여자가 알기로 남자는 햇볕을 쬐면 숨이 가빠지고 온몸에 힘이 빠져 몸을 가누지 못하다가 마침내 호흡곤란 증세를 나타내는 좀 희귀하달 수 있는 병을 갖고 있다.

이리로 오는 내내 여자는 남자의 병에 대해 생각했다. 신촌역 9번 출구. 도보로 십 분. 남자가 사는 청마연립으로 가는 길을 손바닥에 적어왔는데 신촌역엔 어디에도 9번 출구가 없었다. 지하 역내에서 안내표지판을 열 번도 더 넘게 점검했지만 신촌역엔 출구가 여덟 개뿐이었다. 역무원에게 물어봐도 돌아온 대답은 안내표지판과 다르지 않았다. 센터에 전화해보니 분명 신촌역 9번 출구가 맞다고 확인해줬다. 여자는 지하에 갇힌 기분으로 한참을 헤맸다. 아주 오랜 시간이 흐른 것 같은데 시간은 겨우 삼 분이 지났을 뿐이었다. 이대로 영영 남자에게로 가지 못하는 건 아닐까. 이번 달 들어 방문한 세 사람 모두 실패했기 때문에 여자는 이번엔 반드시 남자를 설득해야 한다고 마음먹고 나선 길이었다. 여자는 두 종류의 팸플릿이 들어 있는 서류철을 한번 내려다본 뒤, 손바닥에 밴 땀을 바지에 쓱 문질러 닦았다. 그렇게 더 얼마쯤 안내표지판을 들여다보고 있다가 여자는 단호한 걸음으로 지상으로 향하는 통로를 걸어올랐다. 계단을 벗어나자 지상에 가득한 햇살이 지체 없이 온몸을 휘감았다. 아직 차가운 바람과 연노랑빛 햇살은 어쩐지 조화를 이루지 못해 뭔지 모르게 세상이 잘못되고 있다는 느낌이 들었다. 올바른 출구를 찾지 못했으므로 어느 쪽으로 방향을 잡아야 할지도 알 수 없었다. 무작정 나온 출구 반대방향으로 걷다가 다시 뒤돌아서 걸어온 방향으로 걷다가 다시 방향을 바꿔 걷다가……. 택시 한 대가 스르륵 자신의 옆에 와 서더니 여자를 향해 낮게 클랙슨을 울렸다. 여자는 거의 반사적으로 택시에 오른 후 따라들어오는 햇살을 자르듯 탁 소리가 나게 문을 닫았다.

"청마연립요."

택시기사는 고개만 까딱하고는 급커브를 틀어 유턴한 다음 힘차게 액셀 페달을 밟았다. 돌아보니 교통신호등엔 파랗게 불이 들어와 있었다. 차창을 올리자 바람은 단번에 사라졌다. 택시 바깥의 햇살은 여전히 그득해 그제야 뭔가 제대로 된 느낌이었다. 남자는 집 안에서 바람도 햇살도 느끼지 못할 테니까 세상이 제대로 돼가는지 아닌지도 알 수 없겠지. 여자는 안온한 기분으로 택시 좌석에 깊숙이 몸을 기댔다. 청마연립 입구에 택시가 멎기까지 불과 삼 분이 지났을 뿐이었다. 신촌역 안에서 9번 출구를 찾아 헤맬 때만 해도 이렇게 쉬운 방법이 있다는 사실을 미처 기억하지 못했었다.

"쉬운 거였군요."

여자는 삼천오백 원을 택시기사에게 건네며 혼잣말처럼 중얼거렸다. 택시기사는 대꾸 없이 빈차버튼을 누르고는 다시 액셀을 밟아 청마연립을 벗어나고 있었다. 번화한 대학가를 방금 지나쳤다는 게 믿기지 않을 만큼 동네는 뭔가 미지근한 느낌이 들었다. 아직 잠에서 깨지 않은 듯한 멍한 기분으로 청마연립을 휘둘러보았다. 같은 간격으로 서 있는 건물들은 너무 건조해 여자는 자신의 목구멍이 바짝 말라붙는 상상을 했다. 동시에 길 건너편에 보이는 커피전문점에서 진한 에스프레소라도 한잔 마시고 올 걸 그랬다고 후회했다. 원래 무슨 색이 칠해졌었는지 모르게 연립의 벽들은 바래고 먼지투성이여서 비라도 오면 좀 나을까 싶어 여자는 바짝 마른 하늘을 올려다보았다. 4층 높이에 기와가 얹혀진 연립의 지붕도 건너편 고층빌딩에서 보자면 '저런' 하는 소리가 저절로 나올 거 같다. 여기저기 기와가 깨져 있는데다 그 사이를 비집고 키 큰 개망초가 무더기로 삐죽 솟아 있다.

연립 열 개 동 중에서 1동 3층 남자의 집은 역시나 창문이 굳게 닫혀 있고 채도 낮은 잿빛 커튼이 쳐져 있었다. 볕을 쐬지 않고 살아가는 사람의 낯빛은 대체 어떤 빛깔일까. 센터에서 파악하기에 처음부터 남자가 그런 병을 가지고 있었던 것은 아니다. 최근 일이 년 사이에 갑자기 발병한 것이지만 그 원인은 여자로서도 알 수 없는 일이다. 여자는 발병 당시 남자의 기분이 어땠을지를 상상하면서 문짝이 떨어져나간 연립의 입구로 걸음을 뗐다.

여자는 냉장고에서 꺼낸 시든 채소와 생쌀을 들고 방구석에

놓인 어항 앞에 다가앉는 남자를 물끄러미 바라본다. 어항 입
구에는 빨간 양파주머니로 만든 뚜껑이 달려 있다. 남자는 생
쌀을 씹으며 개 사료 세 알을 바닥에 놓고 딱풀 뚜껑으로 내리
친다. 사료를 가루로 만들어서는 망사 뚜껑을 조심스럽게 벌리
고 그 안으로 넣는다. 자세히 보니 어항 안에는 팔 센티 정도
길이의 까만 생물체가 들어 있다. 톱밥에 몸을 숨기고 있던 생
물체들은 빠른 걸음으로 기어나와 남자가 넣어준 사료 주위로
몰려든다. 바퀴벌레다. 남자는 바퀴벌레를 기르고 있는 것이
다. 여자는 미간을 좁혀 구겨진 인상으로 남자와 바퀴벌레를
동시에 살핀다. 남자는 어느새 여자의 침입 따위는 상관없다는
투로 바퀴에만 몰두해 있다.

"귀엽죠? 마다가스카르휘파람 바퀴벌레예요."

남자는 오이를 씹다 말고 작은 조각 하나를 어항에 넣는다.
남자의 애완 바퀴벌레들이 단번에 흩어진다.

"이 녀석들은 오이를 싫어해요. 이상하죠? 난 병 때문에 이
렇게 생쌀과 날채소만 먹어야 하는데. 그래도 사료값이 많이
들어가는 건 아니에요."

바퀴벌레는 값싸고, 병에도 걸리지 않고, 달 아래서 울부짖
거나 사각사각대거나 야옹거리지도 않으며, 새벽에 짹짹거리
지도 않는다. 그리고 신고 있던 슬리퍼를 물고 갈 일도 없고,
하루에 두 번씩 산책을 시킬 필요도 없기 때문에 마음에 드는
애완동물이라고 남자가 읊조린다. 이어 남자는 어항 안에 들어
있던 작은 접시를 꺼낸다. 접시 위에는 꾸덕꾸덕 말라가는 스

편지가 하나 놓여 있다. 남자는 가볍게 몸을 일으켜 스펀지에 신선한 물을 흠뻑 적셔와서는 접시 위에 놓고 도로 접시를 어항 안에 넣어준다.

"이렇게 스펀지를 넣어주지 않으면 바퀴벌레들이 물을 먹으려다 익사하는 일이 종종 생기죠. 처음엔 그래서 두 마리나 죽였지 뭡니까."

남자는 귀엽다는 듯 양팔로 무릎을 감싸고 앉아 줄곧 어항 안을 들여다본다. 빛을 싫어하는 남자가 생쌀을 씹는 소리, 어두운 곳을 좋아하는 바퀴벌레가 사료를 씹는 소리. 좁은 실내는 불규칙한 저작의 소리로 가득 찬다. 여자는 남자가 건넨 생쌀을 하는 수 없이 입에 넣는다. 시간을 두고 천천히 씹자 마치 바퀴벌레를 씹는 듯 입 안에 신 침이 고이면서 와락 구역질이 치민다.

"죽기 위해 건물에서 몸을 던질 경우, 4층 높이에서 뛰어내리는 것만으로 충분해요. 그런데 이상하게 사람들은 꼭 건물의 꼭대기로 올라가서 죽고 싶어하죠. 왜 그런지 아세요?"

여자는 씹던 쌀알을 삼키고 남자를 향해 묻는다. 남자는 물로 입 안을 가시며 생뚱맞다는 표정으로 여자를 돌아다본다.

"뭐라구요?"

3

남자는 4층 두 번째 집 앞에 멈춰 서서 양팔을 쭉 올려 기지

개를 켠 다음 손가락 마디마디를 풀어주었다. 찌라시는 사방 육 센티 정도의 크기여서 바지 다리에 붙은 한쪽 빵주머니에 이백 장 정도는 넉넉히 들어간다. 덕분에 비닐봉지를 챙기지 않아도 나머지 한쪽 주머니에 다른 찌라시를 함께 넣을 수 있었다. 동시에 양손을 주머니에 찌른 다음 눈높이쯤에 손을 들어올릴라 치면 어느새 현관문에는 두 개의 찌라시가 나붙는다. 간단하다. 빵주머니가 달린 바지 덕에 저절로 프로다운 몸놀림이 나오는 것 같아 적잖이 만족스럽다.

　복도를 따라 걸음을 떼자 폴리에스테르 재질의 바지가 부대껴 사그락거린다. 그 소리에 남자는 지레 놀라 밭장다리를 하고 어기적거리며 걷는다. 소리는 좀 나지만 따뜻한 게 야간작업에는 그만이다. 게다 멋진 빵주머니까지 달려 있지 않은가. 햇살 따가운 낮에 일을 할 수 있었다면 어땠을까 남자는 잠시 생각한다. 옆으로 한 걸음 옮기자 날카로운 것이 정강이를 후려친다. 나오는 소리를 삼키며 고개를 아래로 꺾자 다리가 부러지고 모서리가 떨어져나간 개다리소반이 눈에 들어온다. 그 옆으로 깨진 그릇이며 때가 낀 이불채가 나란히 부려져 있다. 남자는 아마 내일 이사할 생각인가 보다 짐작했다. 양손을 동시에 들어올려 찌라시를 현관에 붙인다. 내일 이사할 거라면 찌라시 따위 아무 소용없는 일이지만 언제 직원이 나와 남자의 작업결과를 확인할지 모르는 일이니까.

　밤공기에 노출돼 그런지 왼쪽 골반뼈가 욱신거린다. 남자의 왼쪽 골반뼈는 비쩍 마른 여자의 것처럼 툭 튀어나와 있다. 지난해 겨울에 생긴 사고 때문이다. 얼어붙어 미끄러운 고갯마루를 간신히 오르던 참이었다. 마주 내려오던 트럭을 피하려고 바닥에서 발을 떼는 순간 그대로 넘어지고 말았다. 트럭 앞 범퍼에 골반을 제대로 부딪친 남자는 트럭 뒤쪽과 부딪쳐 휘청하는 전신주를 잠깐 올려다보았다. 그 진동으로 전선줄 위에 얹혀 있던 가시랭이 눈발이 남자 위로 쏟아져내렸다. 남자는 오른쪽 팔을 들어올려 얼굴로 내려앉은 눈발을 쓸어냈다. 팔에 굉장한 무게감이 느껴져 아주 느리게 움직여야만 했다. 남자와 부딪치면서 급브레이크를 밟은 트럭도 빙판길에 옆으로 넘어졌다. 트럭 한쪽에 매달렸던 확성기가 끽끽 울면서 자꾸만 감겨가는 남자의 의식을 찢어놓을 듯 덤벼들었다. 공중으로 들려진 바퀴는 멈추지 않고 허공을 달렸다. 남자는 더 이상 앞으로 나가지 못하면서도 계속 내달리는 트럭이 자신을 향해 미끄러지지 않기만을 바랐다. 바닥에 널브러진 몸으로 다시 한번 트럭을 피할 수는 없는 노릇이니까. 트럭의 열린 포장 밖으로 희디흰 계란알들이 비행하듯 날아 바닥으로 추락했다. 어둠 속에 흩어지는 계란알들은 낮은 파열음을 토해내며 산산이 부서졌다. 흙바닥에 쏟아진 노른자들은 갓 낳은 것인 듯 풀어지지 않고 몽글거렸다. 계란 장수는 어떻게 됐을까. 목을 가눠 고개를 조금 들어보니 흙바닥에 계란 흰자가 엉겨 마치 수많은 사람이 한꺼번에 뱉어놓은 가래침 같았다. 기관지염이 오래돼 간간이 누런 가래가 섞인 가래침 말이다. 가래침 상상에다 코로 날아드는 계란 비린내 때문에 남자는 누운 그대로 구역질했다. 다

20

시 눈이 내리려는지 초저녁 하늘은 갑자기 채도가 낮아지며 남아 있던 낮의 여운을 단번에 몰아내고 있었다. 남자는 깨진 계란더미와 역한 냄새가 나는 자신의 토사물에 뒤덮여 자신이 커다란 곰팡이 덩어리로 변해가는 상상을 했다.

그때 옆으로 넘어졌던 트럭이 자신을 향해 미끄러졌으면 어떻게 됐을까. 그랬다면 적어도 여자가 자살예방프로그램 팸플릿을 건네며 낮부터 줄곧 남자를 따라붙지는 않았을 거라고 생각한다. 팸플릿에는 어쭙잖은 자살성향 진단문항들과 함께 24시간 상담한다는 전화번호가 붙어 있다. '우리 곁을 떠나기 전에 먼저 우리에게 전화하세요'라는 문구와 함께 말이다. 여자가 들러붙는 건 정말이지 귀찮은 일이다. 난데없이 자살예방프로그램이라니. 거기다 남자가 방문상담을 신청했다니. 사실 자살예방센터라는 곳이 있다는 것도 여자가 건넨 팸플릿을 보고서야 알았는데 말이다. 남자는 속으로 적당히 둘러대 여자를 떼낼 수 있을 만한 말들을 생각해본다. 내일 낮에 전화한다고 할까, 아니면 팸플릿의 문항들을 체크해보니 자신에게 해당되는 사항이 없다고 할까.

희미하게 밝혀진 복도등이 나가려는지 깜박거린다. 남자가 작업장소로 자신이 살고 있는 연립을 택한 건 요즘 아파트에 달려 있는 센서식 복도등 때문이다. 잠시 길 건너편 신식 아파트에서 작업을 한 적이 있다. 복도를 걸어갈 때마다 센서등이 끊임없이 명멸해 남자는 자신이 무슨 불쇼를 하는 기분이 들었었다. 남자는 계속 깜박거리는 복도등에 신경이 쓰인다. 아예 복도등의 전구를 빼버릴까 하다 그만두기로 한다. 어차피 일주일 후면 여길 뜰 테고 그 후엔 복도등이 깜박거리건 아예 나가버리건 상관할 바 아니니까. 남자는 이 일만 끝나면 떠날 작정이다. 발병 이후 키우기 시작한 마다가스카르 바퀴벌레에 대한 정보를 수집하다가 우연히 보게 된 해외토픽 기사에서 남자에게 맞춤인 곳을 찾아낸 것이다. 태국 방콕 밤바스라나던 공립병원. 얼마 후 그곳에서 마다가스카르휘파람 바퀴벌레 천 마리의 합동장례식이 열린다. 애완 바퀴벌레를 키우는 남자에게는 중요한 행사다. 남자는 속으로 일주일이면 필요한 경비는 거의 준비될 거라고 가늠한다.

남자도 한때 남들처럼 이력서를 들고 고층건물 사이를 헤맨 적이 있다. 뿌린 이력서가 거의 이백 장에 가까울 무렵, 남자는 한 증권회사의 면접장에 앉아 있었다. 물속에 들어가 있는 기분이었다. 손가락의 작은 움직임, 폐부로 들락거리는 공기의 흐름, 아주 긴 시간의 정지감들이 느껴졌다. 실은, 아주 짧은 시간이었다. 시간이 남자를 떠나 제멋대로 널뛰고 있는 상태. 자신이 면접장에 있기나 한 건지 공간감도 느껴지지 않았다. 면접관 등 뒤로 햇살이 넘쳐흘러 공간을 가득 채우고는 서서히 몸을 죄어들기 시작했다. 햇살은 보이지 않는 밧줄인 듯 남자를 옴짝달싹 못하게 만들어 몸을 제대로 가눌 수가 없었다. 햇살에 눈을 찔린 남자는 빛을 피해 몸을 작게 움츠리고 눈을 질끈 감았다. 머릿속에서 남자의 몸은 자꾸만 구석을 향해 벌레처럼 작아져갔다. 포승에 묶인 남자는 간절한 마음으로 질문이 떨어질 심판관의 입술을 바라보았다. 이윽고 판결을 내린 듯한 표정의 심판관을 뒤로 하고 면접장을 나왔을 때 남자는 햇살에 바싹 마른 모래처럼 부서져내렸다. 마치 치명적인 빛에 노출돼 죽어가는 야행성 벌레처럼 말이다.

어느 병원에서도 희귀병이라는 무책임한 말 외에 남자의 병에 대해 올바른 처방을 해주지 않았다. 이후 남자는 백방으로 치료법을 찾아 헤맸고, 찾아낸 민간요법으로 생쌀과 날채소만으로 버틴 지도 벌써 일 년이 넘었다. 하지만 밤바스라나던 공립병원으로 들어설 때 아열대기후의 강한 햇살을 온몸으로 받으며 걸어들어갈 수 있으리라는 자신은 없다. 물론 남자가 들고 있을 바퀴벌레 어항에도 검은 장막이 쳐져 있을 것이다. 그리고 그곳에서 자신의 바퀴벌레 장례식도 함께 치를지 말지는 아직 결정하지 못했다. 남자는 문득 자신이 캄캄한 어항 속에 갇힌 기분이 된다. 그 어항 속에서 남자는 햇살을 피해 자꾸만 구석으로 몸을 숨길 것이다. 어느 곳에 서 있든지 그곳이 곧 어항 속일 테지. 설령 수많은 사람들이 모여드는 넓은 광장에 우뚝 서 있는다 해도 빛을 피해 몸을 숨겨야 할 테니까. 남자는 마다가스카르 바퀴에게나 자신에게나 모두 빛이 곧 죽음이라는 건 엄연한 사실이라고 생각한다. 그래서 빛이 두려운가? 찬란하고 강렬한 햇빛 아래서 숨을 거두는 생각을 하며 잠시 고개를 갸웃거린다. 온몸으로 햇살을 받는 생각만으로 심장박동이 급해진 남자는, 언젠가 꼭 그래야만 한다면 빛을 향해 눈을 크게 뜨고 가슴을 활짝 벌려 빛이 자신을 깨끗하게 태울 수 있도록 해야겠다고 마음먹는다.

　남자는 여자를 내버려둔 채 3층 셋째 집의 현관에 찌라시를 붙인다. 여자는 좁은 복도를 계속 버정거리고 있다. 뭔지 불안한 듯 여자는 잠시도 제자리에 서 있지 못한다. 남자는 닫혀 있던 맞은편 유리창을 열고 긴 숨을 들이쉰다. 유리창 밖을 내다보자 맞은편 공중전화부스 옆에 못 보던 빈 휠체어가 하나 나앉아 있다. 어젯밤엔 보이지 않았던 건데. 어느 집인가 오늘 낮에 이사라도 간 모양이다. 가면서 부담해야 할 처리비용을 물지 않으려고 몰래 버리고 간 거겠지. 휠체어는 바퀴가 녹슬어 구르지 않거나 의자받침이 찢어져 구멍이 뚫려 있을 것이다. 아니라면 사용하던 사람이 죽어버려 더 이상 쓸모가 없어진 거겠지. 공중전화부스 옆에 매달린 외등이 불안하게 휠체어를 비추고 있다. 전체적으로 어두운 거리에 외등과 휠체어만 눈에 들어와 남자는 잠시 여자가 휠체어에 앉아 흐린 불빛을 받고 있는 상상을 한다. 여자에게 그렇게 서 있지 말고 찌라시 붙이는 일을 도와달라고 해볼까. 남자는 점점 더 여자가 신경에 거슬린다. 여자는 옹송그린 어깨에 팔짱을 낀 자세로 공중전화부스 옆 외등에 시선을 멈추고 있다. 그러다 뭔가 모르게 불안한 눈빛으로 하늘을 올려다보며 깊은 숨을 내쉰다. 여자의 숨결을 따라 가느다란 입김이 공중에 퍼진다. 언젠가 노트 크기만 한 치킨집 찌라시를 신나게 돌리고 미처 건물을 빠져나오기도 전에, 뿌린 찌라시가 종이비행기가 되어 공중을 나는 걸 봤을 때 자신의 표정이 저랬겠구나 싶다.

여자의 옆얼굴을 훔쳐보다 남자는 문득 여자가 정말 자살예방센터 직원일까 의심스러워진다. 낮게 깔린 눈빛, 어쩐지 체념에 길들여진 듯한 인상과 깊게 골이 패인 뺨이 그렇다. 생각해보니 낮에 여자를 처음 봤을 때부터 그걸 묻고 싶었던 것 같다. 여자가 정말 자신을 상대로 자살예방캠페인을 하려고 찾아온 것일까, 하는 물음 말이다. 여자의 얼굴을 보고 여자가 자살예방센터에서 나왔다고 말하는 순간, 남자는 잠깐 여자의 손에 이끌려 죽는 자신의 모습을 상상했으니까.

4

사실 남자는 처음부터 자살예방캠페인 따위는 관심 없다는 투로 행동했다. 팸플릿도 보는 둥 마는 둥 그냥 바지주머니에 찔러넣었으니까. 여자가 투신자살 성향에 대해 물었는데도 남자는 대꾸할 기색도 없이 온통 바퀴벌레에만 신경을 쓰고 있다. 남자는 생쌀을 다 먹고 나서 이제는 사과를 씹고 있다. 그러다 씹던 사과를 조금 뱉어내 어항 안에 넣어준다. 그러자 흩어졌던 바퀴들이 단번에 사과 조각 주위로 모여든다. 바퀴들은 후식으로 오이 대신 사과를 즐기는 모양이다. 주머니에서 손전등을 꺼내든 남자는 스위치를 올리고 불빛을 어항으로 향하게 한다. 뭐하는 거지. 바퀴는 빛을 싫어할 텐데. 하지만 바퀴들은 여자의 짐작과 달리 제 몸뚱아리를 불빛에 훤히 드러내 보일 뿐 흩어지거나 하지 않는다. 남자가 거 보라는 듯 입꼬리를 양

옆으로 끌어올려 미소를 짓는다. 바퀴는 노란색 파장을 읽지 못합니다. 남자의 말과 시선을 따라 손전등 전구를 살펴보니 과연 전등에는 진한 노랑색의 셀로판지가 덧붙여져 있다. 바퀴 벌레를 씹으면 무슨 맛이 나는지 아십니까. 남자는 더듬이를 세우고 어항 속을 헤매는 바퀴들을 보며 여자에게 묻는다. 새 우맛이 납니다. 새우맛이라. 여자는 새우맛이 어땠었는지 기억을 더듬으며 입을 오물거린다.

바퀴벌레를 씹는 생각만으로도 여자는 남자를 팽개쳐두고 방을 뛰쳐나가고 싶은 걸 겨우 참는다. 대신 바퀴에 시선을 두고 있는 남자를 곁눈질하면서 머릿속에서 남자의 바퀴벌레를 한 마리씩 차례로 죽인다. 퐁퐁 같은 주방용 세제를 바퀴의 다리에 부으면 다리가 마비되어 못 움직이고 이어 머리 쪽에 부으면 바퀴는 호흡곤란을 일으키면서 삼십 초를 견디지 못하고 죽는다. 두꺼운 책을 던져 박살내거나 직접 손으로 잡는 것보다 좋은 방법이다. 혹은 바퀴벌레에 촛농을 떨어뜨리고 촛농이 식어 바퀴를 감싼 채 굳으면 과도로 바닥이 상하지 않도록 떼어내 작은 통 속에 넣고 불을 붙이는 방법도 있다. 그리고 바퀴에 알코올을 분사하면 바퀴의 움직임이 느려져 쉽게 손으로 잡을 수 있다. 알코올이 몸에 묻은 바퀴를 화형시키는 것도 좋은 방법이겠지. 불로 화형시키는 것……. 여자는 남자의 바퀴벌레를 한꺼번에 태워 없애는 상상을 한다. 아니라면, 바퀴벌레가 자살할 수도 있을까. 여자는 바퀴벌레가 자살한다면 어떤 방법으로 죽을까를 상상하며 속으로 웃는다.

그러다 자신이 여긴 왜 왔는지 상기한다. 세계보건기구의 발표에 따르면 구백팔십구 종류의 자살이유가 있다고 한다. 어떤 사람은 특정 유전인자가 자살을 유발한다고도 얘기했지만 그게 어떤 요소인지는 아직 밝혀내지 못했다. 여자의 담당구역에서만 이틀 새 벌써 자살사건이 다섯 건이다. 담당 경찰관은 이처럼 변사사건이 한꺼번에 터지기는 형사생활 이십 년 만에 처음이라며 고사라도 지내야 할 것 같다고 말했었다. 시에서는 지하철 철로로 뛰어들어 자살하는 걸 방지하기 위해 스크린 도어를 설치할 계획이라고 밝혔다.

　센터에서는 좀더 현실적인 방법으로 9월 10일을 자살방지의 날로 정하고 그날에 맞춰 자살방지법을 입법 추진 중이다. 첫째, 고층건물 밑 쿠션 설치 의무화. 둘째, 한강다리 밑 구조요원 항시 대기. 셋째로는 약국에서 수면제를 구입하기 위해 필요한 서류를 법으로 정하는 것이다. 의사의 처방전과 주민등록등본, 투약 동의서, 주민세 영수증, 국민보험 증명서 등……. 약을 사기 위해 필요한 서류들을 구비하다가 지쳐 자살을 포기하게 만드는 것이다. 그 외에 어떤 조항이 더 들어가야 하는지에 대해서는 지금도 논의 중이다.

　여자가 일하는 사무실은 23층 높이 건물의 16층에 위치해 있다. 여자는 3교대로 일하는데 간혹 야근을 할 때마다 창밖으로 밤하늘을 올려다보다 고개를 꺾어 아래를 내려다볼라치면, 거기서 뛰어내린다면 어떻게 될까 하는 생각을 하곤 한다. 죽기 위해서라면 4층 높이만으로도 충분하다. 그런데 왜 사람들은 항상 가장 높은 곳에서 뛰어내리려고 하는 걸까. 하지만 역시 죽을 거라면 건물 옥상으로 올라가 몸을 던지는 게 더 좋다고 생각한다. 요즘은 건물 옥상에서 투신하는 사람들이 너무 많아 시에서는 아예 건물에 옥상을 만들지 않거나 옥상에 단단한 자물쇠를 채워놓도록 법으로 정하고 있다.

여자는 사무실에 앉아 하루 종일 전화상담을 하고, 상담한 내용을 기록하는 일을 한다. 여자가 상담하는 모든 사건에 대한 기록들은 컴퓨터에 저장되고, 또 그 기록들은 정기적으로 출력돼 사무실 한켠 서류함에 빼곡히 쌓여진다. 각 상담요원의 책상은 칸막이로 가려져 있는데다 모든 요원이 귀에 이어폰을 끼고 상담하므로 여자는 다른 상담자의 상담내용은 알 수 없다. 다만 상담요원이 말할 때 변화하는 목소리의 높낮이, 입술의 떨림 같은 것으로 상담내용이 얼마나 긴박한지 아닌지 짐작할 수 있을 뿐이다.

시각을 다투는 상담전화는 주로 자정 무렵에 걸려오기 일쑤여서 야간조에 배정된 상담요원들은 밤이 깊어도 눈을 부릅뜨고 전화가 걸려오지 않기만을, 그리고 어서 밤이 지나가기를 바란다. 어젯밤, 여자는 야간조에 배정돼 양손을 비비며 더디 가는 벽시계의 초침에 눈을 박고 있었다. 한 통의 전화가 걸려왔고, 여자는 수화기를 들기 전에 먼저 이어폰을 끼고 깊은 숨을 들이마셨다. 이십대 중반쯤? 전화를 걸어온 상담자는 불안한 목소리의 여자였다. 여보세요. 자살예방센터입니다. 말씀하세요. 여자의 말이 끝나기 무섭게 상담자는 잔뜩 가라앉은 목

28

소리로 말을 하기 시작했다. 상담자의 목소리는 바싹 마른 바게트 빵을 칼로 썰 때 나는 소리처럼 여자의 귓바퀴를 거칠게 자극했다.

"지금…… 내 손목에선……."

여자는 직감적으로 등허리를 곧추세우고 책상 옆에 달린 긴급버튼을 눌렀다. 버튼이 눌려지면 자동적으로 발신자 추적시스템이 가동되고 비상대기팀이 발신지로 출동하게 된다.

"우선 길게 숨을 들이쉬고 천천히 내뱉으세요. 그리고 차근차근 말씀하세요."

여자는 자신이 하는 말을 따라 저도 모르게 숨을 들이쉬고 내쉰다.

"손목에서…… 피가 나오고 있어요. 그런데…… 왜, 왜 나는 죽지 않는 거죠……."

여자는 벽에 달린 출동버튼에 빨간 불이 들어와 있는 걸 확인한다. 이미 비상대기팀이 상담자가 있는 곳으로 출동한 것이다. 그렇다면 여자가 해야 할 일은 일단 다한 셈이다. 여자는 상담자에게 몇 마디 더 건넸지만 여자의 말이 끝나기도 전에 상담자는 전화를 툭 끊었다. 그리고 한 시간쯤 뒤, 이번에는 한 남자가 전화를 걸어 자신이 곧 자기 집 냉장고 속으로 들어갈 거라고 말했다. 지금 막 냉장고 속을 비워냈으며 그 텅 빈 공간 속으로 들어갈 거라고 말이다. 냉장고 안에는 김치찌개가 쏟아져 말라붙은 자국이 있지만 그건 아무래도 상관없다고 말을 이었다. 그런데 키가 맞지 않아 다리를 바싹 구부려야 할 것 같아

서 다리가 많이 아플까봐 걱정이 된다고 했다. 여자는 이번에
도 긴급버튼을 누르고 전화가 끊긴 걸 확인하고 나서야 전화기
쪽으로 잔뜩 숙였던 고개를 쳐들고 맞은편 창에 눈을 주었다.
검던 하늘이 희부옇게 흐려지고 있었고, 이제 곧 교대할 상담
요원이 출근할 거였다. 그래. 뛰어내리려면 아무래도 여기보다
는 건물 꼭대기가 좋아. 여자는 뜬금없이 그런 생각을 하며 마
지막으로 남자의 주소지를 확인하고 남자에게 줄 팸플릿을 챙
겼다. 여자는 사무실 문을 밀치고 나가다 말고 생각난 듯 다시
책상 쪽으로 걸음을 옮겼다. 그리고 책상서랍 깊숙한 곳에서
다른 종류의 팸플릿 한 장을 꺼내들었다. 여자가 속한 클럽
'비상구'의 팸플릿이다. 클럽에서는 남자가 자살기도 경력이
있다는 점을 들어 입회시키기로 결정했었다. 자살기도 경력이
야말로 '비상구' 회원이 될 수 있는 필요충분조건이니까. 여자
는 클럽의 팸플릿을 혹시나 떨어뜨리지 않도록 서류철 맨 밑에
단단히 꽂아넣었다. 가방을 챙겨들고 사무실을 나서면서 여자
는 다시 한번 클럽회원으로 적당한 인물을 찾기에 자살예방센
터만큼 좋은 곳은 없다고 생각했다.

　여자는 여전히 바퀴벌레를 들여다보고 있는 남자의 옆모습
을 관찰한다. 아직 건네지 않은 다른 종류의 팸플릿을 서류철
에서 막 꺼내려는데 어디선지 조율이 잘 되지 않은 바이올린
같은 소리가 난다. 여자는 고개를 들고 소리의 진원을 찾아보
았지만 분명 바깥에서 흘러들어오는 소리는 아니다. 소리는 길
게 혹은 짧게 끊길 듯 이어진다. 이 녀석들이 내는 소리예요.

동부 아프리카의 섬……, 마다가스카르 말입니다. 그 섬사람들은 녀석들이 내는 이 소리 때문에 떠버리라 부릅니다. 휘파람 소리 같죠? 서로 구애를 하다 방해받을 때 내는 소리죠. 그러니까 화가 났다는 표시죠. 남자는 어항 안에서 바퀴 한 마리를 집어올린다. 집게와 엄지손가락으로 바퀴의 머리를 잘라낸 다음, 머리가 잘린 바퀴를 도로 어항 안에 집어넣는다. 여자는 남자가 하는 대로 쳐다보고 있을밖에. 놀랍게도 머리가 잘린 바퀴는 아무 일 없다는 듯 어항 안에서 살아 움직인다. 막 배부르게 먹었으니 굶어죽을 때까지 이삼 주일은 살 겁니다. 사실 이 바퀴는 뇌가 두 개거든요. 정말 놀랍지 않습니까. 사람도 뇌가 두 개라면 좋겠어요. 그렇다면 한 번 죽고 나서도 다시 살 수 있을 거 아닙니까. 두 개의 뇌……. 마다가스카르 바퀴벌레는 하나의 뇌가 죽고 나면 다른 뇌로 또다시 삶을 살아간다…….

여자는 뇌가 두 개인 사람의 모양을 상상한다. 남자의 말처럼 뇌 하나가 죽게 되면 나머지 뇌로 다시 살아간다는 건 어떤 기분일까. 그렇다면 적어도 첫 번째 죽음에 대해 깊이 생각해볼 수 있는 시간을 가질 수 있겠지. 여자는 그리고 두 번째 죽음에서는 첫 번째와 같은 방법을 사용하거나 다른 방법을 사용하거나를 결정할 수 있을 거라고 생각한다. 바퀴들이 갑자기 분주하게 움직인다. 뇌 하나가 잘린 바퀴는 더듬이까지 없어져버려 그 틈바구니에서 방향을 잃고 헤맨다. 순식간에 머리 잘린 바퀴를 둘러싼 나머지 바퀴들이 급기야 머리 잘린 바퀴를 먹기 시작한다. 여자는 자신의 살점이 떨어져나가기라도 하는 것처럼 살갗이 따끔거린다. 먹이와 공간이 충분하지 않아서예요. 어항 안에서 살 수 있는 바퀴의 숫자는 한정돼 있죠. 이렇게 가끔 바퀴들의 숫자를 조절해줘야 합니다. 남자는 시든 배추를 입으로 넣으며 태연하게 내뱉는다. 말을 하느라 벌어진 남자의 입가로 짓이겨진 배추 조각이 튀어나온다. 남자는 그걸 집어 어항 안에 넣어준다. 동료를 먹어치우던 바퀴들은 다시 배추를 향해 달겨들고 몸통의 반이 날아가 죽어가는 바퀴는 어항 바닥에 누워 꼼짝도 하지 않는다. 여자는 속으로 클럽 '비상구'에 남자의 바퀴벌레에 대해 얘기해야겠다고 마음먹는다.

5

남자는 3층 마지막 집 앞에 멈춰 서 맞은편 창문 쪽을 바라보다 여자의 질문을 떠올린다. 그리고 여자의 말처럼 4층 높이에서 떨어졌을 때 죽을 수 있다면 3층에서 몸을 던지면 어떻게 될까에 대해 잠시 생각한다. 3층이라면 어떻겠느냐고 여자에게 물으려다 말고 그보다 이렇게 돌리다간 오늘 할당량의 찌라시를 다 돌리지 못하겠다는 데 생각이 미친다. 아무래도 남은 찌라시의 반쯤은 다른 방법으로 처리해야 할 것 같다. 다른 방법이래야 연립 화단에 묻어버리는 것 말고는 마땅한 방법이 떠오르지 않는다. 여자를 빨리 떼버려야 하는데. 여자에게 신경이 쓰여 작업시간이 늦어지고 있다.

2층 두 번째 집 앞에 녹슨 자전거와 잎이 다 말라죽은 화분이 하나 놓여 있다. 손에 힘을 주어 자전거 바퀴를 돌려보는데 바퀴는 둥글게 돌아가는 대신 밖으로 툭 떨어져나온다. 엉뚱하게 튕겨나온 바퀴는 남자의 발등을 짓누르고 지나가 계단을 타고 내려간다. 저 혼자 구르는 굴렁쇠처럼 구르다 1층 바닥에 멈춰 누운 자전거 바퀴를 내려다보는데, 여자의 머뭇거리는 듯한 목소리가 남자의 귓바퀴에 걸린다.

"팸플릿 하나를 더 드릴게요. 이번 건 아마 관심이 생기실 거예요."

여자는 서류철에서 손바닥만 한 크기의 팸플릿을 꺼내 남자에게 건넨다. 클럽 '비상구'? 팸플릿엔 검고 작은 활자로 '비상구'라고 쓰여 있다.

"내일 클럽에서 파티가 열릴 거예요. 카드놀이도 할 거구요. 거기서 스페이드 에이스를 뽑은 사람이 주인공이 되죠. 하트 퀸을 뽑은 사람이 주인공을 돕게 될 거예요. 물론 주인공이 택한 방법으로 말이죠."

팸플릿엔 '비상구로 가는 길'이라는 부제가 붙어 있다. 4월 30일. 밤 열한 시. 광화문역 3번 출구. 도보 육 분. 세종문화회관 뒤쪽 골목길로 접어들어 세 번째 가로등이 비추는 곳……

"다른 준비물은 필요 없어요. 혹시 길을 잃을까 두려우면 손에 팸플릿을 들고 오세요. 그러면 클럽의 회원이 먼저 당신을 알아볼 겁니다."

남자는 '비상구' 팸플릿을 보면서 누군가에게 자살클럽에 대한 얘기를 들었던 기억이 난다. 자살을 하기 위해 모인 사람들의 클럽이라고 했던가. 자신의 병을 처음 알았을 때쯤이었을 거라고 짐작한다. 하지만 그런 클럽이 실제로 존재하리라고는 생각지 못했었다. 클럽 '비상구'의 팸플릿을 직접 눈으로 보기 전까지는 말이다. 평생 동안 햇살을 보지 못하고 살아가야 한다는 것만으로도 자살의 이유가 될 수 있을까. 남자는 동시에 자신이 결국 1층까지 찌라시를 돌리지는 못할지 모른다고 생각한다. 그러다 문득 어항에 갇혀 있는 바퀴들이 떠오른다. 남자는 머릿속으로 머리가 잘린 바퀴가 어항 속을 헤매는 상상을 한다. 이제 어찌할 것인가. 하나의 뇌가 죽고 난 마다가스카르 바퀴는 어항 속에서 삶을 끝내고 나서도 다시 또 삶을 살아가겠지. 그러다 얼마만큼 시간이 지나면 마다가스카르 바퀴는 나머지 삶도 끝낼 것이다. 첫 번째 죽음이 자신의 뜻이 아니었던 것처럼, 바퀴는 두 번째 죽음도 그저 기다리는 수밖에 별 도리가 없겠지……. 생각해보니 죽을 때의 방법을 스스로 택할 수 있다는 건 그리 나쁜 일이 아닌 것 같다. 좁은 어항 속에 갇혀 있다 보면 언젠가 자신이 원하지 않는 방법으로 죽을 수도 있는 일이니까. 이어 생각지도 않았던 질문이 남자의 입 밖으로 튀어나간다.

"그런데 주인공이 되면 선택할 수 있는 방법은 많은가요?"
"여든세 가지 방법이 있죠."

남자의 물음꼬리에 여자의 짤막한 대답이 위태롭게 매달린다. 가늘게 뜬 여자의 시선이 남자의 이마에 와 얹힌다. 남자는 또 마다가스카르 바퀴벌레를 생각한다. 한 번이 끝나면 또다시 이어지는 두 번째의 삶……. 남자는 자신이 어항 속에 갇혀 버둥거리고 있는 것처럼 숨이 막힌다. 전혀 다른 두 가지 팸플릿을 손에 쥐고 뜬금없이 어항 속의 바퀴벌레를 떠올리고 있는 것이다.

　먼 데서 불어오는 바람이 남자의 몸을 뒤흔들어 남자는 복도 난간을 힘주어 붙든다. 이어 난간을 짚은 손을 놓고 양팔을 허공으로 쭉 뻗는다. 지금 남자는 2층 복도 중간에 서 있다. 남자는 자신이 1층으로 내려가지도 못하고 그렇다고 다시 4층으로 올라가지도 못하고 있다고 생각한다. 몸을 던지려면 4층 높이만으로도 충분하다고 했었지……. 낮에 여자가 했던 말이 날카롭게 가슴을 찌른다. 한 개의 뇌가 떨어지고 몸통도 반이나 날아가버린 어항 속의 마다가스카르 바퀴는 어떻게 됐을까. 어항 속에서 두 번째 죽음을 맞이하고 있는 바퀴가 곧 자신인 것만 같아 남자는 오싹 몸을 움츠린다. 그리고 누군가 자신의 몸을 갉아먹는 상상을 한다. '비상구' 팸플릿을 자세히 들여다보니 가느다란 핏줄 같은 붉은 선으로 클럽의 약도가 그려져 있다. 남자는 지상에서 4층까지의 높이가 어느 정도 되는지 가늠하려는 듯 복도 난간 바깥쪽으로 한껏 몸을 기울여 공중을 올려다본다.

쥬라기 나이트

1

여자의 배꼽이 사라진 건 꼭 한 달 전이었다. 강원도 산골 어느 동네의 특산품이라는 머루주 광고사진을 찍고 난 다음날이었다. 한여름 계곡 풍경이 찍힌 커다란 배경지 앞에서 비키니를 입고 술병을 손에 든 채였다. JS 후임으로 새로 온 사진기사는 여자의 배꼽이 죽인다며 술병을 가슴께에 들고 있으라고 했었다. 여자는 매혹적인 포즈로 술병을 들고 가슴을 조금 뒤로 젖혔다. 세로 모양의 움푹한 배꼽이 더 잘 드러나도록 숨을 깊숙이 들이마셨다. 사진기사는 연신 셔터를 눌러대며 작살난다, 작살이야, 라고 추임새를 끼워넣었다. 셔터가 눌릴 때마다 펑, 터지는 플래시에도 여자는 눈 한번 깜박이지 않고 렌즈를 향해 웃었다. 고개를 뒤로 젖혔다가, 가슴을 좀더 내밀고, 유혹하듯 약간 눈을 흘기고. 좋아, 좋지. 사진기사는 여자의 미세한 움직임을 좇으며 끊임없이 셔터를 눌러댔다. 숨 한번 제대로 쉴 새없이 웃고, 웃고, 또 웃었다. 그렇게 여자는 두 시간이 채 되지 않아 촬영을 끝냈다. 그리고 스튜디오 사람들과 어울려 하이네켄을 세 병쯤 마신 뒤 집으로 돌아와 적당한 피로감을 느끼면서 푹 잤다. 그런데 자고 일어나보니 배꼽이 사라진 것이다. 배꼽이 말이다.

자리에서 일어나 브래지어와 팬티 차림으로 오줌을 누러 화장실에 갔었다. 변기에 앉아 밤새 고였던 오줌을 시원하게 내보내고 있었다. 전날 밤 맥주를 마신 탓인지 오줌줄기는 끊길 듯하면서 계속 이어졌다. 마지막 방울까지 다 쏟아내고 휴지를 뜯어 잔뇨를 닦아내려고 고개를 숙인 순간이었다.

배꼽이 사, 라, 진, 것이다.

여자는 눈을 꾹 감았다 떴다. 그리고 다시 내려다보았다. 어디에도 배꼽은 보이지 않았다. 이번엔 주먹을 쥐어 양쪽 눈을 세게 비볐다. 그리고 다시, 고개를 숙여 배꼽 자리를 들여다보았다.

없, 다.

누군가 갑자기 목을 죄기라도 한 듯 숨이 들이마셔지지 않았다. 여자는 내려진 팬티를 끌어올리지도 않은 채 화장실에서 뛰쳐나와 거실의 전신거울 앞에 섰다. 아니, 옆으로 섰다. 그리고 애써 숨을 골랐다. 머리카락은 잔뜩 뭉쳐 있고 브래지어 차림에 팬티는 무릎께에 겨우 걸쳐 있었다. 숨은 너무 급하게 들이마셔졌고 제대로 내뱉어지지 않았다. 여자는 거울을 향해 몸을 돌렸다. 잠깐 길을 잃었던 배꼽이 제자리로 돌아올 시간이라도 주려는 듯 천천히 움직였다. 실은 급하게 몸을 틀었지만 그 시간이 지나치게 길게 느껴졌던 건지도 모른다. 짧은, 혹은 지나치게 긴 그 잠깐 동안 여자는 자신의 움직임을 느끼지 못했다. 마치 자신이 몸을 빠져나와 공중을 떠다니고 있는 듯 모든 관절의 움직임이 낯설었다. 원래 시간의 흐름 따위는 정해져 있는 게 아닌지도 모른다고 생각하면서 여자는 거울 속의 자신을 머리끝부터 찬찬히 살펴보았다. 빗질을 하지 않아 마구 엉킨 머리칼, 쑥 꺼져 유난히 짙어 보이는 다크서클, 그 밑으로 가늘게 떨고 있는 어깨가 드러나 있다. 가슴은 브래지어 아래서 급하게 솟아올랐다 꺼지기를 반복했다. 그리고…… 역시, 배꼽은 없다. 여자의 눈은 벗은 아랫도리까지 내려가지 못하고 배꼽 언저리에 그대로 박혀버렸다…….

2

가느다란 바람조차 없는데도 여자는 머리칼이 날릴까 연신 야구모자 챙을 아래로 끌어당긴다. 쥐라기 나이트가 있긴 한 건가. 여자는 관자놀이를 타고 흐르는 땀을 손바닥으로 훔쳐낸다. 이쯤에 황학동 파출소가 있다고 했는데. 황학동 사거리에서 신설동 쪽으로 방향을 잡아 꺾어지면 모서리에 파출소가 있다고 분명히 들었는데. 여자는 눈을 멀리 들어 도로 위쪽을 살펴본다. 하지만 도로 안내표지판이 있어야 할 위치쯤 어디에도 표지판은 보이지 않는다. 게다 가방 손잡이를 쥔 손 안에 땀이 가득 차 손잡이가 자꾸 미끄러진다. 여자는 긴 원통 모양의 여행가방을 두 손으로 허리춤까지 잔뜩 끌어올렸다 내린다. 잠깐 손 안에 단단히 쥐어지는 듯하던 손잡이는 금세 도로 미끄러져 겨우 손가락 끝으로만 가방 무게를 지탱하고 있는 모양새가 된다. 합성피혁 재질의 가방은 아무래도 여름철엔 좋지 않다고 생각하면서 이번에는 왔던 방향의 반대쪽으로 길을 잡는다.

바람은커녕, 여름 오후의 햇살은 머릿속까지 파고들 것만 같다. 등의 중간 부분까지 길게 늘어진 머리칼은 그 열기를 막아내지 못하고 여자의 뒷목 깊숙한 곳까지 뜨겁게 달궈놓는다. 수북한 머리카락은 통풍까지 방해해 머릿속은 이미 땀이 흥건하다. 땀은 여자의 목을 타고 등으로 흘러들어 브래지어 라인께가 쓰라리다. 머리카락을 시원하게 묶어 올릴 수 있었더라면 한결 나았을 텐데. 여자는 왼쪽 옆얼굴을 완전히 가리도록 머리카락을 신경써서 앞으로 끌어내린다. 그리고 다시 발을 옮긴다. 옮기면서 아까 고쳤던 구두굽이 튼튼한지 확인하려는 듯 힘주어 걸음을 떼놓는다. 그러다 무심결에 구두를 내려다보는데 스트랩 부분에 선명하게 박힌 스틸 장식이 눈에 걸린다. 'G' 자 모양의 스틸 장식은 양쪽 구두코 부분에 단단하게 붙어 있다. 여자는 흡, 숨을 멈추며 놀란 눈을 더 크게 뜬다. 분명 장식이 없었는데. 처음 구두를 고를 때 스틸 장식이 너무 맘에 들어 산 구두였다. 그랬는데 한철이 지나면서 장식이 떨어져나갔었다. 하지만 큰맘 먹고 산 값비싼 구두여서 언제든 수선해야지 생각하고 집에서 나올 때 장식이 떨어져나간 채로 신고 나왔었다. 그런데 어떻게 장식이 다시 붙은 거지? 애써 기억을 떠올려보아도 좀전에 구둣방을 들어갈 때는 분명 장식이 없는 채였다. 부러졌던 굽을 수선하러 간 길이었으니 당연한 일 아닌가. 아무리 생각해도 알 수 없는 일이다.

'G' 자 모양의 스틸 장식에 머물렀던 여자의 시선이 발가락쪽으로 조금 옮겨갔다. 스트랩 끝부분에 닿는 새끼발가락이 조금 붉어져 있다. 아차. 벌겋게 부어오르기 시작한 새끼발가락을 내려다보면서 여자는 구둣방에 우산을 두고 온 걸 깨닫는다. 다시 돌아가 가져올까 하다 언제 소나기가 퍼부었었는지 모르게 손톱만 한 구름조차 없는 하늘을 올려다보곤 고개를 가로젓는다. 게다 손에 든 가방에 자꾸 신경이 쓰여 가방을 들고 구둣방까지 다녀올 일이 까마득하게 느껴진다. 하긴, 다시 가져온 대도 어차피 우산살 하나가 부러져버려 그걸 고쳐 쓰느니 차라리 처음부터 그 우산이 없었다고 생각하는 게 나을지도 모른다. 여자가 직접 우산에 새겨넣은 JS라는 이니셜이 잠깐 생각났지만, 그냥 내버려두기로 한다.

↑ 마장동 → 황학동 ↓ 신설동

겨우 도로표지판을 찾아낸 여자는 저 앞쪽이 정말 신설동 쪽이 맞는지 확신하지 못하는 표정으로 최대한 멀리 눈을 둔다. 시선이 가 멈춘 곳에는 청계천 복원공사로 포클레인을 비롯한 각종 중장비가 도로 중간에 떡하니 들앉아 있다. 그 때문에 가

뜩이나 통행량이 많은 곳에서 차들이 공사구간을 중심으로 가는 둥 마는 둥 하고 있다.

공사구간을 지나고 꽤 큰 주유소 앞을 지나다 여자는 문득 가방을 바닥에 내려놓고 배를 감싸듯 손바닥을 배꼽 위치에 얹는다. 평소 같으면 배꼽이 보일락말락한 짧은 티셔츠를 걸쳤을 것이다. 여자는 짧은 티셔츠 대신 엉덩이 부분까지 길게 늘어진 니트를 입고 있다. 니트 밑에 받쳐입은 짧은 진 스커트 끝엔 자잘한 술이 잔뜩 달려 있어 걸을 때마다 허벅지 중간 부분에서 살랑 흔들린다. 적당히 태닝된 허벅지에서는 막 녹기 시작한 초콜릿 같은 윤기가 배어난다. 이어 여자는 검지손가락으로 배꼽이 있는, 아니, 있었던 자리를 깊이 눌러본다. 약간의 굴곡 대신 편편한 뱃살만 느껴질 뿐이다. 내내 가방을 들고 있느라 손바닥에선 땀이 배어난다. 여자는 니트 웃옷에 땀을 대충 닦고는 다시 가방을 들고 걷기 시작한다. 걸으며 힐끗 본 주유소 마당에 뜨거운 햇살이 잔뜩 쏟아져 자글거리는 게 보인다. 주유소 아래쪽으로는 볼트나 너트 따위를 파는 것 같은 소규모 부품가게들이 줄줄이 이어져 있다. 낡고 먼지를 뒤집어쓴 간판들은 동남상사, 제일상사, 으뜸상사 등 하나같이 무슨 상사라는 이름이 붙어 있다. 볼트, 너트는 각종 기계들에서 무슨 역할을 하는 걸까. 혹시 배꼽 같은 역할을 하는 걸까. 여자는 난데없는 생각을 하면서 기계에서 볼트나 너트가 빠지면 어떻게 될까, 잠깐 상상한다.

　왼쪽 귀가 사라진 건 정확히 보름 전. 그러니까 한 달 새에 여자는 배꼽과 한쪽 귀를 잃은 것이다. 선캡의 찌라시 광고사진을 촬영하고 난 다음날 아침이었다. 스튜디오의 촬영일정이 꽉 차 있어서 여자는 전날 밤 늦은 시간에서야 광고사진을 찍을 수 있었다. 여자가 지하로 통하는 계단을 밟아내려가 스튜디오의 유리문을 밀치고 들어갔을 때, 스튜디오에서는 아직 다른 모델이 촬영 중이었다. 연신 샷, 샷, 셔터 누르는 소리에 계속해서 터지는 플래시 불빛. 그리고 배꼽이 훤히 드러난 탱크탑에 짧은 핫팬츠 차림으로 손에 화장품 통을 들고 있는 모델. 꼭 배꼽을 드러내야 한다는 조건만 아니었다면 여자가 맡았을 사진이었다. 생리기간에 쓰는 화장품 광고에 왜 꼭 모델의 배꼽이 들어가야 하는지에 대해서는 아무도 토를 달지 않았다. 그저 광고주가 원한다면 그렇게 가면 되는 거니까. 눈을 부릅뜨고 어색하게 웃고 있는 모델은 초짜티가 너무 났다. 모델은 시키는 대로 화장품 뚜껑을 열어 냄새를 맡고 손가락에 크림을 찍어 볼에 대보기도 했다. 하지만 동작을 바꿀 때마다 허둥댔다. 그저 시늉만 하고 있을 뿐 전혀 자연스럽지 못한 포즈들이었다. 여자였다면 두 시간이면 끝났을 일을 그때까지 하고 있는 걸 보면 사진을 찍는 사람이나 모델 모두 지칠 대로 지쳐 있을 터였다. 여자는 밖으로 나가 원비디 한 박스를 사다 촬영을 돕는 어시스트 직원에게 안겼다. 배꼽을 노출하지 않아도 되는 광고는 무조건 여자 몫이라는 다짐을 다시 한번 받아두면서 말이다.

초짜 모델이 배꼽이 드러난 탱크탑 차림 그대로 짐을 챙겨 돌아가고 나서야 여자는 카메라 앞에 섰다. 자정이 다 된 시각이어선지 사진기사의 손놀림과 말투엔 짜증이 묻어났다. 자, 빨리 갑시다. 베테랑이니까 여러 말 필요 없죠? 조명과 노출 정도를 체크하면서 어시스트도 어제 세 시간밖에 못 잤다며 투덜댔다. 여자는 시스루 소재의 얇은 원피스로 갈아입고 선캡을 머리에 쓰고는 알아서 조명 앞의 적당한 위치를 골라 섰다. 비키니 차림이 더 먹어주잖아? 알면서 왜 그래? 사진기사는 한 손은 허리에 나머지 손은 머리 뒤쪽으로 가져가 한껏 웃고 있는 여자를 향해 셔터를 눌러대면서 중얼거린다. 선캡을 바닷가에서만 쓰나요? 여자의 대꾸는 스스로 듣기에도 자신없는 말투다. 그러면서 허리에 얹었던 손으로 원피스 자락을 살짝 들어올린다. 치맛자락이 일 센티씩 올라갈 때마다 사진기사의 추임새 음도 한 음정씩 높아진다는 걸 여자는 잘 안다. 카메라 렌즈가 여자의 발끝부터 죽 훑어 머리끝까지 갔다가 다시 허벅지에서 멈췄다. 렌즈는 여자를 빨아들일 듯 검게 빛났다. 렌즈의 검은 눈을 들여다보던 여자는 난데없이 자신이 정말 렌즈 속으로 빨려들어가 버릴지도 모른다고 생각했다. 여자는 사라지고 렌즈알에 조그맣게 맺힌 모습만 남는다⋯⋯. 여자는 렌즈 속에 갇힌 자신도 배꼽이 없을까, 상상했다.

그리고 다음날, 눈을 뜨자마자 자신이 사라지지 않은 것을 확인하고 깊은 한숨을 내쉬었다. 여자는 그게 안도감인지 아쉬움인지 헷갈렸다. 브래지어 아래로 배꼽이 없는 것을 확인한 다음, (보름 동안 여자에게 배어버린 습관이다) 변비에 좋다는 떫은 맛이 나는 차를 마셨다. 라디오를 켜자 정오를 알리는 전자음이 뚜뚜뚜 뚜, 좁은 원룸 구석구석을 깨웠다. 화장실로 가 떫은 맛이 나는 차의 효능을 확인하고는 샤워를 하고 머리를 감았다. 감다가 밋밋해진 왼쪽 귀 부분을 만진 여자는, 배꼽의 경우처럼 소스라쳐 뛰쳐나오거나 하진 않았다. 대신 신중한 손놀림으로 오른쪽 귀를 만져본 뒤, 다시 왼쪽 귀 부분을 만져보고는 천천히 욕실 거울을 향해 고개를 들었다. 귀가 없어진 자리는 배꼽이 있었던 자리처럼 감쪽같았다. 있었던 흔적조차 없었다. 여자는 뜬금없이 자신의 몸 안쪽에 배꼽부터 사라진 왼쪽 귀까지 길게 이어진 선 같은 게 있었던 거라고 생각했다. 처음 탯줄이 잘려나가고 배꼽이 생겼을 때 실은 그 탯줄이 사라진 게 아니고 배꼽 안에 감춰졌던 거라고 말이다. 여자는 살면서 탯줄을 통해 귀로 배꼽의 소리를 들어왔던 것이다. 태어나기 전부터 들었던 어떤 소리를 계속 듣고 있었지만 배꼽이 없어지고 소리도 따라 사라져버려서 더 이상 귀가 있을 필요가 없어진 거라고 생각했다. 여자는 이제 귀보다는 배꼽과 함께 사라진 그 줄이 그리워질지도 모른다고 생각했다. 그리고 당장 내일 있을 액세서리 광고 촬영일정을 걱정했다.

대체 쥬라기 나이트가 어디에 있다는 걸까.

고가도로 밑으로 이어진 길을 따라가면 된다고 했었지. 여자는 눈앞의 고가도로 너머까지 살펴보려는 듯 고개를 쳐들었지만 쥬라기 나이트가 있다는 낡은 2층 건물은 눈에 띄지 않는다. 쥬라기 나이트는 배꼽이 사라지고 꼭 일주일 뒤에 배달된 메일 속에 들어 있었다. 정확히 말하자면 쥬라기 나이트 건물을 찾아 그 지하로 오면 된다는 것이었다. '잃어버린 모든 것을 원래대로 되돌려드립니다.' 이런 제목의 메일은 대부분 스팸일 가능성이 크다. 하지만 배꼽이 감쪽같이 사라져버린 여자로서는 메일을 그냥 휴지통에 처넣을 수는 없는 노릇 아닌가. 의자 깊숙이 몸을 묻고 앉아 있던 여자는 순간 튕기듯 등허리를 곧추세웠다.

당신이 잃어버린 모든 것들을 원래대로 되돌려드립니다.
다시 말하지만 어떤 것이라도, 되돌리길 원하는 모든 것을 말이죠.
황학동에서 신설동 쪽으로 오다가 쥬라기 나이트 건물을 찾으세요.
그 건물 지하에서 당신을 기다리고 있겠습니다.

그리고 그 밑에 약도와 전화번호. 내용은 간단했다. 하지만 여자의 머릿속은 메일 속의 단어들이 뒤엉켜 금세 뒤죽박죽 헝클어져버렸다. 잃어버린 것, 원래대로, 원하는 모든 것, 쥬라기 나이트……
그런데 쥬라기 나이트는 어디 있는 거지.
여자는 애써 그늘 쪽을 찾으려 하지도 않고 십 년 만의 무더위라는 여름 한낮의 볕을 고스란히 받으며 바쁘게 걷는다. 근

처 사람들은 다 안다고 했지만 둘러봐도 길을 물어볼 사람 하
나 없다. 마치 뜨거운 햇살 때문에 모두 증발이라도 해버린 것
처럼 거리를 걷고 있는 건 여자뿐이다. 그러다 눈에 저만치 앞
서 가는 한 사내가 불쑥 들어온다. 여자는 무거운 가방을 들고
또각또각 힐이 바닥에 부딪치는 소리를 들으며 거의 뛰다시피
걸어 사내를 따라잡는다.

"저…… 혹시 쥬라기 나이트가 어디…….."

여자는 자신을 향해 돌아서는 사내의 얼굴을 보자마자 물음
의 끝을 잊어버린다. 아까 버스 안에서 마주쳤던 사내가 아닌
가. 홍대 앞 자신의 원룸에서 나와 여자는 버스를 탔었다. 버스
가 광화문을 지날 무렵 한 사내가 올라탔고, 사내는 버스에 오
르자마자 꾸벅 버스기사에게 인사부터 건넸다. 그런 일쯤 버스
나 지하철을 타면 언제든 겪을 수 있는 일이었다. 사내는 의수
를 낀 왼손을 가슴께쯤 들어올린 자세로 네 손가락이 잘려나가
고 엄지손가락만 남은 뭉툭한 손을 움직여 승객들의 무릎 위에
바늘세트를 하나씩 얹어놓았다. 큰 것부터 작은 것까지 나란히
누워 있는 바늘 다섯 개와 바늘에 실을 꿸 때 쓰는 기구가 함께
비닐포장돼 있었다. 여자는 무심코 사내에게 천 원권 한 장과
바늘세트를 함께 내밀었다. 어차피 바늘세트를 가져가봐야 쓸
데도 없으니까. 돈과 바늘세트를 받아든 사내는 돈은 자신의
주머니에 넣고 바늘세트를 다시 여자에게 내밀었다. 그리고 쓰
세요, 라고 짤막한 말을 내뱉고는 금세 여자를 지나쳤다. 그제
야 여자는 사내를 한번 뒤돌아보았다. 그리고 사내의 의수가

눈에 들어옴과 동시에 쥬라기 나이트가 떠올랐다. 잃어버린 손쯤 되돌리는데는 요금이 그리 비싸지도 않을 텐데. 하지만 여자가 막 몸을 일으켜 사내를 부르려는 순간 사내는 열린 뒷문으로 서둘러 빠져나갔었다. 그런데 어떻게 사내가 여기 있는 거지. 사내가 어깨에 사선으로 메고 있는 낡은 가방에 시선이가 멈춘다. 지퍼가 반쯤 열린 가방 안에는 바늘세트 묶음이 가득 들어 있다.

"쥬라기 나이트에 가려구요? 왜요? 뭐 잃어버렸어요?"

사내는 대뜸 여자에게 반문한다. 꼬리가 잘린 여자의 물음에 사내는 오히려 뭘 잃어버렸느냐고 여자에게 다시 묻고 있는 것이다. 여자는 대답해야 할 말이 언뜻 생각나지 않는다. 사내는 입꼬리를 당겨 살짝 웃는다. 그러고는 여자의 대답을 듣지도 않고 뒤돌아서 빠르게 모퉁이를 돌아 사라진다. 여자는 정수리에 쏟아지는 햇살이 뜨겁다고 느낄 뿐 사내를 붙잡을 생각조차 하지 못한다. 그리고 거기에 배꼽이 사라지고 귀가 없어지고, 손까지 잃어버려 의수를 끼운 자신의 모습이 끼어든다. 사내에게 뭘 물었었는지, 대답을 들었는지 어쨌는지는 금세 잊어버린다. 걸음을 떼는데 힐이 바닥을 긁는다. 그 소리가 한쪽 귓바퀴에 걸려 여자는 소르르 몸을 떤다. 갑자기 가방이 지나치게 무겁게 느껴져 한쪽 어깨가 축 늘어진다. 가방을 추스르려 손잡이 쪽을 내려다보다 말고 여자는 흡, 숨을 멈춘다. 가방 손잡이를 지탱하고 있는, 손가락이 잘려나간 뭉툭한 실리콘 덩어리……. 순간 손에 힘이 빠져 여자는 급기야 가방을 바닥에 떨어뜨리고 만다. 그리고 다시, 내려다보니 땀이 밴 여자의 손이 어쩔 줄 모르고 손목에 매달려 있다.

　실은 오늘 아침에 오른쪽 새끼손가락 한 마디가 사라졌다. 오랜만에 욕조에 물을 가득 받고 느긋하게 몸을 담그고 있던 중이었다. 배꼽이 사라지고 한쪽 귀가 없어져버린 와중에 손톱, 발톱을 깎을 생각도 못했던 게 생각나 벗은 채로 손톱깎기를 들고 다시 욕조에 들어갔었다. 먼저 왼쪽 손톱을 다 깎은 다음, 오른쪽 손을 들어올리는데 새끼손가락이 흐릿하게 보이는 게 아닌가. 여자는 더운 물에서 올라온 수증기 때문이려니 했다. 그래서 물기도 채 닦지 않고 밖으로 나와 오른쪽 손을 눈앞으로 들어올렸다. 주먹을 쥔 채로 들여다보다가 손바닥 쪽으로 뒤집어 활짝 펼쳐보았다. 확실히 새끼손가락 한 마디가 없어졌다. 물에 불어 네 손가락 끝엔 쭈글쭈글한 주름이 새겨져 있었지만, 새끼손가락 끝은 밋밋한지 아닌지조차 알 수 없었다. 배꼽과 한쪽 귀에 이어 이번엔 천천히, 손가락이 사라지고 있는 것이다.

　사내가 없어진 쪽을 보고 있다가 손을 들어올려보니 여전히 오른쪽 새끼손가락은 왼쪽과 달리 두 마디뿐이다. 이렇게 하나씩 사라지다 결국 자신의 전부가 없어져버릴는지도 모른다. 사라진다……. 내 존재가 천천히, 없어져버린다. 아프지도 않고 언제 사라진 건지도 모르는데 어느새 조금씩 지워져버린다. 이제 시작인 건지도 모른다. 어느 날인가 발가락도 없어지고, 팔 하나가 사라진 다음, 목소리도 더 이상 나오지 않게 되고……

점점 나는 사라지고 그 자리에 가짜들만 가득 남게 될지도 모르지. 목소리도 가짜로 만들 수 있을까. 그럴 수 없다면 여자는 가짜투성이 몸에다 내 몸은 가짜지만 나는 진짜라고 항변할 수도 없게 되겠지.

정말 쥬라기 나이트에 가면, 잃어버린 걸 되찾을 수는 있는 건가. 여자는 고개를 가로젓는다. 그리고 실리콘으로 만들어 붙인 귀와 손가락을 만지는 느낌은 어떨지, 잠깐 생각한다. 들을 수 없는 귀에 구부려지지 않는 손가락. 요즘 같은 세상에선 일부러 신경쓰지 않는다면 귀와 손가락쯤 누구도 쉽게 알아보지 못할 만큼 정교하게 만들어 붙일 수 있을 테지. 모든 소리들을 정확하게 들을 수는 없겠지만 그것도 그리 문제될 것 같지는 않다. 어쩌다 칼에 베도 여자의 손가락에선 피도 흐르지 않을 것이다. 진짜가 사라지고 난 뒤 채워진 곳에서는 아픔도 없을 거란 생각에 여자는 잠깐 위로받는 심정이 된다. 어디선가 전혀 티가 나지 않게 실리콘 의수를 만들어준다는데. 사람들이 내 손가락이 실리콘인지 아닌지 알 게 뭐겠어. 여자는 자신의 몸이 점점 실리콘으로 채워지는 상상을 한다.

그러면 배꼽은 어떡하지. 여자는 문득 지난번에 배꼽 성형을 했던 미용실 전화번호를 떠올린다. 여자처럼 찌라시 전문 광고 모델을 하자면 배꼽이 반드시 예뻐야 한다. 배꼽이 사라지기 전 여자의 배꼽은 말했듯, 상하로 길고 움푹한 예쁜 배꼽이었다. 일 년쯤 전부터 말이다. 그전엔 약간 돌출된 참외배꼽이었지만, 예쁜 배꼽으로 만들었었다. 여자는 아는 미용실 원장 소개로 영업이 끝난 시각에 미용실 한쪽 구석 샴푸실에서 수술을 받았었다. 병원을 찾아가는 비용의 반만 주고 받은 수술이었다. 수술은 부분마취만 한 뒤 한 시간도 걸리지 않아 끝났다. 그 후 여자는 이 바닥에서 잘나가는 모델이 될 수 있었다. 가끔 배꼽 주위가 부어오르거나 이유 없이 멍이 드는 부작용이 있기도 하지만 수술비를 생각해보면 충분히 참을 수 있는 일이었다. 그리고 계속 모델 일을 하자면 배꼽은 반드시 되찾아야 한다.

　메일을 받고 여자는 우선 메일 속에 적힌 번호로 전화를 걸었었다. 예. 뭐든지 원래대로 돌려드립니다. 뭐든지요. 찢어진 사진이나 오래돼 지직거리는 동영상 필름 같은 건 식은 죽 먹기죠. 얼마 전엔 교통사고로 내장이 삐져나온 채 죽은 애완견을 다시 원래대로 되돌려주었죠. 교통사고로 잘린 다리를 되돌리는 것도 별로 어려운 일은 아니었구요. 그러자면 당연히 비싼 요금쯤은 감수하셔야지요……. 전화 속 남자는 적지 않은 금액을 요금으로 제시했다. 여자는 통화를 하다 말고 서랍 속에서 통장을 꺼내 펼쳐보았다. 남자가 제시한 요금은 지금 그녀가 가진 돈의 거의 전부였다. 그 금액을 다 지불하고 나면 여자의 통장은 텅 비게 될 것이었다. 여자가 망설이고 있는 걸 알았는지 남자의 목소리가 남은 한쪽 귓바퀴 속으로 날카롭게 파고들었다. 배꼽과 한쪽 귀를 되돌려주는데 그만하면 많은 요금은 아닙니다. 남자의 재촉에도 여자는 쉽게 결정할 수 없었다. 왼쪽 귀가 사라지고 나서는 그나마 가끔 있던 일거리도 뚝 끊어진 상태였다. 그러니까 남자의 말은 결국 지금 여자가 갖고 있는 전부를 다 쏟아부어야 원래 자신의 모습을 되찾을 수 있다는 것이다. 가진 게 그게 전부라구요? 선택은 당신 몫입니다. 그냥 배꼽과 한쪽 귀가 없는 채로 살아갈 수 있다면요. 낮고 어딘지 사투리가 섞인 억양의 목소리는 기계음처럼 딱딱하고 톤이 일정했다. 배꼽과 한쪽 귀가 없는 채로 살아갈 수도 있는 일이라면……. 여자는 남자의 말을 속으로 중얼거렸다. 어떻게 찾아가면 되죠? 도장도 마저 꺼내들면서 여자는 남자에게 마지막으로 물었다.

4

쥬라기 나이트가 정말 있긴 한 건가.
여자는 사내가 사라졌던 모퉁이를 따라 돌면서 잃어버렸던 걸 원래대로 되돌린다는 게 가능한 일인지에 대해 생각이 미쳤다. 어떻게 복원해준다는 걸까. 어떤 특정성분이 함유된 알약 한 개를 내밀지도 모른다. 그걸 먹으면 아주 오랫동안 최면상태에 빠져, 베고 자던 베개가 다시 살아 돌아온 애완견으로 보일 수도 있을 것이다. 혹은 마음을 컨트롤해주는 특수한 호흡법이나 명상법으로 사라진 배꼽과 한쪽 귀가 사실은 없어진 게 아니며, 늘 마음속에 원형 그대로 있는 거라고 사기를 치는 것일지도 모른다. 아니라면 정말 그 모든 잃어버린 것들을 다 실제로 복원시켜주는 것일 수도 있겠지. 그것도 아니라면……

은밀한 곳으로 고객을 불러들여 지갑과 귀중품을 빼앗고 쓸만한 장기까지 꺼낸 다음, 고객이 깨어나기 전에 철수해 또 다른 새로운 곳으로 영업장을 옮겨가며 강도짓을 하는 일당이거나. 여자는 계약을 하기 전에 조금이라도 이상한 분위기가 감지되는지 주의해서 살펴야겠다고 마음먹는다. 게다가 손가락마저 사라져가는 걸 알게 되면 더 많은 요금을 요구할 수도 있는 일이다. 여자는 속으로 어떻게 흥정하면 원래의 가격으로 손가락까지 되돌릴 수 있을지를 생각한다.

모퉁이를 돌자 동대문우체국 간판이 보인다. 다시, 큰길이 불쑥 나와버린 것이다.

분명 쥬라기 나이트는 골목길로 들어가야 한다고 했는데.

여자는 길을 잃은 사람처럼 그 자리에 서서 빙글 돌아가며 이쪽저쪽을 살핀다. 그러다 아예 가방을 바닥에 내려놓고 사방을 두리번거린다. 묵직한 가방을 들고 헤매자니 좀 짜증이 인다. 사실 가방 안에는 그리 중요할 것도 없는 물건들이 들어 있다. 가방은 여섯 달쯤 같이 살던 JS가 남긴 물건들을 치우다가 눈에 띈 것이다. 배꼽이 사라진 지 나흘째 되는 날이었다. 그도 함께 사라져버렸다.

여자는 오십 리터짜리 커다란 종량제 봉투를 들고 온 집 안을 헤집었다. 반쯤 남은 오디세이 남성용 스킨과 고티에 옴므 향수, 갸스비 옴므 무스를 화장대에서 치워냈고, 옷장을 열어 그의 옷가지들을 쓸어담았다. 그가 보던 오래된 사진 관련 잡지들, 구석에 처박혀 있던 카메라 삼각대도 그대로 봉투 속에 처넣었다. 여자는 세탁기 뚜껑을 열어 아직 빨지 않은 빨랫감까지 모두 꺼내버렸다. 소파 옆 협탁 속에 남아 있던 말보로 담뱃갑을 마지막으로 종량제 봉투에 던져넣은 뒤, 내용물이 흘러나오지 않도록 봉투 입구를 단단하게 매듭지었다. 이어 여자는 망설임 없이 종량제 봉투를 현관 밖으로 옮겼다. 봉투는 생각보다 무거워 번쩍 들지 못하고 질질 끌고 나가야 했다. 얇은 비닐이 흙바닥에 쓸려 타닥타닥 나는 소리가 귀에 거슬렸다. 집 안으로 들어온 여자는 진공청소기로 바닥에 흩어진 먼지를 남김 없이 빨아냈다. 방 안 구석구석을 훑고 지나가던 청소기는 침대 밑 깊숙한 곳까지 들어가지 못하고 뭔가에 탁 걸렸다. 여자는 청소기 전원을 끄고 팔을 침대 밑으로 쑥 집어넣어 손에 걸리는 걸 밖으로 끄집어냈다.

침대 밖으로 끌려나온 가방을 집어들고 일어나다 여자는 그 자리에 도로 주저앉았다. 그는 왜 없어져버린 걸까. 그는 여자를 떠난 게 아니라 그냥 사라진 것이다. 그가 사용하던 물건들 어느 것 하나 가져가지 않았고, 주위 누구도 그가 어디로 간 건지 알지 못했다. 그런데도 여자는 그가 없어진 게 꼭 여자 때문인 것만 같다. 여자에게 배꼽이 사라져버려서 말이다.

참외배꼽을 성형하고 난 후 그가 나타났다. 어느 날 갑자기 여자가 일하는 곳에서 그가 사진을 찍고 있었다. 그전에 어디서 뭘 하던 사람이었는지에 대해 여자는 궁금해하지도 않았고 묻지도 않았었다. 그러니까 그가 어디로 사라져버린 건지도 알 수 없다. 하여간 그는 여자를 보자마자, 아니 여자의 배꼽을 보자마자 여자에게 덤벼들었다. 그가 처음 여자의 광고사진을 찍었을 때 여자의 배꼽에 반했었다는 얘길 들은 기억이 났다. 그리고 배꼽이 예쁘다며 단 둘이 있을 때면 여자의 배꼽을 찍길 즐기던 그였다. 여자는 그때마다 자랑스러웠다. 배꼽 때문에 먹고살 수 있는데다 JS도 얻었으니까.

그러니까, 여자로서는 그가 자신에게 온 이유도 없어진 이유도 다 배꼽 때문이라고 생각할밖에. JS와 배꼽. 그 둘 사이에 무슨 알 수 없는 관계라도 있는 건 아닐까. 여자는 가방 지퍼를 열면서 난데없는 상관관계를 떠올렸다. 생각해보면 배꼽이 사라진 걸 알았을 때 이미 그가 떠날지도 모른다고 짐작했었던 것 같기도 하다. 그리고 여자에게 배꼽이 있었던 자리를 들여다보는 그의 표정을 봤을 때 가슴속에서 뭔가 후드득, 떨어져 내리는 소리를 들은 것만 같다. 여자가 살아가는 데 가장 중요한 것 두 가지를 한꺼번에 잃는 느낌이었으니까.

가방 안에는 낡은 노트 세 권, 누군지 잘 알지 못하는 시인의 시집 두 권, 그리고 오래돼 표면의 글씨가 거의 날아간 씨앗 봉투와 카세트테이프가 네 개, 색이 바랜 티셔츠가 두 장 들어 있었다. 티셔츠는 아이의 것인 듯 사이즈가 아주 작은 것이었다. 테이프를 틀어볼까 해서 들고 일어나다 요즘 오디오시스템엔 카세트데크가 없단 사실을 떠올리고는 다시 가방 속에 던져넣었다. 배꼽 때문이야. 여자는 모든 게 사라진 배꼽 탓이라고 작게 중얼거린다. 그가 없어진 것도, 일감이 뚝 떨어진 것도, 통장 잔고가 바닥을 드러낸 것도, 이렇게 혼자 남게 된 것도…….

여자는 갑자기 벌떡 일어나 거울 쪽을 향해 발을 떼었다. 한 발 앞으로 나가려는데 가방끈에 발이 걸려 몸이 휘청했다. 간신히 침대 모서리를 짚고 몸을 일으켜 거울 앞에 서서는 윗옷을 벗어젖혔다. 산호색 브래지어 아래로 탄력 있는 배가 고스란히 드러났다. 여자는 검지손가락을 쭉 펴 배꼽 자리를 세게 눌러보았다. 잠시 손가락을 떼었다가 다시 더 세게 꾹 눌렀다. 여자의 탄탄한 배는 쑥 들어가지 않고 손가락 압력을 쉽게 팅겨냈다. 그러다 손톱을 세워 그 자리를 깊숙이 긁어보았다. 배꼽이 있던 자리에 금세 피가 맺혔다. 어떻게 배꼽이 감쪽같이 사라질 수가 있는가 말이다. 여자는 내달리듯 빠른 걸음으로 주방에서 송곳을 찾아들고 다시 거울 앞으로 돌아왔다.

먼저 송곳 끝으로 봉긋하게 솟은 윗가슴을 살짝 눌렀다. 벌에 쏘인 듯 따끔한 느낌에 잠깐 몸이 움츠러들었다. 가슴에 빨간 점을 남긴 송곳은 가느다란 선을 그으면서 아래로 내려갔다. 송곳은 마치 제 스스로 움직이듯 배꼽께에 가 멈췄다. 여자는 거울 속 배꼽 언저리에 눈을 두고 자신의 배꼽을 떠올리려 애썼다. 어떤 모양이었는지, 정확히 어디쯤 붙어 있었는지 도무지 기억나지 않았다. 이어 배꼽부터 시작해서 사라진 왼쪽 귀 부분까지 죽 송곳으로 선을 그으며 올라갔다. 원래 있었다가 사라진 거라고 생각했던 선, 배꼽에서부터 귀까지 이어졌던 선을 다시 기억해내려는 듯 신중하게 손을 놀렸다. 그랬다가 다시 배꼽으로 선을 죽 그어내렸다. 곧 붉고 가는 줄이 여자의 몸에 길게 생겨났다. 아주 약간 손끝에 힘을 주자 날카로운 송곳은 뱃살을 찌르며 끝이 사라졌다. 그리고 그 자리에 몽글, 핏방울이 솟아났다. 핏방울이 흐르자, 손아귀에서 힘이 빠져나갔다. 바닥에 툭 떨어진 송곳, 벗은 몸피 위로 가늘게 흐르는 핏줄기……. 여자는 거울에 비친 모습을 보면서 원래 배꼽의 모양을 더 이상 기억해내지 못했다. 배꼽 자리에서 흐른 핏줄기는 여자의 아래로 향하고 있었다. 흡사 눈물처럼 두 줄기로 가늘게 흘러내렸다.

5

다시 한번 가방을 추슬러 든 여자는 우체국 뒤쪽으로 난 작은 길을 발견하고 서둘러 그 길로 걸음을 옮긴다. 아무래도 쥬라기 나이트에 위치를 다시 확인해야겠다고 생각하면서 진 스커트 주머니에서 휴대폰을 꺼내든다. 끊길 듯 이어지는 다섯 번의 벨소리, 그리고 그 남자 목소리.

"맞아요. 그 길입니다. 우체국 뒷길로 들어섰으면 곧 쥬라기 나이트가 보일 겁니다."

남자 목소리는 여자의 귀에 제대로 들어오지 않고 계속 웅웅거린다. 배꼽과 다르게 한쪽 귀가 없어진 건 기능상의 문제도 발생시킨 것이다. 그러고 보니 늘 두통을 일으키던 거리의 소음도 그런대로 참을 만하다. 정말 한쪽 귀가 없어져서 그만큼 덜 듣게 된 걸까. 여자는 문득 왼쪽 귀에서 달랑거리는 링 귀고리를 만져본다. 그리고 곧 귀고리의 나머지 한 짝도 챙겨가지고 나올 걸 그랬다고 생각한다. 오늘 쥬라기 나이트에 다녀오면 다시 양쪽 귀 모두 귀고리를 달 수 있게 될 테니까.

"쥬라기 나이트요? 옛날엔 굉장했죠. 밤마다 빈자리가 없었다니까요. 지금은 커다란 박스들이 가득 찬 창고가 돼버렸지만 말예요."

여자는 남자가 마구 떠들어대도록 내버려둔다. 그래봐야 소음 스트레스라고 느낄 만큼 청력이 예민한 것도 아니니까.

"사이키 조명에 자욱한 공기가 정말 멋졌는데. 실제로 이름처럼 입구에는 커다란 공룡 모형이 서 있었어요. 물론 지금은 없어졌죠. 모르죠, 그 모형이 어디로 갔는지는. 어디 지방 놀이공원 같은 데 구석에 서 있지 않겠어요?"

"저…… 제가 지금 똑바로 가고 있단 말이죠? 정말 이 길이 쥬라기 나이트로 가는 길이 맞다는 얘기죠?"

여자는 가는 길을 다시 확인하면서 남자 목소리가 낯설지 않다고 생각한다. 분명 들었던 목소린데. 처음 쥬라기 나이트에 전화를 걸었을 때가 아니라 마치 조금 전에 들은 목소리인 듯 낯익은 느낌이다.

"근처 사람들은 아직 쥬라기 나이트를 기억하고 있을 테니 찾기 어렵진 않을 텐데……. 좀 골목길이긴 하지만 말예요. 건물 꼭대기에 쥬라기 나이트 간판이 아직 남아 있어요. 글자가 거의 떨어져나갔지만, '기'의 'ㄱ'은 남아 있죠. 지금은 나이트 간판이 오색찬란한 네온이지만, 쥬라기 나이트 간판은 페인트로 칠해져 있었거든요. 그걸 보면 쥬라기 나이트는 팔십칠년

이전에 생긴 게 분명해요. 팔팔올림픽을 앞두고 팔십칠년에서야 네온사인에 대한 규제를 전격 해제했던 기억이 선명하게 나는 걸요……."

남자의 애길 흘려들으며 여자는 잠깐, 쥬라기 나이트의 원래 모습은 어땠을까 상상한다. 입구에 서 있었다는 공룡은 티라노사우루스였을까. 커다란 몸통에 날카로운 발톱, 위협하듯 입은 크게 벌린 모양이었겠지. 여자의 상상 속으로 아직까지 그치지 않은 남자의 말이 끼어들어온다. 영화 〈쥬라기 공원〉 봤어요? 그 영화 굉장했잖아요. 쥬라기 나이트는 그 영화가 나오기 훨씬 전에 생겼죠. 영화는 구십삼년에 만들어졌으니까. 그 이후로 〈쥬라기 공원〉 시리즈가 세 개나 더 나왔잖아요. 공통점이 뭔 줄 알아요? 아이가 나오죠. 모두 랜드크루저나 트레일러, 비행기 같은 탈것에서 공격을 받구요. 그리고 세 명 이상 죽어요. 또 있어요. 영화 속에서 늘 비가 옵니다……. 왜 이름을 쥬라기 나이트라고 했는지는 모르겠어요. 영원히 사라져버린 과거를 되돌려놓고 싶어서였을까요? 그렇게 보면 쥬라기 나이트를 만든 사람도 내가 하는 일과 같은 종류의 일을 한 거죠…….

여자는 쉼 없이 이어지는 남자의 말을 들으며 쥬라기 나이트를 원래대로 되돌려놓으면 어떨까 생각한다. 남자의 말대로 사라진 모든 것을 복원할 수 있다면 쥬라기 나이트를 되돌려놓는 것쯤 그리 어렵지 않을 테니까.

여자는 남자가 일러준 대로 골목길을 따라 걷는다. 더위는 더 심해지고 하늘은 하얗게 바래간다. 여자는 가방을 들지 않은 손으로 땀을 닦아내며 꼭 하늘이 병든 기색이라고 느낀다. 가방은 쥬라기 남자에게 덤으로 요구할 사항이다. 그만한 요금을 받으면서 가방을 원래 주인에게 되돌려주는 것쯤은 충분히 요구할 만한 일이 아닌가. 스튜디오 직원들 중 아무도 그가 간 곳을 알지 못했다. 가방을 버릴까도 생각했었지만, 안에 들어 있던 노트 세 권이 마음에 걸렸다. 노트 안에는 뭔가를 스케치한 듯한 그림이 잔뜩 그려져 있었다. 그저 그런 풀과 나무들, 후미진 골목길, 누군지 잘 알 수 없는 인물들로 가득한 노트는 왠지 모르게 그냥 버려져선 안 될 것 같은 느낌이었다. 그리고 여자는 가방 안에 그가 찍었던 여자의 배꼽 사진을 한 장 넣었다. 그뿐이다. 그걸로 다시 그가 돌아오길 바란다든지 하는 일은 없을 것이다. 다만 왜 갑자기 사라져버린 건지 그 이유를 물어보고 싶다는 생각은 들지만 정말 그뿐이다. 배꼽이 다시 생기고 배꼽과 함께 그가 다시 돌아온다고 해도 그전처럼 될 수 있을까. 여자는 잠시 혼란스러워진다. 남자의 말대로 골목길로 깊숙이 걸어들어가면서 여자는 자신에게 그렇게 묻는다. 없어져버린 그와 사라진 배꼽은 뭐가 다른 건지 모르겠다고 말이다.

대체 이런 골목길에 무슨 나이트 건물이 있다는 거지.

좁은 길은 많은 건물들의 뒤편인 듯 사무실용 에어컨 실외기와 담장들, 그리고 버려진 담배꽁초들로 가득하다. 실외기에서 뿜어져나오는 열기에 여자는 숨이 턱 막힌다. 소나기라도 다시 쏟아지면 좋을 텐데. 이제 모자챙이 닿는 이마도 쓰라리기 시작한다. 혹시 쥬라기 남자에게 속고 있는 건 아닐까. 지금은 없어졌다고 하더라도 도무지 이런 곳에 나이트 따위는 있을 것 같지 않다. 계속 가야 할지 아니면 여기서 다시 되돌아가야 할지를 고민하는 여자의 눈에 골목길의 끝이 보인다. 그래, 저 끝까지만 가보자. 여자는 다시 걸음을 떼놓는다. 힐이 바닥에 부딪치는 소리도 더 이상 경쾌하지 않다고 느끼면서 최대한 발을 재게 움직인다.

골목을 다 벗어난 순간, 구둣방이 눈에 들어온다. 어떻게 인적도 뜸한 이런 골목에 구둣방이 있는 거지. 여자는 구둣방 주인에게 쥬라기 나이트가 어디 있는지 물어볼 수 있겠다고 생각한다. 그리고 아까 들렀던 구둣방과 거기에 두고 나온 우산, 다시 생긴 구두의 스틸 장식을 동시에 떠올린다. 짙게 선팅된 구둣방의 새시문은 닫혀 있다. 문엔 '모든 구두를 원래대로 고쳐드립니다'라고 쓰여 있다. 잠깐, 이건……. 그 문구 위 중간 부분쯤에 '?'가 붙어 있다. 분명 아까 들렀던 구둣방에도 같은 형태의 문구가 있었던 게 기억난다. 윗줄 중앙에 하얀 글씨로 먼저 '?'가 붙어 있었고, 그 아랫줄에 '모든 구두를 원래대로 고쳐드립니다'라고 적혀 있었다. 그걸 보면서 '?'는 뭘까 생각했던 기억도 나는데.

아까 버스에서 내리자마자 소나기가 쏟아져 여자는 급하게 우산을 꺼내들어 펼쳤었다. 너무 서둘러서인지 우산은 단번에 펴지지 않았다. 가방 손잡이를 팔꿈치까지 끌어올린 다음 우산을 다시 펴는데, 손에 잔뜩 힘을 주어 우산을 펴는 바람에 우산 살 하나가 부러졌다. 하는 수 없이 여자는 살이 부러진 우산을 받치고 미끄러운 발에 신경을 쓰면서 조심스레 걸었다. 그랬는데 그만 맨홀 뚜껑에 구두굽이 박혀버렸다. 여자는 최대한 발에 힘을 주어 들어올렸다. 구두가 구멍에서 막 빠져나오는데 딱 소리가 나면서 굽이 부러졌다. 비는 쏟아지고, 가방은 점점 더 무거워지고, 구두굽은 부러지고……. 여자는 고개를 쭉 빼고 두리번거리다가 버스정류장에서 멀지 않은 곳에서 구둣방을 발견했다.

가방과 살이 나가버린 우산과 부러진 굽을 손에 든 여자는 구둣방 쪽을 향해 절룩거리며 걸었다. 한쪽이 찌그러진 우산 속으로 굵은 빗줄기가 마구 들이쳐 여자의 얼굴을 타고 흘렀다. 구둣방은 새시문이 닫혀 있어 여자는 별 도리 없이 가방을 젖은 바닥에 내려놓고 구둣방의 미닫이문을 옆으로 밀어 열었다.

다 열리지 않은 문틈으로 낮게 걸린 선반이 먼저 여자의 시선을 맞아들였다. 선반에는 각종 미니어처들로 가득했다. 강아지, 비디오테이프, 여행용 가방, 공룡, 자전거, 소나타 승용차, 사람 등등 모두 새끼손가락 길이만 한 장식품들이 가지런히 놓여 있었다. 뭐랄까. 구둣방에 있을 법한 물건들이 아니어서인지 여자는 자신이 구둣방이 아니라 전혀 낯선 곳으로 빨려들어가는 느낌이었다. 구둣방 실내는 후텁지근하고 축축한 공기가 가득했다. 라디오에선 갑작스런 소나기에 상황이 더 어려워진

도로 구간을 알려주는 진행자의 낮은 목소리가 흘러나오고 있었다. 덜컥 낯선 세계에 들어서버린 여자는 자신이 미니어처가 돼서 선반 위에 얹혀 있는 상상을 하며 멍하게 서 있었다.

"구두를 벗어줘야죠, 아가씨."

남성용 정장 구두를 닦고 있던 구둣방 주인이 어이없다는 표정으로 말을 툭, 뱉어냈다.

"아, 네. 구두요. 벗을게요."

여자는 비에 젖어 축축해진 구두를 벗어 주인에게 건넸다. 여자의 구두와 굽을 받아들고 살펴보던 주인은 아무 대구 없이 굽과 구두 바닥에 묻은 물기를 닦고 선풍기 바람을 쏘여 물기를 말린 다음, 굽에 본드칠을 했다.

"본드가 적당히 마를 때까지 기다려야 합니다."

주인의 억양에 약간 남도 사투리가 묻어난다고 생각하면서 여자는 고개를 끄덕였다. 밑창에 다시 굽이 붙고 튼튼하게 못질까지 된 구두를 받아든 여자는 굽이 떨어졌던 자리를 꼼꼼하게 살폈다. 굽은 원래 떨어지지 않았던 듯 단단하게 붙어 있었다. 그리고 구둣방을 나오면서 그만 우산을 챙기지 않았던 것이다.

여자는 구둣방 새시문에 적힌 문구에서 눈을 떼지 못한다. 아무리 봐도 아까 봤던 그 구둣방의 모양새와 너무 비슷하다. 여자는 고개를 갸웃거리며 새시문 앞에서 연신 버정거린다. 그러다 어쨌든 쥐라기 나이트의 위치는 물어봐야 한다는 생각에 천천히 구둣방의 새시문을 옆으로 밀기 시작한다. 그리고 구둣방의 미닫이문이 다 열리기도 전에 여자는 그 자리에 우뚝 멈춘다.

여긴……. 여긴, 분명 아까 들렀던 그 구둣방이다. 구석에 매달린 오래된 라디오, 끼끼거리며 돌아가는 선풍기, 지저분하게 한쪽 벽을 메우고 있는 각종 구두굽들까지. 그리고 선반 위의 미니어처들. 아. 여자의 입에서 낮은 신음 같은 탄성이 새어 나온다. 맨 오른쪽에 아까는 없었던 미니어처 구두가 얌전하게 놓여 있는 게 아닌가. 분명, 여자의 구두다. 'G' 자 모양의 스틸 장식까지 선명하다. 내려다보니 여전히 여자의 구두코 부분에 스틸 장식이 단단하게 붙어 있다. 여자는 또, 말문이 막혀버린다. 반면, 구둣방 주인은 여자를 보고도 그리 놀라지 않는 기색이다.

"아가씨, 또 왔네. 무슨 일로?"

구둣방 안엔 한 사내가 고개를 깊숙이 숙인 채 신문을 들여다보고 있다. 사내의 발엔 실내에서 신는 창이 얇은 슬리퍼가 신겨져 있다. 구둣방 주인은 사내의 것인 듯한 흰색 운동화 뒤축 부분에 바느질을 하고 있다. 어찌된 일이지. 여자는 자신이 두고 갔던 우산이 구석에 그대로 널브러져 있는 걸 보며 뭐라 대꾸할 말을 찾지 못한다. 어떻게 된 일일까. 아까 들렀던 구둣방에서 나와 한참을 걸었는데. 쥬라기 나이트 남자의 말대로 이곳에서 그리 멀지 않은 곳에 쥬라기 나이트가 있는 거라면, 여자는 결국 버스에서 내려 엉뚱한 곳을 한참이나 헤매다 다시 이곳으로 돌아온 것이겠지. 그리고 구두 미니어처는……. 순

간, 다리에 힘이 빠진 여자는 사내가 앉아 있는 딱딱한 나무의
자에 털썩 엉덩이를 내려놓는다. 그 결에 가방이 아무렇게나
바닥에 부려진다.

"왜요? 구두에 무슨 문제가 또 생겼어요?"

주인의 물음에 신문을 보고 있던 사내가 고개를 들어 여자를
잠깐 돌아본다. 여자는 구둣방 주인에게 뭔가 말을 건네려다
말고 사내의 시선을 마주 받는다. 이런. 버스에서 만나고 아까
길에서 마주쳤던 그 사내다.

"아니, 저…… 아까 버스에서 만났었던……."

여자는 말끝을 흐리면서 깊이 숨을 들이마신다. 대체 이건
뭐지. 왜 사내가 여기 있는 거지. 여자는 뭔가에 속은 듯한 기
분이 들어 불쑥 화가 치밀었지만, 다시 생각해보니 구둣방이야
누구든 들를 수 있는 곳이 아닌가.

"아직 쥬라기 나이트 건물을 찾아요?"

사내는 다시 신문에 눈을 박고는 입으로만 여자에게 묻는다.
자세히 보니 신문은 사내의 의수와 한 개만 남은 손가락에 그
저 걸쳐져 있다. 사내의 옆에는 낡은 그 가죽가방이 놓여 있다.
지퍼는 여전히 열린 채 안에 가득 들어 있는 바늘세트가 훤히
들여다보인다. 아무래도 지퍼가 고장난 모양이라고 생각하면
서 구둣방에서는 가방은 고쳐주지 않는 모양이라고 짐작한다.
그리고 뭘 꿰매야 저 많은 바늘을 다 쓸 수 있을까 궁금해한다.
라디오에선 진행자가 청계천 복원공사로 일대 교통이 혼잡하
니 다른 길로 돌아가는 것이 좋겠다는 말을 빠르게 쏟아내고

있다.

"쥬라기 나이트? 아가씨도 쥬라기 나이트 찾아요? 요즘 들어 왜 이렇게 쥬라기 나이트를 찾는 사람들이 많지……."

구둣방 주인이 운동화를 꿰매던 실을 잘라내면서 남도 사투리가 섞인 억양으로 말을 내뱉는다. 주인의 말은 끽끽거리는 선풍기 소음에 묻혀 끝부분이 선명하게 맺어지지 않는다. 여자는 문득 구둣방 주인의 억양이 아무래도 낯설지 않다는 데 생각이 간다. 아까 구둣방에 들렀을 때 들었기 때문인가. 옆으로 밀쳐놓았던 검정색 힐을 닦기 시작하는 구둣방 주인에게 시선을 돌리며 여자는 그럴지도 모른다고 고개를 끄덕인다. 그리고 쥬라기 나이트의 위치를 물으려다 말고 왜 구둣방 주인의 목소리가 낯설지 않은지 기억해낸다. 분명 쥬라기 나이트 남자의 목소리다. 약간 느린 듯한 말투에 흐릿한 남도 억양……. 틀림없다. 쥬라기 나이트 남자와 구둣방 주인. 갑자기 머릿속이 깨끗해진 것처럼 여자는 잠시 아무 생각도 떠오르지 않는다. 그리고 자신이 어디에 있는 건지도 의심스러워진다. 아니, 여자는 자신이 지금, 현재의 시간 속에 있는 것인지조차도 헷갈린다.

"가방은 왜 들고 다녀요? 여행이라도 가려는 거요?"

읽고 있던 신문을 둘둘 말아 옆구리에 끼고 일어나던 사내가 여자의 가방을 주먹으로 툭 치며 묻는다.

"아니에요. 원래 주인에게 되돌려주려구요."

여자는 얼결에 대답을 내뱉고는 다시 멍한 표정이 된다.

"뭐 대단한 거라도 들어 있나?"

이번엔 구둣방 주인, 아니 사실은 쥬라기 나이트 남자일지도 모르는 낮은 남도 억양의 목소리가 물어온다. 그 물음에 여자는 저도 모르게 가방에서 노트 한 권을 꺼내들어 목소리의 주인에게 내민다. 구둣방 주인이 쥬라기 나이트 남자라면 여기서 가방 얘기를 해도 되지 않을까 싶기도 한 때문이다. 노트를 뒤적이던 목소리의 주인이 별거 아니네, 하며 여자에게 도로 노트를 돌려준다. 건네받은 노트를 가방에 다시 집어넣으려다 말고 여자는 노트 귀퉁이에 적힌 이름에 그만, 눈이 박히고 만다. 거기에는 선명하게 여자의 이름이 쓰여 있다. 놀라 펼쳐본 노트 안에는 커다란 잎을 잔뜩 매달고 있는 플라타너스 한 그루와 그 밑에 놓인 벤치가 그려져 있다. 되는 대로 몇 장을 더 넘겨보니 이번엔 짧은 단발머리의 계집아이가 툭 튀어나온다. 남도 목소리가 흘끔 넘겨다보더니 아가씨 얼굴인 것 같은데, 라고 한마디 던진다. 내 얼굴……. 그러고 보니 유난히 가는 눈썹과 뾰족한 턱선이 여자 같기도 하다. 이 가방이 실은 내 것이란 말이지. 여자는 뭔가를 기억해보려고 애를 쓰지만 아무것도 떠오르지 않는다. 어릴 때 꿈이 화가였던 모양이네. 앉아 있는 여자를 지나 구둣방 문을 나가면서 사내가 흘린 말이 여자의 한쪽 귓속으로 빠르게 흘러들어온다.

　어릴 때, 화가, 꿈……. 여자는 저도 모르게 자리에서 일어나 구둣방을 걸어나온다. 아주 느린 걸음으로 한 걸음, 한 걸음 발자국 소리를 한쪽 귀로 들으며 발을 떼놓는다. 여자의 머릿속에서는 구둣방 안의 선반이 그려진다. 선반 위에는 어느새 여자 자신이 올라앉아 있다. 살펴보니 사라졌던 배꼽과 한쪽 귀도 온전히 원래 자리에 붙어 있다. 대신 여자는 새끼손가락만 한 길이로 작아져 있다. 동시에 여자는 돌고 돌아 자신이 다시, 이 구둣방으로 돌아올지도 모르겠다고 생각한다. 구두코의 스틸 장식이 햇살을 받아 반짝, 여자의 눈을 아프게 한다. 여자는 시린 눈을 꾹 눌러 감는다.

감았다 눈을 떠보니 어디로 갔는지 사내는 금세 사라졌다. 구둣방 앞에 한참 동안 서 있던 여자는 결국 쥐라기 나이트의 위치를 묻지 않았다는 걸 깨닫는다. 그리고 구둣방에 자신의 가방을 두고 나온 것도 떠올린다. 처음엔 우산을, 이번엔 가방을 구둣방에 두고 나온 것이다. 다시 들어가 가방을 가지고 나올까 하다 그만두기로 한다. 그의 것이 아니라면 되돌려줄 필요도 없고, 여자의 것이라면 이미 오래전에 잃어버린 것이니까. 이젠 되찾아 와도 아무짝에도 쓸모없을 테니까.

방향을 정하지 못하고 그저 걷기를 여든여덟 걸음쯤? 내내 바닥을 보며 걷다 문득 고개를 들자 거기, 쥐라기 나이트가 여자의 눈앞에 드러난다. 남자의 말처럼 간판에는 'ㄱ'자만 남아 있지만 원래 페인트로 쓰여졌을 쥐라기 나이트 글자의 흔적이 그대로 남아 있다. '쥐' 자와 '기' 자가 있었던 위치 양옆으로는 공룡의 발톱 모형이 장식돼 있다. 늦은 오후의 하늘은 어느새 흐려지기 시작하고, 길어진 그림자를 따라 발톱은 공중을 할퀴고 있다.

저기, 쥐라기 나이트 지하에만 들어갔다 나오면 사라진 배꼽, 없어져버린 한쪽 귀, 그리고 손가락을 되찾을 수 있단 말이지. 여자는 길게 숨을 한번 들이쉬고 오른쪽 발을 앞으로 내딛는다. 정말 저곳에 가면 사라진 것들을 되돌릴 수 있을까. 갑자기 길을 잃은 것처럼 막막해지는 기분이다. 그리고 자신이 실은 아까부터 길을 잃었었다는 게 생각난다. 쥬라기 나이트 앞에 서서 말이다. 낡은 간판 위의 공룡 발톱이 여자를 파고들 듯 점점 더 구부러지고 있다.

여자는 발에 힘을 주어 다시 걸음을 떼놓기 시작한다. 걸으면서 오른쪽 손은 배꼽께로, 나머지 한쪽 손은 머리칼이 덮인 왼쪽 관자놀이께로 살며시 가져다 댄다. 그러다 문득, 떼놓은 걸음이 서로 엇갈려 여자는 제자리에 우뚝 멈춰 선다.

매직카페

스카프 두 장을 집어든 그녀는 양 끝을 잡아 매듭을 지어 묶는다. 스카프는 연습용으로 사용한 지 오래돼 간간이 올이 나가 있다. 묶인 스카프를 세게 당겨 단단하게 고정됐는지 확인한 다음, 시선을 정면에서 약 십오 도쯤 위에 둔 채 스카프를 던져올린다. 공중으로 올라간 스카프는 손 위에 떨어지면서 묶인 매듭이 부드럽게 풀린다. 비교적 쉬운 마술이지만 관객 앞에서 공연하기 전에 한 번씩은 꼭 연습을 한다. 실수할 게 두려워서라기보다는 관객 앞에 떨지 않고 나설 수 있도록 자신감을 얻기 위해서다.

이어 그녀는 스카프 한 장을 내려놓고 나머지 한 장을 둥글게 말아쥔 손 안으로 밀어넣었다. 손 안으로 입김을 불어넣고는 새끼손가락부터 천천히 펼쳤다. 완전히 편 손은 어느새 텅 비어 있다. 스카프가 사라진 것이다. 그녀는 무수히 많은 기술중에서도 이렇게 사라지게 하는 배니싱 기술을 즐겨 사용한다. 뭔가를 마음대로 없애고 필요한 순간에 다시 불러올 수 있다는 게 마음에 드는 것이다. 그녀가 목 뒤쪽으로 손을 가져가자 사라졌던 스카프는 셔츠깃 사이에서 조금씩 빠져나왔다. 미리 숨겨놨던 스카프에 머리카락이 엉켰는지 따끔거리면서 머리칼 몇 개가 같이 딸려나왔다. 스카프에 돌돌 말려 있는 머리카락을 떼내는데 뒷목이 뻣뻣했다. 늦은 연습으로 잠이 부족했던 때문이다. 그녀는 고개를 뒤로 젖혔다가 옆으로 꺾었다가 한 바퀴 돌렸다. 그래도 영 개운치 않고 아랫도리가 묵직한 게 내일쯤 생리가 터질 것 같다. 무리하게 연습을 하다보면 몸이 예민해져 생리 전에는 꼭 몸살처럼 여기저기가 쑤시곤 한다. 지난달에 쓰고 남은 생리대가 충분한지 헤아려보면서 그녀는 주먹을 쥐어 어깨와 뒷목을 두들겼다.

　이번에는 스카프 두 장과 칼 한 자루를 테이블 위에 준비해 놓았다. 칼집에 다 들어가지 않고 옆으로 삐져나온 날 끝이 유리 테이블에 긁히면서 머리카락이 쭈뼛했다. 며칠 전 드라이버 대신 칼끝으로 나사를 돌리다 칼끝이 구부러진 것이다. 그녀는 준비물이 많지 않은 마술을 주로 한다. 물속 탈출이나 통 속에 든 사람에게 칼을 찔러대는 것 같은 과장된 마술보다 사소한 걸로 할 수 있는 마술이 왠지 더 진짜 같은 느낌이 들어서다. 어떤 마술사는 한 시간이 넘는 공연 시간 내내 동전마술만 보여주기도 하니, 그녀만 그런 생각을 하는 건 아닌 것 같다. 스카프와 칼을 각각 왼손과 오른손에 쥐면서 그녀는 스카프만으로 공연을 해보면 어떨까 생각했다.

칼은 아무거나 상관없다. 다만 공연 때는 분위기 연출 때문에 지금처럼 맥가이버칼 대신 특이한 문양이 들어간 칼을 사용한다. 칼날에서 비린 돼지고기 냄새가 났다. 녀석들이 또 족발을 먹을 때 이 칼을 쓴 모양이었다. 휴지로 칼날을 닦아내자 누릿한 돼지기름이 금세 휴지에 스며들었다. 그녀는 칼로 스카프 가운데를 쿡 찔러 죽 그어내렸다. 칼은 단번에 미끄러지지 못하고 중간에 탁, 걸리고 만다. 모르는 사이 손목에 힘이 빠진 것이다. 공연 때는 이러면 안 되는데……. 이 마술을 할 때마다 공연히 긴장하는 마음을 가다듬으며 다시 손끝에 힘을 모은다.

스카프 가르기는 아버지 공연의 주된 메뉴 중 하나였다. 지방의 쇠락한 밤무대를 전전하던 아버지는 칼이나 불, 비둘기 등을 주로 사용했는데, 그나마도 아버지가 폐병을 앓기 시작한 후부터는 일자리를 찾는 게 쉽지 않았다. 대여섯 살 때부터 그녀는 아버지를 도와 스카프를 잡아주거나 조그만 통 속에 들어가기도 했지만, 대개는 아버지가 마술을 하는 동안 무대에서 춤을 췄다. 춤을 출 때마다 번들거리는 손님들의 시선이 그녀의 온몸을 훑었다. 멍청하게 입을 벌리고 침을 흘리는 손님들 앞에서 그녀는 마치 발가벗고 서 있는 듯 악의가 끓어올랐다. 남도의 한 어시장 근처 허름한 클럽에서도 아버지는 칼을 빼들고 스카프를 가르다 말고 울컥 넘어온 기침을 참지 못했다. 일주일째 이어진 공연에서 늘 그 모양이었기 때문에 그날이 우리에겐 마지막 공연이었다. 숨이 넘어가게 기침을 하던 아버지 손에서 피가 흘러내렸다. 스팽글을 잔뜩 단 짧은 치마를 입고 옆에서 춤을 추던 그녀는 고개를 돌려 아버지를 쳐다보았다. 그녀는 놀라지도 소리를 지르며 아버지에게 달려가지도 않았다. 어차피 언젠가 일어나리라 짐작했던 일이었다. 물비린내를 풍기는 손님들은 웅성거리기 시작하더니 어디선가 욕이 튀어나왔다. 뭐하는 거야, 썅. 내가 이따위 거지 같은 거 보려구 돈내고 여기까지 왔는지 알아? 아버지는 끊임없이 쿨럭댔고, 그녀는 계속해서 검지손가락을 공중에 대고 찔러가며 디스코를 추고 있었다. 아버지의 옷깃에 점점 피가 번지고 있었다. 피가 아버지의 입에서 새어나온 건지, 기침하다 칼에 찔린 손에서 흐르는 건지 알 수 없었다. 결국 아버지와 그녀는 다시 멀쩡해진 스카프를 꺼내 보이지도 못하고 찢긴 스카프만을 들고 무대에서 내려왔다.

내려오는데 꾀죄죄한 차림의 웨이터 하나가 따라왔다. 웨이터는 한 손님이 건넨 거라면서 핏물이 스민 신문지 뭉치를 내밀었다. 아버지는 고깃근이나 되는 모양이라고 흐흐 웃었다. 움푹 들어간 눈에 이 사이로는 핏물이 배어들어 아버지는 막 날고기를 먹은 산짐승 같았다. 그녀의 팔을 잡아끌고 간이탈의실로 들어가 의자에 몸을 부리자마자 아버지는 신문지부터 풀어보았다. 아버지의 눈빛은 육식에 대한 기대로 오랜만에 또렷해졌다.

신문지 안에는 잘 손질된 고깃근 대신 아직 탯줄도 안 떨어진 고양이 시체가 들앉아 있었다. 피범벅된 고양이는 제 탯줄을 목에 감고 있었다. 그걸 보고 그녀는 탯줄이 제 목에 와 감기기라도 한 듯 숨이 답답해져, 아버지 손에서 칼을 뺏어 탯줄을 잘라주고 싶다고 생각했다. 헉, 숨을 깊이 들이마신 아버지는 한동안 내뱉지 못하고 컥컥거렸다. 간신히 숨을 내쉰 아버지는 죽은 고양이를 오랫동안 노려보더니 입꼬리를 늘어뜨려서는 흐물흐물 입 속으로 웃음을 씹었다. 얼마나 그랬을까. 아버지의 눈이 점점 커진다 싶더니 어느 순간 의자와 함께 뒤로 넘어졌다. 그 결에 고양이가 아버지 손에서 떨어져 바닥으로 굴렀다. 그녀는 죽은 고양이를 다시 신문지에 싸 아버지 옆에 나란히 놓았다. 고양이에게서도 아버지에게서도 비릿하게 피 냄새가 풍겼다. 아버지는 천장을 향해 눈을 부릅뜨고 있었다. 탁한 아버지의 동공을 뚫어져라 들여다보며 그녀는 가슴을 쓸었다. 그리고 이제 다시는 마술을 하지 않아도, 엉덩이가 보일락말락한 미니스커트 차림으로 춤을 추지 않아도 되리라고 생각했다.

어디선지 흐릿하게 비린 냄새가 나는 것 같아 코를 감싸쥐었다. 그리고 다시 한번 휴지로 칼을 훔쳐냈다. 갈라져 너덜거리던 스카프는 이미 원래대로 돌아와 테이블 위에 누워 있다. 바의 한쪽 구석에는 이곳에 들어온 지 육 개월이 가까워오는 녀석들 서넛이 제 나름대로 카드를 섞는 셔플과 커팅 연습을 하느라 짱박혀 있다. 그중 한 녀석의 손이 잠깐 멈칫하더니, 급기야 녀석이 들고 있던 카드가 산산이 흩어져 바닥으로 떨어졌다. 머쓱한 표정을 짓고 서 있는 녀석들을 보다 못한 정태 형이 오른손만을 사용해 능숙한 손놀림으로 셔플 시범을 보인다. 여기 사장이자 수석 마술사인 형의 셔플은 화려하고 빠르다. 엄지와 집게손가락만을 사용해 카드를 자유자재로 섞는가 하면 카드를 손 안으로 구부려 퉁기기도 한다. 형의 손에서 퉁겨지는 카드는 탄력을 받아 거의 딱딱 소리가 날 지경이다. 그것을 본 녀석들이 감탄사를 연발한다. 한 녀석은 턱을 팔에 괸 채 넋이 나간 듯 형의 손놀림을 뚫어져라 들여다보고 있다. 그녀는 녀석이 저러다 침이라도 흘리지, 싶다. 좌라락, 경쾌한 소리와 함께 형의 손 안에서 움직이던 카드는 금세 깨끗하게 정리되어 바 위에 얹혀진다. 녀석을 보면서 그녀의 손이 저절로 셔플을 하는 것마냥 움직인다. 그러다 무심코 양쪽 손목을 돌려 운동을 한다. 손놀림을 유연하게 하려는 움직임인데, 하룻밤 동안 굳었던 손목에선 연신 뚝뚝 소리가 난다. 한참을 해도 손목은 쉽게 풀어지지 않고 어깨 근육까지 뻐근해진다.

그래 가지고 어디 관객한테 먹히겠냐? 초반에 기선을 제압해야 너희도 편하고 관객도 즐거운 거야. 녀석들이 영 마음에 안 드는지 정태 형이 한마디 쏘아붙인다. 그래봤자 아직 관객들 앞에는 서보지도 못할 녀석들이다. 제아무리 자신만만해도 이곳에 들어온 지 육 개월이 넘지 않으면 관객 앞에서 마술공연을 하지 못하도록 돼 있기 때문이다. 그동안은 테이블에 맥주와 음료를 나르거나 간혹 선배들의 공연을 보조할 수 있을 뿐이다.

아무래도 좀 쉬어야 할 것 같다. 뒷목을 타고 통증이 내려와 등허리가 결리기 시작했다. 그녀는 테이블 위에 넘어져 있는 빈 맥주병들과 꽉 찬 재떨이를 집어들고 안으로 들어갔다. 검은 비로드로 된 바 한쪽 구석의 이중 커튼 사이로 고개를 디밀자 먼저 음식찌꺼기 냄새가 코를 찔렀다. 그녀의 눈에 맨 처음 띈 것은 개수대 바깥으로 삐져나와 있는 라면 가닥이었다. 라면 가닥을 따라 바닥으로 떨어지고 있는 국물방울들과 몇 겹으로 포개져 쌓인 새우탕 사발면 빈 용기들, 아무렇게나 내던져져 있는 수저들이 한꺼번에 그녀의 시야에 들어왔다. 이런 건 신참들이 해야 하는 것 아냐? 도대체 위아래라곤 없는 놈들 같으니라고. 그녀는 속으로 신참 녀석들을 나무라면서도 벌써 손은 고무장갑도 끼지 않은 채 개수대의 흐린 물속에 담그고 있었다. 배수구에서 오랫동안 썩은 음식물 냄새가 역으로 타고 올라와 코를 감아쥔 그녀는 스펀지 수세미에 세숫비누를 벅벅 문질러 그릇들을 닦았다. 주방세제가 떨어진 지 이미 오래지만 누구 하나 신경쓰는 사람이 없었다.

방문을 여니 갇혀 있던 곰팡내가 한꺼번에 달겨든다. 쉰내가 나는 눅눅한 이불 속에는 아직도 한 녀석이 남아 있었다. 그녀는 녀석을 대충 옆으로 밀어부치고는 이불 속을 비집고 들어가 누웠다. 낮게 코까지 골며 자던 녀석이 어느새 알아차리곤 돌아누워 그녀를 등 뒤에서 안았다. 그녀는 아랑곳하지 않았다. 내치지도 끌어당기지도 않고 그냥 웅크린 채 누워만 있었다.

이곳을 드나들기 시작한 지 일 년은 족히 된 여드름딱지 녀석 중 하나다. 녀석은 그녀를 안고 있는 것만으론 만족스럽지 않았는지 이내 그녀의 후드티 안쪽으로 손을 불쑥 집어넣었다. 그리고 반바지 안으로까지 진출하더니 급기야 그녀를 돌려 눕히고는 허겁지겁 자신의 바지 지퍼를 끌어내렸다. 녀석의 머리칼에서 습한 곰팡내가 났다. 오늘은 꼭 이불을 내다 말려야 한다고 생각하면서 그녀는 녀석이 쉽게 움직일 수 있도록 허리를 달싹여주었다. 그 작은 진동이 아래로 타고 내려가서일까. 그녀는 왼쪽 다리가 다시 저려오는 걸 느꼈다. 녀석도 그 낌새를 알아챘는지 다급한 목소리로 누나 또 다리 아퍼? 하고 묻는다. 그러면서도 녀석, 허리놀림은 멈추지 않은 채 그대로다. 응, 조금. 그녀는 간신히 대답하며 연신 왼쪽 다리를 주무른다. 한바탕 가쁘게 숨을 몰아쉰 녀석이 한순간 몸을 쭉 뻗었다. 누나 고마워. 녀석은 한마디를 내뱉고는 그녀의 다리를 감싸쥐고 주무르는 시늉을 하다 곧 다시 코를 골았다. 그놈, 인사는 꼭 챙긴다니까. 그녀는 되레 녀석의 말에 안도감을 느끼며 품 안에서 잠든 녀석의 머리칼을 매만져주었다.

녀석을 받아주면서 그녀가 내내 응시한 것은 방 한쪽 구석에 쌓여 있는 서너 권의 마술에 관한 책더미였다. 더 정확히 그녀의 시선은 보자기 대신 그 책들을 싸 묶어놓은 색 바랜 실크스카프에 가 박혀 있었다. 스카프는 오래되어 탁한 연보라색이 났다. 그 스카프 위로 흐리게 한 장면이 떠올랐다.

부신 듯 눈을 찡그렸던 기억이 나는 걸로 봐서 한낮이었던 듯하다. 기억 속에서 누군가 자리에 누워 뒹굴고 있는 그녀의 머리칼을 어루만지고 있다. 그 손이 움직일 때마다 기분 좋은 땀냄새가 났다. 별 이유도 없이 까르르 웃어대던 그녀가 바닥에 널려 있는 옷가지들 중에서 스카프를 집어들었다. 바래기 전의 스카프는 부드러운 바이올렛색이 선명하다. 물론 지금처럼 책더미 따위를 싸고 있었던 게 아니라 그녀의 목에서 갓 풀려난 것이다. 그녀는 스카프를 들고 일어나 앉아 이리저리 묶어 매듭을 지었다. 그리고 양쪽으로 잡아당겨보지만 미끄러지듯 풀려야 할 매듭은 더욱 꽉 조여지고 만다. 어릴 적부터 마술을 배운 그녀지만 웬일인지 기억 속에서 실수를 하고 만 것이다. 아마도 오랫동안 마술을 하지 않다가 다시 시작한 때문이겠지. 그녀가 멋쩍은 미소를 지으며 누군가의 얼굴을 쳐다본다. 기억 속에서 그녀는 행복하다고 생각했다. 왜 그만뒀던 마술을 다시 시작했고 또 즐거워했을까? 그 얼굴은 이불 속에서 몸을 빼 무릎을 세우고 앉아 있던 그녀의 볼에 입맞춤한 뒤, 스카프를 공중으로 던져올렸다. 그녀의 머리 위로 날아가던 스카프는 눈 한번 깜짝하는 사이에 눈앞에서 사라진다. 그 대신 반으로 쪼개진 동전 하나가 그녀의 손에 뚝 떨어진다. 동전에는 낯선 나뭇잎들이 가득 그려져 있다. 누구의 얼굴일까? 사라졌던 스카프는 어느새 되돌아와 이제 색이 바래 있고 아직도 코끝에선 익숙한 땀냄새가 맡아지는데도 떠올리려 애를 쓰면 쓸수록 그 얼굴은 금세 사라지고 만다. 그녀는 보이지 않는 마술의 끈이 온몸을 조여오는 듯 가슴이 답답해졌다.

그녀의 품 안에서 잠든 녀석은 작은 소리로 이를 갈기 시작한다. 어젯밤의 늦은 연습으로 녀석도 피곤에 지친 것이다. 그녀와 다른 이들이 뒤섞여 잠자리에 들기 시작한 건 공연이 없는 낮시간에 후배 마술사 양성을 하기 시작한 지 얼마 안 되어서였다. 몇몇 마술사들과 그 후배들이 낮시간에는 마술을 연마하고 저녁에는 공연을 한 뒤, 밤시간에는 부어라 마셔라 술을 들이켠 채 그녀의 방으로들 비집고 들어오는 것이다. 그러다 간혹 몇 녀석이 그녀의 몸을 더듬기도 하고 또 더러는 그녀의 몸속으로 기어이 들어오기도 했지만, 다리에서 유독 심한 통증이 느껴질 때를 제외하고는 애써 내치려고 하지 않았다. 오히려 스스럼없이 그녀를 대하고 원하는 그들을 볼 때마다 왠지 그녀가 매니저 자리를 꿰차고 있는 것에 대해 좀 마음이 놓이는 느낌이었다. 그녀가 아니더라도 여기서 숙식하며 매니저 노릇을 할 만한 사람은 여럿이 있는데다 언제까지 정태 형의 자책감에 기댈 수 있을는지 모를 일이니까. 그녀는 녀석을 등지고 돌아누워 눈을 감았다.

까무룩 잠 속으로 빠져들면서 그녀는 홀에서 넘어들어온 왁자한 소리를 듣는다. 그 가운데 유난히 튀는 목소리가 있다. 며칠 전 새로 들어온 고딩이다. 마술사가 되고 싶어 밤이면 잠이 안 온다던 녀석. 그 다짐답게 놈은 벌써부터 열심이다. 지금쯤 고무줄이나 동전을 들고 씨름하고 있겠지. 몽롱한 의식 사이로 누나, 엄지손가락 안쪽에 마술도구를 감추는 섬팜 기술이 정말 어려워. 어떻게 좀 안 될까? 하고 뒤통수를 긁적거리면서 그녀에게 도움을 청하던 기억이 끼어든다. 그놈, 엄청 귀여운 척했었지.

고딩의 갈라지는 목소리가 그녀의 잠 속으로 뛰어들었다. 누나, 누가 매니저 찾는데? 그녀는 아직까지 자신의 품에 잠들어 있는 녀석을 밀쳐내고 스스륵 일어났다. 누군데? 미처 달아나지 못한 잠이 그녀의 목소리에 묻어 있다. 모르지…… 전화야. 전화? 전화라는 말에 그녀는 갓 샤워를 마친 듯 정신이 말끔해지면서 아까의 목소리가 떠올랐다.

홀에서 연습을 하기 얼마 전 그녀는 전화를 한 통 받았었다. 그리고 수화기를 내려놓으면서 어딘가 낯설지 않은 목소리라는 생각부터 했다. 물론 이곳에서 수도 없이 걸려오는 전화를 받자면 예전에 한두 번 통화했던 목소리를 오랜 시간이 흐른 뒤에 다시 듣게 되는 일들이 종종 있었지만 이번에는 좀 달랐다. 날카롭게 그녀의 의식 속으로 파고드는 목소리는 잠깐 동안 귓바퀴를 맴돌았다. 이어 연습을 하고 들어와 그 목소리에 대해 얼마간 더 생각하다 말고 녀석과 뒹굴게 된 것이다. 그녀는 어쩌면 그 목소리 때문에 이제는 책더미를 묶는 데 말고는 쓸모가 없어진 스카프에 눈길이 갔고, 또 기억나지 않는 한 얼굴을 떠올리려 애쓴 건지도 모른다고 생각했다.

누나, 전화 안 받을 거야? 고딩이 새된 목소리로 재촉한다. 그녀는 유난히 절름거리는 걸음으로 홀로 나왔다. 몸체로부터 떨어져 공중에서 뱅글뱅글 돌고 있는 수화기를 집어든 그녀는 너는 수화기 하나 제대로 못 놓니? 하고 고딩의 머리를 한 대 쥐어박고는 귀에 갖다댄다. 네, 전화 바꿨습니다. ……. 말씀

하세요. 매직카펩니다. 저, 거기 위치를 좀 알려주십사 하
고…….

그 목소리다. 그녀는 잠시 뜸을 들였다. 들일래서 들인 게 아
니라 그냥 그렇게 돼버렸다. 머리가 좀 울렁거렸다. 뭐랄까. 목
소리는 낯익은 듯하면서도 한편 공격적인 느낌이 든다. 지금의
평온을 한순간에 무너뜨릴 수도 있을 듯한. 그녀는 눈을 질끈
감았다가 숨을 한번 고르고 조심스레 떴다. 홀 안에서는 고딩
이 담뱃개비로 연습하고 있다. 숨길 때 민첩해야 하는데. 표정
은 좀더 부드럽게, 시선은 관객 쪽을 향하고. 거기에 목소리가
끼어들었다. 저…… 여보세요?

아…… 예, 죄송합니다. 여기는요…… 참 뭘 타고 오시나
요? ……네. 지하철을 타시면 합정역에서 내려서 9번 출구로
나오시면 됩니다. 그리고 거기서……. 저편에서 딸깍 수화기
놓이는 소리가 그녀의 말을 잘랐다. 꼬리가 잘린 자신의 말보
다 그녀는 이곳에 찾아오려면 다시 한번 전화를 걸어야 하리라
는 생각부터 한다.

테이블 서너 개가 고작인 홀은 늘 그렇듯 여기저기 널브러진
마술도구와 맥주병들, 주전부리 찌꺼기들로 너저분했다. 거기
다 구석에서 뿜어져나오는 곰팡내는 방향제를 아무리 뿌려도
좀체 사라지지 않는다. 이곳 매직카페는 실제 마술을 공연한다
는 점을 제외하면 아무것도 특별한 점이 없다. 입구에 들어서
면 4인용 테이블이 일렬로 배치돼 있고 맞은편으로는 길게 바
가 이어져 그 안쪽으로 주방이 딸려 있다. 다만 곳곳에 마술도

구가 장식되어 있고 입구의 정면에 단체공연 때 쓰이는 작은 무대가 있어 이 카페의 성격을 드러내줄 뿐이다. 그래서 길을 가다 우연히 들른 손님들은 이곳에서 마술공연을 한다는 말에 놀라는 표정을 짓곤 한다. 그 때문에 정태 형은 술을 마시다가도 청소를 하다가도 종종 돈이 좀 모이면 우선 카페를 마술공연장처럼 꾸밀 거라는 말을 푸념처럼 늘어놓곤 한다.

이제 그녀도 공연준비를 해야 할 시각이다. 방으로 다시 들어간 그녀는 곧 광대분장을 시작했다. 분장을 하다 말고 이제야 생각난 듯 홀을 향해 소리를 질렀다. 정태 형, 오늘 공연 예약은 세 팀이야. 홀은 테이블 끄는 소리, 바닥을 쓰는 소리, 유리병 부딪치는 소리들로 소란스럽다. 알았어. 형의 외마디 대답 뒤로 뭔가 파삭, 하는 소리가 이어진다. 정태 형, 전기 또 나갔나봐요. 계단을 서둘러 뛰어올라가면서 고딩이 소리를 지른다. 퓨즈가 또 나간 모양이군. 그녀는 광대복의 뒤쪽 여밈단추를 잠그면서 중얼거렸다. 종종 있는 일이다. 이곳은 창고로 사용하던 지하공간을 개조해 만든 장소라 전력 과부하에 걸리는 일이 심심찮게 생기는 것이다.

지난번에 쓰고 남은 퓨즈 있지? 정태 형이 불쑥 그녀 방으로 들어왔다. 그녀는 모자를 쓰다 말고 거울 옆 서랍장 속에서 더듬더듬 퓨즈를 찾아 건네주었다. 퓨즈를 건네받은 형이 방을 나가는 대신 그녀 앞에 털썩 주저앉았다. 너, 이제 그 옷 입지 마라. 분장도 하지 말고. 그녀는 무슨 말인지 언뜻 이해가 되지 않아 그저 형이 앉아 있는 쪽으로 시선을 돌렸다. 넌 마술사지 광대가 아니야. 그냥 네 모습 그대로도 괜찮아. 우스꽝스런 광대옷 따위는 집어치우고. 어두운데도 옆얼굴에 와 박힌 형의 눈빛이 느껴졌다. 그녀는 형의 말을 못 들은 척 광대모자를 눌러썼다.

그녀는 아무 말도 하지 않았다. 형은 그녀를 위해서 하는 말일 테지만 광대옷을 입는 것쯤 아무렇지 않다. 그녀는 하얀 물방울 무늬가 점점이 박힌 낡은 광대옷을 손으로 만져보았다. 다리 쪽을 더듬자 언제 붙어 뭉개졌는지 허벅지 부분에 딱딱하게 굳은 밥풀이 만져졌다. 힘을 주어 떼내려고 안간힘을 썼지만 밥풀은 좀체 떨어지지 않았다. 오히려 밥풀 끝에 손톱 밑을 찔려 쓰려왔다. 그녀는 찔린 손가락을 엉덩이에 문지르며 반대쪽 손으로 짧은 왼쪽 다리를 쓰다듬었다.

형의 등 뒤로 희끄무레한 거울 속에 한 광대가 보였다. 형이 계속해서 뭐라고 얘기하고 있었다. 형의 목소리는 그녀의 귓등을 스쳐 점점 멀어지다 좀전에 받았던 전화 목소리와 겹쳐졌다. 그녀 스스로 어이없다고 생각하면서도 아까부터 집요하게 전화 목소리에 매달리고 있었던 것이다. 까닭도 없이 그 목소리가 흐려진 자신의 모습을 분명하게 해주리라고 기대하고 있는지도 모른다. 아버지가 그렇게 죽은 뒤, 다시는 마술을 하지 않겠다고 마음먹었던 그녀가 어떻게 해서 다시 하게 됐는지, 왜 이 주변을 맴돌다 결국 정태 형을 만나 이곳에 눌러앉게 됐는지, 그 목소리라면 그녀에게 얘기해줄 수 있으리라 어느 순간 믿어버렸는지도 모른다.

알지 못하는 사이, 통증이 느껴져 왼쪽 다리를 주무르고 있었나 보았다. 정태 형이 한순간 움찔하며 뒤로 물러나면서 자리에서 일어났다. 이곳 매니저 일을 하다가 관객 앞에서 마술을 공연하기 시작한 지 일 년이 다 돼가는 그녀다. 어둡다고 해서 일순 형의 눈이 흔들리는 것쯤 알아채지 못할 리 없다.

정태 형은 길고 낮은 한숨을 내뱉고 나서 그녀를 향해 말했다. 정 불편하면 가면을 쓰는 방법도 있어. 미국의 발렌티노도 가면을 쓴 독특함 때문에 더 유명해졌잖아. 다리를 좀 저는 것쯤 문제될 거 없어. 오히려 관객의 시선을 잡아끄는 데 좋을 수도 있잖아. 때가 탄 형의 양말 끝을 내려다보면서 그녀는 속으로 중얼거렸다. 유명한 마술사가 되고 싶지 않다고, 또 관객의 시선을 끌고 싶지도 않다고. 그런데 왜 마술을 하느냐고? 마술을 하지 않으면 여기에 남아 있을 수 없으니까. 나는 다만 여길 떠나고 싶지 않은 거야…….

그녀의 방을 빠져나가 한 발 한 발 떼는 형의 구두 소리가 바닥을 툭툭 칠 때마다 새로운 마술이 펼쳐지는 마술사의 지팡이 소리 같다. 그 지팡이 소리에 맞춰 몇몇 장면들이 그녀의 눈앞에 펼쳐졌다가 휙 사라진다. 툭. 그녀는 어두운 밤길을 걷고 있다. 툭툭. 그녀를 향해 형광빛의 두 눈이 다가온다. 다시 툭. 다급하게 이어지는 끽 하는 정지음이 들리고 정태 형이 차 문을 열고 내리자, 커다란 상자가 함께 굴러떨어지면서 바닥에 모로 누운 그녀의 눈에 마술에 쓰는 조화 다발이 들어온다. 끊어질 듯 멀어지며 들려오는 또 한 번의 툭 소리. 그녀는 조화 다발을 노려보았다. 그리고 바이올렛색 스카프로 조화 한 다발을 만들었던 자신의 마술을 기억했다. 그녀는 그 꽃다발을 누군가에게 선물했고, 얼굴 부분만 흐릿하게 지워진 누군가는 스카프를 받아들어 그녀의 목에 매주었다. 찬 바닥에 누운 그녀의 눈에 자신의 어깨를 흔들고 있는 형의 모습이 들어왔다. 그 순간 그녀는 스스로에게 배니싱을 건 게 아닐까. 의식을 놓으면서 그녀는 몇 가지 기억도 함께 놓쳤고 이후 한쪽 다리까지 절게 되었다.

이상한 건 어릴 적 기억은 그대로 남아 있는데 유독 형의 차에 치이기 직전과 그 이전 얼마간의 기억이 잘 나지 않는다는 것이다. 다시는 마술을 하지 않겠다고 다짐했었는데 어떻게 마술을 다시 시작하게 된 건지, 또 기억 속에 흐리게 남아 있는 얼굴은 대체 누구인지……. 하지만 그보다 급한 문제는 사라진 기억과 함께 돌아갈 곳도 잃어버렸다는 것이었다. 형은 그런 그녀를 이 카페로 받아들였다. 형의 죄책감 때문이든 뭐든 상관없었다. 절게 된 한쪽 다리로도 충분히 살아갈 수 있는 일이었다. 그녀는 다만 떠돌지 않아도 된다는 사실에 만족했다. 다리까지 저는 떠돌이 마술사가 되고 싶진 않았으니까. 그리고 그녀가 이 카페에서 매니저 노릇을 하기 시작한 지 얼마 되지 않아 손님들에게 마술을 공연하기 시작했다. 과거의 기억은 사라졌지만 마술은 그녀의 몸에 배어 있었다.

홀을 향해 걸어나가면서 정태 형도 이런 기억들이 한꺼번에 떠올랐겠지……. 형이 오래도록 그녀에게 미안해하면 좋겠다고 생각한다. 여기가 아니라면 그녀가 어디로 갈 수 있겠는가.

형이 빠져나간 쪽을 바라보며 그녀가 한참이나 생각에 빠져 있는 동안, 홀은 다시 분주해졌다. 고딩의 고함소리, 신참들의 웃음소리, 프로 마술사들의 나지막한 말소리와 그들의 빠른 발소리가 얽혀 어지럽게 그녀의 주위를 싸고돌았다. 이 시간이면 정태 형을 비롯해서 신참들까지 홀을 정리하고 마술공연 준비를 한다. 이곳에서의 마술은 바를 사이에 두고 마술사가 바 위에서 직접 관객에게 공연하는 테이블 매직이 대부분이다. 카드나 동전, 고무줄 등이 일반인들도 연습을 통해 쉽게 배울 수 있는 것들이어서 인기가 있다. 그녀는 비교적 간단한 마술로 처음 십 분 가량을 공연하는데, 그녀의 광대분장만으로도 관객의 호기심을 끌 수 있는데다 뒤를 이어 선배 마술사들이 고난도의 마술을 선보이기 때문이다.

누나, 홀 정리 다 됐어요. 준비하세요. 고딩의 목소리에 그녀는 시계를 올려다본다. 일곱 시 사십오 분. 곧 첫 번째 예약팀이 들어올 시각이다. 그녀는 마지막으로 커다란 광대신발을 발에 꿰었다. 그렇게 그녀는 절름발이에서 광대로 변신했다.

홀을 향한 비로드 커튼을 양쪽으로 갈라 열면서 그녀는 내일쯤엔 관객에게 스카프 마술을 보여주리라 생각한다. 칼로 스카프를 여러 조각 낸 다음, 하나로 뭉쳐 펼치면 감쪽같이 원래의 스카프가 되는 것이다. 이 마술은 그녀가 한 달쯤 전에 생각한 것이다. 보기엔 쉽지만 실제 공연을 하기 위한 준비는 그리 간단하지 않다. 먼저 새 스카프 안쪽에 비밀 주머니를 하나 만들어야 한다. 그녀는 같은 재질로 표시나지 않도록 스카프 안쪽에 주머니를 매달았다. 바느질이 익숙지 않아 바느질하는 동안 여섯 번이나 손가락 끝을 바늘에 찔렸다. 스카프에도 피가 조금 묻었지만 다행히 스카프가 주홍빛이라 티가 나지 않아 그냥 쓰기로 했다. 바느질이 끝나고 그녀는 스카프를 뒤집어놓았다. 그러니까 새 스카프는 주머니 속으로 들어가 부피가 작아진 것이다. 그걸 공연 전에 미리 소매 안쪽에 넣어놓아야 한다. 무대에서는 다른 스카프를 꺼내들고 칼로 자른다. 잘린 스카프 조각들을 모두 손 안에 넣고 한데 뭉치는 시늉을 하면서 새 스카프를 꺼내 비밀 주머니에 잘린 스카프 조각들을 집어넣으면서 다시 뒤집는다. 펼치면, 완전한 새 스카프가 되는 것이다. 이 모든 동작을 단 삼사 초 안에 해내야만 한다. 게다가 이렇게 트릭을 쓰는 동안 관객의 시선이 그녀의 손에서 멀리 떨어지도록 해야 한다. 우스갯소리를 하든, 관객과 대화를 나누든, 어쨌든. 그래야 관객이 의심하지 않는다.

서너 시간 넘게 같은 동작을 하다보면 손끝에 쥐가 나 마비가 오기도 했었다. 이 마술은 관객들이 눈치채지 않게 새 스카프를 소매에서 꺼내는 것도 어렵지만 스카프 조각을 하나라도 흘리는 날엔 그런 낭패가 없다. 한 달이 넘도록 연습했지만 아직도 열 번에 한 번쯤은 조각 하나를 떨어뜨리고 만다. 그녀는 마치 관객 앞에서 공연하다 스카프 조각을 떨어뜨리기라도 한 것처럼 몸이 움츠러들면서 뻣뻣하게 굳어왔다. 조각 하나가 빠진 이 마술은 마술이 될 수 없다. 한 조각도 빠지지 않고 모두 이어붙어야만 하는 것이다.

끊어졌다 이어지는 스카프를 머릿속에 그리며, 그녀는 자신이 조각 몇 개가 빠진 스카프라고 생각한다. 그런 스카프는 아무짝에도 쓸모가 없다. 하나도 흘리지 않고 모든 조각이 합쳐져야만 관객이 감탄하고 자신도 만족하는 마술이 될 수 있다. 언젠가 그녀의 기억도 그렇게 이어붙일 수 있을까. 어릴 적과 아버지, 그만뒀다가 다시 시작한 마술과 흐릿한 한 얼굴……. 그녀는 그 모든 기억에 스카프가 이어져 있어서 자신이 유독 스카프 마술에 매달리는 건지도 모른다고 생각하며 빈 천장을 올려다보았다. 초점을 잃은 눈앞에 난데없이 눈을 홉뜨고 죽어 누운 아버지가 떠올랐다. 아버지의 목엔 죽은 고양이의 탯줄이 감겨 있다. 그 옆에서 그녀가 춤을 추고 있다. 그런데 이번에는 미니스커트가 아니라 광대복장이다. 사람들은 그걸 보고 광대복 따위 집어치우라며 소리를 지른다. 그녀는 춤을 추면서 여기저기를 떠돌고 있다. 돌부리에 채여 발에서 피가 나고, 비를 맞아 추위에 떨면서 밀리고 밀려 더 이상 갈 곳이 없어진다. 아무리 발이 아파도 춤은 멈춰지지 않고 탯줄은 아버지의 목을 끊어놓을 듯 점점 더 감겨들고 있다. 그녀는 아버지가 폐병으로 죽은 건지, 탯줄에 목이 졸려 죽은 건지 갑자기 헷갈렸다…….

마술도구를 들고 그녀가 바 안쪽에 섰다. 우스꽝스런 광대복장 때문인지 관객들은 그녀의 저는 왼쪽 발 따위에는 신경도 쓰지 않았다. 다만 흥분된 듯한 눈빛으로 그녀의 손짓과 표정, 몸놀림을 쳐다보며 쇼를 재촉할 뿐이었다. 그녀는 영문자 T자를 조각낸 퍼즐과 양쪽이 연결돼 있는 수갑 모양의 고리를 관객 앞에 꺼내놓았다. 곁눈으로 어딘가와 길게 통화를 하고 있는 정태 형이 들어왔다. 형은 요즘 새로운 형태의 마술을 개발하느라 여념이 없다. 형은 장르를 혼합한 형태의 새로운 공연을 하고 싶어한다. 그래서 생각한 것이 뮤지컬과 마술의 접목이었다. 아마 그 때문에 그 관계자와 통화를 하고 있는 거겠지. 요즘 형은 밤마다 고물상에서 구해온 재료로 스스로 마술도구를 제작해 연습에 빠져 지낸다.

수화기를 든 채 형이 잠깐 그녀 쪽을 돌아보았다. 골치가 아픈지 한 손을 이마에 얹은 형이 그녀를 향해 미소를 지었는데 왠지 뒷맛이 쓰게 느껴졌다. 무슨 일이 있는 걸까. 형의 얼굴이 점점 굳어졌다. 말소리는 여기까지 들리지 않았지만 형은 뭔가 말을 이으려다 입을 다물었다. 혹시……. 뜬금없이 그녀는 형의 통화상대가 아까 그 목소리일지도 모른다고 생각했다. 그럴 리가 없지만 그럴 수도 있는 일이라고 그녀는 끈질기게 그 목소리를 따라가고 있었다. 형은 그 목소리에게 내 얘기를 하겠지. 이 년 전, 형 차에 치었고 그 후 이 카페에 있게 됐다는 것. 사고가 나기 전부터 마술을 할 줄 알았고, 혹시 당신 때문에 마술을 다시 시작하게 된 거 아니냐는 물음. 형은 목소리에게 오지 않는 편이 오히려 나을 거라고 얘기하는 것은 아닐까. 적응도 잘 하고 있고 좀더 연마하면 독립할 수도 있을 거라고…….

당장 형에게 통화상대가 누구냐고 묻고 싶은 걸 참으며 그녀는 관객에게 퍼즐 맞추기와 수갑 풀기를 주문했다. 그녀는 웃음까지 머금고 관객들에게 시간제한은 없으니 잘 생각해보라고 말했다. 첫 번째 예약팀은 한 가족과 연인인 듯 보이는 남녀 한 쌍이다. 연인은 아마 어디선가 정보를 들은 남자의 제안으로 이곳에 오게 되었을 것이다. 까만 생머리의 앳돼 보이는 여자가 주스컵을 만지작거리며 상기된 눈빛으로 그녀에게 빨리 시작해주기를 재촉했다. 한 가족은 엄마와 아빠, 그리고 다섯 살쯤 돼 보이는 여자아이다. 아이는 바 한쪽에 목만 붙어 있는 괴물에게서 눈을 떼지 못하고 있다. 괴물은 선연한 붉은빛의 눈을 하고 입에서는 연신 연기를 내뿜고 있다. 그것이 아이에게 놀이공원의 한 시설물에 들어와 있는 듯한 착각을 일게 했는지, 부모의 손을 꼭 쥐고는 쉼 없이 엉덩이를 들썩거리며 눈을 이리저리 굴려댔다.

그녀는 첫 마술로 꽃을 만들어 아이와 여자에게 각각 선물하기로 했다. 꽃송이가 달려 있지 않은 맨가지를 먼저 보여준 뒤 관객들에게서 시선을 떼지 않고 움켜쥔 왼손으로 살짝 가지 끝을 매만지자 예쁘게 다듬어진 붉은 스펀지 장미가 가지 끝에 피어났다. 아이와 여자가 작게 탄성을 지르자 그녀는 바 건너편으로 커다란 원호 모양을 그리며 천천히 팔을 뻗어 아이와 여자에게 각각 한 송이씩 선물했다.

정태 형은 정말 그 목소리와 통화하고 있는 걸까. 그녀는 시선은 관객을 향한 채 입 속으로 중얼거렸다. 아이가 그걸 보고는 무슨 주문이라도 외우는 줄 알았던지 제 엄마에게 한마디한다. 엄마, 이번엔 무슨 마술을 보여주려고 하는 거야? 저 이모가 정말 마술사면 나를 붕어로 만들어주라고 해. 붕어? 그녀는 아이의 시선을 잡아채며 되물었다. 붕어밥이 울긋불긋하고 예뻐서 먹고 싶으니 붕어가 되게 해달란다. 아이는 애원하는 표정으로 잉, 잉 그녀에게 어리광까지 부린다. 그때까지 수화기를 붙들고 있던 정태 형이 또다시 그녀 쪽을 돌아보며 보일 듯 말 듯 웃어 보였다. 그래, 정태 형이 그 목소리와 통화하고 있을 리가 없지. 그녀는 작게 고개를 저었다.

자신에게 마술을 걸어달라고 보채는 아이를 보며 그녀는 엉뚱하게도 자신이 마술에 걸려 붕어가 되는 상상을 한다. 붕어가 된 그녀는 입구가 좁은 어항 안에 들어가 있다. 한 남자가 그녀의 스카프를 들고 있다. 남자는 조심스레 스카프를 다루고 있다. 왼손으로 스카프를 잡고 오른손으로 부드럽게 스카프를 훑어내리더니 갑자기 스카프를 곧추세운다. 스카프는 남자의 손 안에서 지휘봉처럼 매끈하게 서 있다. 붕어가 된 그녀는 연신 주둥이를 뻐끔거리고 있다. 남자는 스카프 지휘봉을 들고 음악을 연주하는 듯하더니 어느 순간 사라져버리고 바닥엔 스카프만 동그마니 놓여 있다. 그녀는 연신 어항벽에 몸을 부딪치며 물 밖으로 고개를 내밀려 하고 있었다…….

관객들에게 동전 두 개를 내보인 그녀는, 한 개는 아이의 손에 쥐어주고 나머지 한 개는 섬팜 기술로 감췄다. 이어 그녀는 마지막으로 수박을 한 쪽씩 대접하겠다고 말했다. 그러고는 나이프로 수박을 잘라 내놓았다. 어머, 동전이 여기 있어. 자신의 수박에 붙어 있는 동전 한 개를 들어 보이며 까만 생머리의 여자가 탄성을 내질렀다.

감사합니다. 맛있게 드십시오. 마지막 멘트를 마치고 그녀는
바 안쪽으로 들어와 차가운 물을 한 컵 들이켰다. 바에서는 다
른 선배 마술사의 카드마술 공연이 이어졌다. 화려한 셔플과
커팅에 관객의 감탄이 끊이지 않았다. 거기에 적절한 유머와
몸짓을 더하자 분위기는 점점 더 고조되었다. 매니저, 전화야.
정태 형이 커튼을 들추며 그녀를 찾는다. 무슨? 광대모자를 벗
어 손에 들고 그녀는 형을 향해 돌아섰다. 손님인 모양인데 널
찾네. 말을 전하고 형은 또 바쁘게 홀로 나갔다.

네, 전화 바꿨습니다.

저…….

다시, 그 목소리.

아까 위치를 제대로 말씀 못 드렸죠. 여기는요, 합정역 9번
출구로 나와서 백 미터쯤 직진하다보면 월드화장품 가게가 보
이구요, 거기서 왼쪽으로 칠십 미터쯤 오시다가 이씨씨 영어학
원을 끼고…….

목소리는 이번에도 그녀의 말을 잘랐다.

압니다.

네?

그녀는 무슨 말인지 이해되지 않아 반문했다.

거기가 어딘지…… 압니다. 그리고 당신도…….

…….

그녀는 말을 잇지도, 자신을 어떻게 아느냐고 묻지도 못했
다. 다만 그녀는 손에 수화기를 든 채 전화선을 따라 목소리를

찾아가고 있었다. 하지만 가도가도 목소리에는 가닿지 않고 어느새 그녀는 수많은 전화선들에 둘러싸여 맴돌고 있었다. 그러다 등 뒤로 쏟아지는 누군가의 시선을 느낀 그녀는 멈칫했다. 시선은 사방에서 그녀를 바라보고 있지만 어느 방향인지 또 누구인지 알 수가 없다. 기억 속의 그 남자가 그녀를 쏘아보고 있는 걸까, 아니면……. 갑자기 흐릿한 남자의 얼굴이 점점 또렷해지더니 얼굴은 스카프를 손에 쥔 아버지가 되었다. 스카프는 그녀 기억 속에 들어 있는 바이올렛색의 그 스카프다. 순간 스카프가 그녀의 목을 죄어들기 시작했다. 아버지인지 그 남자인지 모를 얼굴이 그녀에게로 달겨들다가 금세 흩어지고 만다. 처음부터 그렇게 실체가 없었던 걸까. 그녀는 어느 결에 가장 중요한 순간을 놓치고 만 것인지도 모른다고 생각했다. 힘겹게 수화기를 내려놓는 그녀의 귓등에 빈 목소리만 남아 떠날 줄 몰랐다. ……압니다. 그리고 당신도…….

누나, 두 번째 공연해야지. 고딩이 그녀를 매직카페의 홀 안으로 끌고 나온다. 그 목소리를 만나기로 약속했던가, 아니던가. 어떻게 전화를 끊었으며 그에게 뭐라 대답했는지 생각이 나지 않았다. 연이은 고딩의 채근에 간신히 정신을 차린 그녀는 두 번째 공연을 위해 바로 향했다.

공연을 하면서 그녀는 두 장의 명함 사이에서 솟아오른 동전을 제대로 감추지 못하고 바닥에 떨어뜨리는 어이없는 실수를 했다. 좀처럼 없는 실수다. 어떻게 공연을 끝냈는지 방으로 들어와 벽에 기대앉고 나서야 정신이 들었다. 벌써 열 시가 지났고 전화는 다시 걸려오지 않는다. 아니면 바로 이리로 오고 있는 걸까. 언제 들어왔는지 이불 속에 한 놈이 누워 있다. 그녀는 자연스럽게 담요를 들추고 들어가 녀석을 안아주었다. 녀석이 그녀를 향해 돌아누워 마주 안으며 작게 신음한다. 녀석의 신음소리에 곰팡내가 엷게 묻어난다. 갑자기 피로가 몰려들면서 잠이 쏟아졌다. 아무래도 어젯밤에 제대로 잠을 자지 못했던 게 화근이었다.

멀리서 고딩의 목소리가 들려온다. 고딩은 감기라도 걸린 듯 잠긴 목소리로 그녀를 재촉한다. 전화라는 말에 그녀는 몸을 일으키려 애쓰지만 밑에서 뭔가가 자꾸 그녀를 잡아당긴다. 안간힘을 쓰고 있는 그녀의 귀에 그 목소리가 들려왔다. 목소리는 금방 그녀 앞에 와 그녀에게 반짝반짝 빛나는 바이올렛색의 스카프를 내민다. 어서 일어나 스카프를 받아야 하는데……. 애써 가늘게 뜬 눈으로 책더미를 싸고 있는 색 바랜 스카프가 보였다. 그 옆에 핏물이 밴 신문지 뭉치가 놓여 있다. 풀어보니 탯줄을 목에 감은 고양이가 눈을 부릅뜨고 그녀를 노려보고 있다. 코에 비릿한 냄새가 훅 끼쳐왔다. 내일은 꼭 이불을 내다 말려야지. 그녀는 자신을 꼭 끌어안고 잠든 녀석을 향해 작게 우물거렸다.

날아라, 이글

1

이제 어쩐다…….

등허리를 곧추세워 핸들 너머 바깥쪽을 보니 보닛이 담에 닿아 있다. 외눈 헤드라이트가 완강하게 버티고 선 담장을 비추고 있다. 담에 부딪치면서 헤드라이트 한쪽이 나가버린 모양이다. 부딪치면서 쿵 소리가 나긴 했었나. 한쪽 헤드라이트 불빛이 담장에 흐린 주황색 원을 하나 만들어놓았다. 그 조그만 원의 바깥쪽은 무엇 하나 분간할 수 없을 만큼 어둡다. 라디오 주파수는 교통방송에 맞춰져 있다. '현재시각 밤 열 시 십삼 분. 남산 1호 터널 부근에서 승용차끼리 추돌사고가 있어 정체됩니다. 이 부근을 지나는 운전자들은 참고하시기 바랍니다.' 통신원의 목소리는 날아갈 듯 가볍다.

눈발이 날리고 있나. 먼지 같은 눈송이가 둥근 불빛 속으로 들어왔다가 금세 사라진다. 눈발은 선명한 실선을 긋지 못하고 점점이 떨어지다 공중에서 녹아버리는 것 같다. 방향을 틀지 않고 계속 달렸다면 지금쯤 남산 1호 터널 부근에서 꼼짝 못하고 서 있겠지. 여자는 라디오 주파수를 바꾸면서 왼손으로는 라이트를 돌려 끈다. 외눈이 마저 감기면서 흐리게 생겼던 원도 따라 없어졌다.

골목길로 한참을 들어온 듯 뒤쪽도 역시 어둠뿐이다. 의자를 최대한 뒤로 빼고 머리를 기댔다. 담장 위쪽으로 다국적 기업의 액정 광고판이 어둔 하늘을 가리며 환하게 서 있다. 오토바이 운전자가 헬멧을 쓰고 있었나. 그랬다면 중상을 입지는 않았을 테지. 여자는 조수석에 놓인 비닐봉지를 끌어당겨 연다. 봉지 안에는 델몬트 오렌지주스와 차가운 샌드위치가 들어 있다. 별로 배가 고프진 않다. 고속도로가 정체되면 먹으려고 샀던 건데, 라고 생각하면서 샌드위치 포장을 벗기고 주스병을 딴다. 그러니까 배가 고파진다. 샌드위치를 씹으면서 잠깐 뒷좌석에 놓인 거미를 떠올렸다. 좀 떼어줄까 했지만 거미는 산먹이만 먹는다고 했던 말이 생각났다.

편의점 냉장칸에 들어 있던 샌드위치를 한 입 베물자 버석, 소리가 났다. 양상추는 거의 얼은 듯 이가 시리다. 일주일이면 서너 번은 먹었던 거지만 씹을 때마다 찬기가 입 안에 가득 차 미지근해질 때까지 한참을 씹어야 한다. 여자는 빵을 입 안에서 둥글게 굴리기 시작했다. H가 가르쳐준 방법이다.

입 안에서 빵을 둥글게 만들어봐. 공 모양으로. 그럼 빵이 쫄 깃하고 부드러워져.

H는 옷걸이에 걸린 블랙 시폰드레스를 다림질하다 말고 여 자를 돌아다봤었다. 스팀이 분사될 때마다 칙, 칙, 소리가 났 다. H는 다리미 전원을 끄고 여자가 앉아 있는 종이상자 위에 엉덩이를 반쯤 걸쳤다.

족발 같은 거 먹으면 안 되나? 밤마다 먹는 샌드위치 지겨워.

여자는 바싹 마른 빵을 씹으며 손으로는 바닥에 놓인 주스병 을 집어들어 땄다.

냄새 나잖아. 옷에 냄새 배면 디자이너가 우릴 죽이려 들걸.

H의 대구에 여자는 쇼윈도에 걸린 크림색 실크원피스를 흘 겨보며 코웃음쳤다. 그리고 다 먹고 난 샌드위치 포장지를 바 닥에 아무렇게나 던져놓았다. H는 빈 포장지를 다시 발포수지 비닐뭉치 쪽에 끌어다놓았다. 휴대폰에서 자정을 알리는 알람 이 울었다. 행거 세 개 분량을 진열하고 정리하려면 서둘러야 했다.

물건은 약속시간보다 두 시간이나 늦은 밤 열 시가 넘어서야 도착했다. 강남의 유명 부티크들이 다 그렇듯 디스플레이는 최 대한 럭셔리하게 해야 한다. 그러려면 다 진열한 뒤에도 두세 번 정도는 진열 위치를 꼼꼼히 재조정해야 하므로 오픈 전까지 작업시간은 빠듯하다. 여자는 바닥에서 일어나 곧바로 행거를 끌어당겨 매장 안으로 옮기기 시작했다. H가 다가와 여자의 엉덩이를 툭툭 쳐 먼지를 털어낸다.

이따가 매장 정리하려면 어차피 도로 먼지 묻을 텐데 뭐하러…….

여자는 행거의 위치를 잡아 고정시키면서 자신없는 어투로 말끝을 흐린다.

엉덩이로 드레스 문지르면서 먼지 다 묻히게? 화이트 실크 원피스에 먼지 묻으면 니가 그거 살래?

H는 다시 여자의 엉덩이를 손바닥으로 세게 친다. 그리고 매장 밖으로 나가면서 화장실, 이라고 한마디 이어붙인다. 여성복 매장이라 남자화장실은 건물 2층으로 올라갔다 와야 한다.

니가 매장 주인이냐? 유난 떨기는.

H의 꽁무니에 대고 여자는 말을 툭, 뱉어낸다. 이어 혼잣말을 덧붙여 중얼거린다. 매장 오픈이 내일이라면서 디자이너는 어디 간 거야. 쇼윈도 너머에는 아까부터 눈발이 날리고 있다. 크리스마스가 되려면 꽤 남았지만 대로에 세워진 대형 트리는 벌써부터 환하다. 저 트리는 언제 치우는 걸까. 여자는 행거를 밀다 말고, 치워진 대형 트리는 어디에 보관하는지 궁금해진다.

H를 만난 지 육 개월, 임대료를 반씩 내기로 하고 H의 원룸에 여자가 들어간 지도 벌써 석 달째다. 여자는 H와 자신이 연인인지, 그냥 동거인인지 헷갈린다. 한 방에 살고, 가끔 섹스도 하고, 같이 밥을 먹으니 연인이랄 수도 있을 테지만, 여자는 H에 대해 아는 게 별로 없다. 침대보다는 식탁 위 체위를 좋아한

다는 것과 디스플레이어가 되고 싶어한다는 것, 그리고 애완용
거미를 키우고 있다는 걸 빼고는 말이다.

　저 대형 트리 말야, 청소는 어떻게 하는 거지?

　매장 안으로 들어오는 H를 향해 여자는 무심하게 물었다.
눈은 H가 들고 있는 작은 종이상자에 가 멈춘다.

　무게가 최소한인 사다리를 놓고 체중이 무진장 적게 나가는
사람이 걸레 들고 올라가는 거지. 새벽 네 시쯤? 너 해볼래?
여기서 받는 시간당 칠천 원보다는 많을걸?

　H는 여자의 작고 마른 몸을 눈으로 훑으며 말끝에 킥킥 웃
음을 덧댄다. 백칠십이 센티쯤 되는 H가 옆에 와 서자 여자의
머리는 H의 가슴팍에 닿는다. 여자는 팔꿈치로 H의 골반쯤을
툭, 치고는 종이상자를 건네받는다. 상자 속으로 넣었다 뺀 여
자의 손에 Y자 모양으로 끝이 길게 늘어진 목걸이가 딸려나온
다. 목걸이에는 화려한 큐빅이 잔뜩 박혀 있다.

　조심해. 짝퉁이라도 그거 삼십만 원짜리야.

　여자는 크림색 실크원피스가 입혀진 마네킹으로 가져가던
손을 다시 거둬들여 자신의 목에 목걸이를 건다. 그리고 매장
중앙에 놓인 전신거울을 향해 발소리가 나지 않도록 조심스럽
게 걸음을 뗀다. 거울 가장자리엔 골드톤의 바로크풍 장식이
빙 둘러져 있다. 여자는 거울에 비친 낡은 티셔츠에 청바지를
보고 몸을 움츠렸다. 가시나무 모양의 거울 장식이 여자를 옭
아맬 듯 다가들었다. 금빛 가시나무가 할퀴기라도 한 것처럼
여자는 움찔, 뒷걸음질쳤다. 거울 속에서 여자의 몸은 아주 작

게 쪼그라들었다.

어느새 여자 뒤에 와 선 H가 거울 속 여자의 모습을 뚫어져라 보고 있다가 큰 걸음을 떼놓아 늘씬한 마네킹에 걸린 크림색 실크원피스의 지퍼를 내린다. 원피스는 배우들의 시상식장에서나 볼 수 있을까 싶게 특별하다. 화려하고, 아름답다.

H는 마네킹의 양쪽 팔을 비틀어 뽑아 바닥에 내려놓은 다음, 원피스를 아래서부터 벗겨냈다.

마네킹 팔은 향수병 뚜껑 따는 것처럼 똑 하고 빼면 안 돼. 어깨를 꺾듯 비틀어야지.

그리고 H는 가리개를 여자 앞으로 끌어다놓은 다음 여자의 티셔츠를 거꾸로 들쳐올렸다. 이어 청바지 지퍼를 내리고 투박한 속옷까지 마저 벗겨내렸다. 거울 속에서 채 자라지 못하고 몽우리만 져 있는 여자의 젖꼭지가 두드려져 보였다. 스물한 살 먹은 여자의 아래는 구불구불한 털 하나 없이 밋밋하다.

이런 드레스는 속옷 라인이 보이면 안 돼.

열 살 정도로밖에 보이지 않는 여자의 몸에 부드러운 실크원피스가 휘감겼다. 짧은 원피스지만 스커트 자락은 여자의 무릎께에 가닿았다. 움푹 파인 등의 라인은 엉덩이 중간에서 멈췄다. H가 어깨선을 끌어올려 핀셋으로 고정시켰다. 그랬지만 원피스는 여자의 실루엣을 살리지 못하고 여전히 저 혼자 주르르 흘렀다. 거울 속에서 목걸이는 실크원피스와 어우러져 반짝 빛을 냈다. 여자는 드레스와 목걸이에 짓눌려 더 작아진 몸을 가늘게 떨었다. 목걸이에 목이 졸린 것처럼 켁켁 받은 숨을 토했다. H는 바닥에 놓인 주스병을 들어 여자에게 건넸다. 여자는 주스를 한 모금 목구멍으로 삼키며 트리 청소를 해볼까, 잠깐 생각했다. 대형 트리는 매장 밖에서 안으로 환한 빛을 마구 흘려보냈다.

3

대포차 몰다 사고내면 무조건 튀어야 하는 거 알죠?

매매상은 차 키를 건네주며 여자에게 마지막으로 한번 더 쐐기를 박았었다. '매그너스 이글' 차종의 환한 흰색에 여자는 눈이 부셨다. 디자이너가 모는 이글을 딱 한 번 얻어탔을 때 여자는 가슴이 벌렁거려 숨을 몰아쉬어야 했었다. 디자이너의 이글은 바닥에 낮게 깔려 나는 듯했었다.

날아라, 이글.

매매상에게 건네받은 차 키가 손 안에 쏙 들어왔다. 육 개월 동안 밤마다 다림질하고 행거를 끌어가며 모은 육백만 원짜리 키였다. 회사를 부도내고 헐값에 차를 팔아넘긴 누군지 모를 사람에게 무조건 감사했다. 통장은 단번에 비었지만, 여자의 입가에는 미소가 단숨에 매달렸다. 눈가엔 습기조차 슬며시 배어났다.

분명 헬멧을 쓰고 있었을 거야. 여자는 빈 주스병을 조수석에 대충 던져놓으며 중얼거린다. 여자의 이글은 오토바이와 충돌하는 사고를 내고 무작정 골목길로 향했었다. 무심코 걷다 낯선 개에게 뒤꿈치를 물어뜯긴 기분이다. 피에 물들어 너덜거리는 뒤꿈치를 돌볼 새도 없이 겁이 나 무조건 어둠 속으로 뛰어들었다. 불안하게 날던 이글은 막다른 골목, 담에 부딪치고서야 멈췄었다.

실내등을 켠 여자는 뒷좌석을 돌아본다. 플라스틱 사육통 안에 들어 있는 거미는 꼼짝도 하지 않고 있다. 타란. H가 '타란튤라'라는 거미의 종 이름에서 따붙인 거미 이름이다. 다국적 기업의 액정화면이 깜빡거린다. 여자의 이마도 따라 밝아졌다 흐려졌다 한다.

왜 갑자기 번호판 맞히기 놀이가 생각난 건지는 잘 알 수 없다. 마주오던 차들의 헤드라이트 불빛이 여자의 눈을 찔렀다. 눈이 찡그려져 저도 모르게 시선이 아래쪽으로 향했다. 번호판에 '4'가 들어 있는 차가 지나갔다. 그 순간 여자는 눈을 감았다. 이번엔 분명히 '4'가 없을 거야. 그리고 중앙선 건너편 차가 여자의 눈앞을 지나간다 싶을 즈음 눈을 떴다. '4'가 들어 있지 않은 번호판과 골목에서 튀어나오는 오토바이가 동시에 시야에 걸려들었다. 맞혔다, 는 생각을 하는데 쿵, 소리가 여자의 머릿속으로 같이 끼어들었다. '대포차로 사고내면 무조건 튀어야 합니다. 알죠? 차적이 없으니까 어차피 추적도 안 돼요.' 매매업자의 말이 오토바이 운전자와 함께 튕겨져 몸을 움츠러들게 했다. '사고나면 무조건 구속입니다. 잊지 마세요. 튀어야 돼요.' 여자는 매매업자의 말을 또렷하게 기억했다.

이제 어쩐다……

어릴 적 여자는 집 앞 국도를 지나던 차들의 번호판 맞히기 놀이를 하며 시간을 보냈었다. 그전엔 지렁이 놀이를 하곤 했었다. 땅을 파 지렁이를 잡은 다음 연필깎는 칼로 머리와 꼬리 부분을 조금씩 잘라냈다. 자를 때는 지렁이가 움직이지 못하도록 꾹 누르고 있어야 했으므로 배가 터져 죽는 경우도 있었다. 여자는 머리와 꼬리가 잘린 지렁이를 흙을 채운 유리병에 넣어 키웠다. 지렁이는 수박껍질이나 토마토를 특히 좋아했지만 아쉬운 대로 노트 한 장을 뜯어내 잘게 찢어넣어주면 천천히 종이를 먹어치웠다. 그렇게 한 달 반 정도가 지나면 지렁이는 머리와 꼬리 부분을 다시 만들어내 원래 모양으로 되돌아왔다. 그러면 지렁이를 꺼내 다시 생겨난 부분을 또 잘라 유리병에 넣었다. 재밌었지만, 너무 오래 걸리는 놀이였다. 그리고 간혹 지렁이 내장이 손에 묻기도 했다.

그래서 번호판 맞히기 놀이를 찾아냈다. 멀리서 차가 다가오면 눈을 감았다. 그리고 '4'가 없다고 속으로 중얼거렸다. 차가 눈앞을 지나칠 때 꽉 감았던 눈을 크게 뜨고 번호판을 쳐다봤다. 맞혔다, 싶으면 흙바닥에 선을 하나 더 그었다. 다음 차가 지나갈 때 이번엔 있다, 고 중얼거렸고 맞히지 못하면 손으로 선 하나를 지워 없앴다. 해가 져 번호판을 볼 수 없을 때가 돼서야 국도변 허름한 휴게소, 집으로 돌아가 저녁밥을 먹었다.

집 뒤쪽은 산, 앞쪽은 길. 여자는 휴게소 앞마당에 종일 쪼그려앉아 어딘가로 오고가는 차들을 보며, 그렇게 시간을 보냈다. 여자의 부모는 트로트메들리 카세트테이프와 군밤을 파느라 여자가 국도변 길가에 앉아 혼자 놀도록 내버려두었다.

차들이 어디로 가고 오는지 궁금하진 않았다. 차들은 그냥 번호판이 달린 놀잇감이었다. 여자는 자신이 아무 데도 갈 데가 없다는 걸 잘 알고 있었다. 고아원에서 만나 합친 여자의 부모는 명절 때도 찾아갈 고향이 없어 휴게소를 운영하기엔 안성맞춤이었다. 여자는 사람들이 잠깐 들를 뿐인 휴게소에 살고 있다는 게 하나도 이상하지 않았다. 다른 곳에선 살아본 적 없으니까 말이다.

자동차 번호판 맞히기 놀이를 그만둔 건 열세 살 때였다. 종일 내린 비가 그치고 뒷산의 안개가 휴게소를 삼키고 좁은 국도마저 지운 날 늦은 오후였다. 방 안에서 뒹구느라 좀이 쑤시던 여자는 비가 그치자마자 플라스틱 슬리퍼를 질질 끌며 휴게소 앞마당으로 나갔다. 여자의 부모는 싸늘해진 날씨에 보일러를 켠다, 커피를 끓여 팔 준비를 한다, 하느라 여자에게 신경쓸 틈이 없었다. 젖은 흙바닥을 발로 구르던 여자는 차가 지나가기만 기다렸다. 비 그친 하늘은 멍든 것처럼 시퍼랬다. 고개를 쳐들고 제자리에서 맴을 돌다가 깨금발로 마당을 뛰어다녔다. 숨이 차 헉헉대는 목구멍으로 짙은 습기가 같이 빨려들어갔다. 여자는 밭은기침을 토해냈다.

너 얼른 방으로 안 들어갈래?

엄마가 그제야 여자를 돌아보고 소리를 질렀다. 어릴 적부터 기관지확장증을 갖고 있는 여자는 툭하면 감기에 걸리곤 했다.

알았어.

대답 뒤에 여자는 혼자만 들을 수 있게 한마디를 더 보탰다. 한 번만 하고. 엄마가 두어 번 여자를 재우치도록 차는 한 대도 지나가지 않았다. 기침이 더 자주 터져나왔다. 하는 수 없이 처진 어깨를 돌리려는데 슬리퍼 바닥에 약한 진동이 느껴졌다. 온다. 여자는 속으로 중얼거리고는 성큼 차도로 발을 내밀었다. 안개 때문이었다. 멀리서 헤드라이트 불빛이 희미하게 다가오고 있었다. 다시 여자에게 소리를 지르려던 엄마가 다 익은 군밤을 봉지에 담다 말고 여자를 돌아다봤다. 여자는 눈을 꼭 감았다. 이번엔 '4'가 없어.

다시 눈을 떴을 때 여자의 눈엔 자동차 번호판과 엄마가 동시에 들어왔다. '4'는 있었다. 여자가 틀렸다. 그리고 엄마가 여자의 발치에 모로 누워 있었다.

여자는 그때부터 자라지 않았다. 그리고 자동차 번호판 맞히기 놀이도 더 이상 할 수 없었다. 엄마 대신 휴게소에서 찐빵을 팔기 시작했다. 안흥에서 만들지 않은 안흥 찐빵이었다. 사람들은 대부분 화장실에 들르기 위해 여자가 있는 휴게소로 핸들을 돌렸다. 제때 정화되지 않은 간이화장실은 늘 지독한 똥오줌 냄새가 흘러넘쳤다. 화장실에 들렀다 나오는 사람들이 여자 앞을 지나칠 때마다 구역질을 했다. 그래서 늘 한 박자를 놓치고서야 목청을 돋울 수 있었다.

찐빵 사세요. 뜨거운 안흥 찐빵이에요.

이미 차를 향해 발을 내딛은 사람들은 여자의 목소리에 신경 쓰지 않았다. 스테인리스 재질의 커다란 솥 안에서 뜨거운 김이 빠져나와 여자의 턱선을 타고 올라갔다. 타고 올라간 김은 눈 안까지 스며들어 눈동자는 늘 안개가 낀 듯 흐릿하고 습기가 많았다. 급기야 습기는 온몸을 휘감았다. 여자는 자신이 그 솥 안에 갇혀 꼼짝도 하지 못하는 기분이 되었다. 하긴, 그렇지 않더라도 아무 데도 갈 데가 없었다.

차들은 여자를 지나쳐 늘 어딘가로 사라졌다. 그 엉덩이를 들여다보며 여자는 따뜻하고 안락한 운전석에 앉아 있는 자신의 모습을 상상했다. 잘 빠진 길을 내달리다 잠깐 들른 휴게소에서 여자는 안흥에서 만들지 않은 안흥 찐빵 따위를 팔고 있는 소녀에게는 절대 눈을 주지 않을 것이다. 안온한 좌석에 앉아 지도를 들여다보며 갈 길을 정하고는 부드럽게 액셀을 밟아 길 위로 다시, 나설 것이다. 아니, 휴게소 따위는 들를 필요도 없다. 휴게소에는 느른한 소란과 갈 데 없는 소녀가 있을 뿐일 테니까.

4

세상은 조용하고 어둡다. 타란도 기척조차 내지 않고 엎드려 있다. 몇 시쯤 됐을까. 여자는 시동을 켜 차 안에 박혀 있는 디지털시계를 확인할까 하다 그만둔다.

첫 여행을 나선 길이었다. 열세 살 때부터 꿈꾸던 일이었다. 부드럽게 액셀을 밟아 휴게소가 나오면 거들떠보지 않고 쌩, 달리는 거. 여자는 이 여행을 위해 먼지 위를 구르며 지독한 기침을 토해내면서도 행거를 밀고 다림질을 했다. 시간당 칠천 원을 받으면서 입맛에 맞는 아르바이트는 그리 흔하지 않으니까. 열 살 정도 아이의 몸으로 얻을 수 있는 직업은 없었다. 어디에 이력서를 내도 면접을 통과하지 못했다. 군내 신용협동조합의 면접장에 들어갔을 때 면접관들은 여자를 힐끗, 본 뒤 말 없이 물컵만 들이켰었다. 그러니 물컵만 노려보다 나올밖에. 여자가 본 물컵만 서른 종이 넘었다. 여자는 면접 후 찬물을 뒤집어쓴 기분이 되곤 했던 건 물컵 때문이라고 생각했다. 면접관 앞에서 몸이 점점 작아져 급기야 그 물컵 속에 풍덩 빠져버리곤 했으니까.

아버지는 빚을 내 여자를 종합병원에 입원시켰었다. 여자는 온몸에 잔뜩 뭔가를 붙인 채 커다란 관을 통과해야만 했다. 검사 때문에 쏟아낸 소변과 피도 너무 많았다. 일주일이나 휴게소를 닫고 병원에 붙어 있었던 아버지가 들은 말은 한마디였다. '뼈의 성장판이 너무 일찍 닫혔습니다. 이유는 저희로서도 알 수 없군요.' 병원에서 나온 뒤 한동안 여자는 빈혈 때문에 가끔 제자리에 주저앉곤 했다.

아버지는 여전히 휴게소에서 흘러간 트로트를 틀며 시간을 보냈다. 아버지와 여자가 하루 종일 휴게소에 붙어 있는데도 먹고살기가 쉽지 않았다. 창틀에는 거미 알집이 잔뜩 매달렸다. 오래된 과자 등속이 쌓인 초라한 매대 위에도 거미는 아무 거리낌 없이 돌아다녔다. 간혹 이불 속으로 기어드는 거미를 보며 여자는 자동차의 헤드라이트가 거미의 눈을 본떠 만들었다는 얘기를 기억해내곤 했다. 하루하루 낡아가는 휴게소는 점점 더 작아지는 것처럼 움직일 수 있는 공간이 줄어들어갔다. 그 자리에 부서진 의자나 말라비틀어진 화분, 더 이상 김이 오르지 않는 스테인리스 솥이 들앉았다. 사람들은 똥오줌을 누러 간혹 간이화장실에 들를 뿐, 휴게소에서는 아무것도 사지 않았다. 보름 동안이나 계속된 장마를 견디지 못하고 뒷산이 내려앉아 휴게소를 덮쳤을 때도 아버지는 나른한 목소리의 〈그때 그 사람〉을 듣고 있었다. 여자가 휴게소에서 한 시간쯤 떨어진 작은 시의 마트에 면접을 보러간 사이였다.

여자가 떠나온 뒤 휴게소는 공식적으로 영업을 중단했다. 공식, 비공식이래야 트로트가 흘러나오느냐 아니냐의 차이뿐이지만 말이다. 사람들은 휴게소 간판을 보고 차를 세웠다가 문이 떨어져나가고 쓰레기가 잔뜩 쌓인 화장실에 침을 한 번 탁, 뱉고 돌아섰다.

5

백미러에 경광등 불빛이 비친다. 여자는 잠깐 움찔한다. 생래적인 거 같지 않은 본능에 피식 웃음이 난다. 불빛은 삼 초쯤 비치다 곧 사라진다. 연말연시가 지났어도 아직 경찰은 비상근무 중인가 보다, 생각한다. 그러고 보니 얼마 전 여성 연쇄살인 사건이 터졌다는 뉴스를 본 기억이 난다. 범죄심리학자는 범인이 살인을 통해 성적 쾌락을 얻고 있는 거라고 말했다. 여자는 앞가슴을 내려다봤다. 두툼한 '뽕'이 들어간 브래지어가 간신히 민틋한 동산을 만들고 있다. 여자는 차창을 끝까지 내려 연다. 겨울밤 바람에 쓰레기 썩는 냄새가 확 올라온다. 후미진 골목에 묵은 쓰레기를 내다버리는 습관은 세기의 경계를 다섯 해나 넘겼어도 여전한 모양이다. 비정상적으로 확장된 여자의 기관지는 다시, 불안한 기침을 토해내기 시작한다. 기침은 목구멍으로 핏덩어리를 밀어올리는 듯 컥, 숨이 막힌다. 이십 년 넘게 겪어도 고통은 언제나 낯설다. 마치 오래된 몸뚱이처럼 여자의 몸은 기침이 터질 때마다 앞뒤로 흔들린다.

깜박거리던 다국적 기업의 액정화면이 확 환해진다. 그 부신 형광빛에 여자가 입은 크림색 실크드레스가 빛을 되받아 반짝거린다. 치맛자락에 묻은 검댕이 불빛에 뚜렷하게 두드러져 보인다. H가 핀을 꽂아준 그대로지만 드레스는 더 헐렁해졌다. 뒷산이 휴게소로 내려앉고 휴게소에서 더 이상 트로트가 흐르지 않을 무렵부터 여자의 몸은 열세 살에서 멈추지 않고 더 작아지기 시작했다. 그 속도가 마치 시간단위인 듯 빠르게 느껴졌다. 여자의 몸은 이제 열 살 남짓으로밖에 보이지 않는다. 운전석 여자의 엉덩이 밑엔 두툼한 방석이 두 개 깔려 있다.

실크원피스는 그저 여자에게 걸쳐져 있는 모양새다. 스트랩처럼 가는 어깨끈이 자꾸만 흘러내린다. 밤바람이 차 안으로 또 한 차례 밀려들어 팔과 앞가슴에 굵은 소름이 인다. 있을 곳을 제대로 찾지 못한 드레스가 여자의 어깨를 더욱 옹송그리게 만든다. 한겨울 어둔 골목에서 입고 있을 만한 차림은 아니다.

아니지만, 어차피 여자가 존재하는 모든 곳에 맞춤하지 않을 걸 어쩌겠는가.

H는 원피스에 옷핀을 꽂아주며 백만 원에 가까운 가격표를 무거운 눈으로 잠깐 들여다봤었다. 매장주는 크리스마스 시즌에 맞춰 오픈하면서 파티복을 컨셉으로 잡아 디스플레이해 달라고 했었다. 어떤 파티에 입고 가는 건지 모를 파티복은 모두 앞가슴이 푹 파이거나 등 부분이 훤히 드러나 있다. 한쪽에는 그 위에 코디할 수 있는 모피를 진열해야 한다. 디스플레이어는 컨셉에 맞춰 구성도를 짜주고는 여태 나타나지 않는다. H가 알아서 작업을 끝낼 수 있다는 걸 잘 알기 때문이다.

쇼윈도 밖, 대형 트리에 걸린 색색의 알전구 불빛이 쉼 없이 깜박거렸다. 휴게소에서도 매년 크리스마스가 되면 트리를 만들었다. 싸구려 인조 소나무 대신 뒷산에서 아버지가 적당한 소나무를 베어왔다. 뿌리가 잘린 소나무는 크리스마스 시즌이 끝나면 저절로 시들어 죽었다. 알전구를 걷어내자마자 소나무는 키가 점점 작아지고 마르면서 죽어갔다. 더 어릴 적엔 아버지가 소나무를 뿌리째 뽑아오기를 바랐던 적도 있었다. 좀 자라고 나서는 혹 소나무가 휴게소 마당에서 커간다 해도 언젠가는 매달린 알전구에 목이 졸려 죽을 거란 생각을 했지만. 여자는 매년 사용하는 알전구를 잘 닦아 서랍 속에 넣어놓곤 했다. 젖은 걸레 끝을 손가락에 휘감고 구석구석 닦아야 했으므로 손가락이 가느다란 여자에게 딱 맞는 일이었다. 강남 대로변에 서 있는 대형 인조 소나무는 크리스마스 시즌이 끝나는 대로

118

커다란 창고에서 긴 잠을 자겠지. 여자는 마네킹에 흰 깃털이 달린 모자를 씌우면서 중얼거린다.

그 창고 대여료만도 우리가 일 년 내내 버는 알바비보다 훨씬 비쌀걸.

H가 마네킹 하나를 쇼윈도로 옮기면서 여자의 혼잣말에 대꾸한다.

우리 언제 같이 올라가볼까? 멋있잖아. 저렇게 화려하고 예쁜 트리에 올라가서 내려다보는 거. 아니면 트리 청소를 하든지…….

H는 말끝에 킥킥거리는 웃음을 보탠다. 부티크들이 밀집해 있는 이 거리 매장들에서는 주로 검은색 마네킹을 쓴다. 그래야 옷이 더 고급스러워 보인다. 곧 마네킹에 검은색 시폰드레스가 입혀진다. H는 라인이 살아나도록 드레스 허리 뒤쪽을 가는 핀으로 잡아준다. H는 이어 다이아를 흉내낸 큐빅 목걸이를 골라 마네킹 목에 건다. 검은색 마네킹에 입혀놓기 때문에 검은색 드레스가 살아나기 위해서는 화려한 액세서리를 코디해야 한다는 건 여자도 이제 잘 안다.

디자이너는 작업을 다 끝낸 다음에나 나타나서 잔소리를 해댈 게 분명하다. 자신이 잡아놓은 컨셉대로 되지 않았다는 둥, 바지는 디피하고 난 다음에 한 번 더 다림질해야 한다는 걸 모르냐는 둥, H와 여자에게 마음껏 소리를 질러댈 것이다. 여자는 그럴 때마다 매번 목구멍에서 기침이 터져나온다. H가 손발이 척척 맞는다고 하지 않았다면 여자는 벌써 잘렸을지 모른다.

쇼윈도 디피를 다 끝낸 다음 여자는 매장의 모든 조명을 밝혔다. 1차 디피가 끝나고 난 다음 이어지는 점검 과정이다. 잠자던 햇살이 갑자기 깨어난 듯 눈이 부셨다. 둥근 돔형 천장으로부터 쏟아져내린 빛의 다발은 매장 안 어느 한 곳도 빼놓지 않고 단번에 휘감았다. 할로겐 등까지 비추자 매장은 빛의 왕국처럼 화려하게 눈을 떴다. 고급스러운 가구의 디테일이 살아나 여자는 단숨에 팔에 옷을 들고 서 있는 시종으로 변했다. 크림색 실크원피스를 걸쳤지만, 주인이 잠시 자리를 비운 사이 몰래 여주인의 옷을 훔쳐 입은 시녀 모습이다. 값비싼 페브릭 장식이 돼 있는 소파는 빛을 받아 금실로 놓인 자수가 반짝거렸다. 여자는 갑자기 길을 잃은 듯 어느 곳에 서 있어야 할지 몰라 같은 자리를 계속 버정거렸다. 일주일이면 닷새 정도는 매장에서 일하지만 늘 걸음조차 불편하다. 여자는 겨우 소파 모서리에 걸터앉았다. 실크원피스에 주름이 가지 않도록 양손으로 치맛자락을 잘 당겨 펴고서였다. 웬일인지 H는 실크원피스에 구김이 간다며 벗으라고 윽박지르지 않았다. 다시 한 번 다림질을 하면 될 일이라고 생각한 모양이었다.

갑작스레 힘이 난 여자는 마네킹 앞에 디피용으로 놓여 있던 스트랩 샌들도 발에 꿰신었다. 신고, 또각또각 힐 소리를 내면서 매장의 나선형 계단을 밟아 올랐다. 어깨끈이 자꾸만 내려와 손으로 자주 추슬러야 했다. 다 오른 다음, 손님들이 맵시를 살펴볼 때처럼 천천히 한 계단씩 밟아내려왔다. 한 손은 차가운 대리석 계단 난간을 부드럽게 쓸었다. 마치 빛의 바다 위에 떠 있는 것처럼 걸음이 둥실, 절로 사뿐걸음이 됐다. H는 매대에 옷을 걸다 말고 깊은 눈으로 여자를 훑고 있었다. 열 살 아이의 몸과 여자의 눈빛은 따로 놀았다.

계단을 두세 개쯤 남겨놓고 여자는 허공을 밟았다. 바닥과 여자의 무릎 사이에서 둔탁한 소리가 일었다. 스트랩 샌들의 굽이 떨어져나갔다. 무릎에서 흐르는 핏줄기보다 여자는 실크원피스에 묻은 검댕이 걱정이었다. 여자에게 손을 내민 H의 눈은, 크림색 실크원피스에 낙인처럼 찍힌 오물의 흔적에 가 멈췄다. H의 눈빛은 백만 원에 가까운 원피스 가격이 주는 낙담보다 훨씬 더 불안하게 흔들렸다. 디스플레이어는 매일같이 생겨나고 매장은 한정돼 있다. 그리고 이 바닥은 좁고도 좁아 소문은 삽시간에 퍼진다. H는 디스플레이어가 되기 위해 밤마다 눈을 부릅뜨고 마네킹을 옮기며 옷들을 끊임없이 벗기고 입히고 했었다.

여자는 소품작업할 때 쓰는 본드로 샌들의 굽을 간신히 붙인 다음, 있던 자리에 조심스럽게 내려놓았다. 한번 굽이 꺾였던 샌들은 자꾸만 모로 쓰러졌다. 여자는 샌들을 마네킹 받침대에 기대 세웠다. 2차 디피 과정은 신속하게 진행됐다. H는 차가운 눈빛으로 작업에만 열중했다. 여자는 다림질을 끝낸 상품들을 색상별로 사이즈별로 매대에 걸고 풀려나온 실밥을 정리했다. 그러다 쇼윈도에 걸린 정장바지에 구김이 간 게 눈에 들어와 다시 다림질했다. H가 액세서리와 코사지, 크기가 손지갑보다 조금 더 큰 토트백을 소품으로 디피하는 동안 여자는 빈

박스와 발포수지 비닐을 매장 밖 쓰레기통에 내놓고 바닥을 쓸었다. 먼지가 나지 않도록 먼저 스프레이로 물을 뿌렸기 때문에 바닥을 쓸어낸다기보다는 온 바닥을 걸레질하는 것과 마찬가지였다. 무릎에서 핏방울이 하나, 바닥으로 떨어졌다. 여자는 깜짝 놀라 크리넥스 티슈를 뽑아다 꼼꼼하게 닦아냈다. 거의 바닥에 무릎을 꿇은 자세였다.

여자가 다리미와 청소용구들을 창고에 들여놓고 주변을 정리하는 동안 H는 매장 구석구석을 꼼꼼하게 체크했다. 컨셉으로 잡아놓은 구성도와 차이가 없는지, 액세서리는 의상과 잘 매치되는지 살핀 다음, 작업일지에 기록하는 일까지 마무리했다. 여자는 어느새 낡은 청바지와 티셔츠 차림으로 복귀했다. 그리고 크게 숨을 들이쉬었다. 마치 거미줄에 꽁꽁 묶여 있었던 듯 말이다. 죽을 힘을 다해 거미줄에서 풀려난 작은 생명처럼 여자는 오소소 몸을 떨었다. 가방을 챙겨들고 매장을 나서는데 채 닫히지 않은 가방 지퍼 사이로 부드러운 실크천이 삐죽 나와 새벽 공기에 하르르 떨렸다.

6

H의 오피스텔로 돌아오자마자 여자는 밭은기침을 연신 토해냈다. 낮 동안 갇혀 있던 좁은 방 안 공기는 여자의 기관지 속으로 먼지를 마구 들이밀었다. 창문을 활짝 열자 찬 새벽 공기가 4층 H의 오피스텔 원룸으로 한꺼번에 밀려들었다. 그 바

람 때문에 여자는 스르르 눈을 감았다.

창문 열고 자면 어떡해?

H의 목소리에 여자는 잠에서 깨기도 전에 기침부터 해댔다. 디스플레이어학원 새벽반을 거쳐 들어온 H는 침대 구석에 구겨져 있던 담요부터 끌어다 여자에게 건넸다. 여자는 담요를 바닥에 최대한 넓게 펼쳐 덮었다. 여자의 발치에 널브러져 있던 크림색 실크원피스도 같이 담요를 덮었다. 다행히 H는 여자가 원피스를 들고 온 사실을 모르는 눈치였다. 그리고 H가 오줌을 누는 사이 여자는 원피스를 되는 대로 뭉쳐 침대 밑으로 밀어넣었다. 화장실에서 나온 H는 바지 지퍼도 올리지 않은 채였다. 허리띠까지 마저 풀어내린 H는 침대 옆 바닥, 반듯하게 누운 여자의 몸 위에 그대로 겹쳐 누웠다. 열 살 아이의 몸을 가진 여자와 섹스하는 기분은 어떤 걸까. 여자는 숨조차 가빠지지 않은 맑은 정신으로 천장에 매달려 바닥을 내려다보는 상상을 했다. 또렷하게 두 눈을 뜨고 침대 밑으로 실크원피스를 밀어넣고 있는 여자와 그 위에 엎드려 숨을 몰아쉬고 있는 남자……. 동시에 여자는 반씩 내기로 했던 임대료를 언젠가부터 H가 챙겨받지 않고 있다는 걸 기억했다. 그 덕분에 여자의 통장엔 대포차 매매상이 얘기했던 돈, 육백만 원이 모자람 없이 채워졌단 사실도 떠올렸다. 다행히 H는 열 살 정도에서 성장을 같이 멈춰버린 여자의 아랫도리가 아플까 늘 신경써주곤 했다. 피차 손해가 아니라는 계산을 하는데 힘이 쭉 빠진 H의 몸이 오롯이 여자 위로 널브러졌다.

H가 잠들기 전 하는 일 또 한 가지. 전자레인지에 데운 따뜻한 우유를 한 컵 마신 다음, 책상 구석에 놓인 작은 상자를 들고 여자 옆에 와 앉았다. 여자는 누운 그대로 H를 그저, 올려다보고 있었다.

타란에게 먹이 주기. H는 상자에서 긴 핀셋과 플라스틱병을 꺼내서는 뚜껑을 열고 핀셋을 병 속으로 집어넣었다. 이어 H의 손에 딸려나온 건 핀셋 끝에서 버둥거리는 귀뚜리였다. 손가락 한 마디만 한 귀뚜리는 더듬이를 휘저으며 방향을 찾았지만 공중에서 귀뚜리가 갈 수 있는 곳은 아무 데도 없다.

침대 옆 협탁 위엔 플라스틱 어항이 두 개 나란히 놓여 있다. 어항 안엔 각각 타란튤라 종의 거미가 한 마리씩 들어 있다. 몸길이는 육 센티쯤? 온몸에 핑크색에 가까운 털이 덮여 있다. H는 어항 뚜껑을 열고 귀뚜리를 집어넣었다. 그리고 한 번 더 반복. 두 번째 핀셋에 딸려나온 귀뚜리는 한쪽 더듬이가 떨어져 나가고 없다.

내가 왜 거미를 키우냐고 물었었지? 거미는 같이 못 살거든.

H는 팔짱을 껴 양 무릎을 감싸안고는 두 어항 속을 번갈아가며 뚫어져라 바라보고 있다. 타란이 움직일 때마다 H의 고개도 따라 흔들렸다.

같은 종도 합사 못해, 거미는. 한 곳에 넣으면 강한 놈이 약한 놈을 죽여버리거든. 그리고 먹어. 몇 마리를 넣어봐도 결국은 하나만 남아. 그게 맘에 들어.

여자는 고개를 끄덕이며 우유를 마셨다. 따끈한 우유가 뱃속에 들어가자 또 눈이 감기려 했다.

눈이 여덟 개인 것도 좋아. 자동차 헤드라이트가 거미 눈을 본뜬 거라는 건 너도 알지? 여덟 개 눈으로 쉼 없이 사방을 살피지. 그 조심성이 맘에 들어.

H는 턱을 무릎에 얹고 낮게 중얼거렸다. 여자는 다시 고개를 끄덕이며 남은 우유를 한번에 들이켰다. 컥컥, 또 기침이 나왔다.

사래 들렸어.

눈만 아래로 향해 여자를 내려다보는 H에게 여자는 입속말로 작게 대답했다. 시선을 위로 치켜뜬 H가 이번엔 천장 쪽을 올려다봤다. 여자의 눈도 H의 시선을 따라 올라갔다. 창틀 쪽 천장 모서리에서 창문을 향해 길게 내려와 있는 작은 거미가 눈에 들어왔다. 어, 거미줄에 걸렸나본데. H가 팔짱을 풀고 알몸인 채로 창 쪽으로 다가갔다. 들으라는 건지, 혼잣말인지 H는 계속 중얼거렸다. 거미도 자기가 친 거미줄에 가끔 걸린다는 거 아니? 거미줄은 두 종류거든. 사냥용으로 치는 끈끈한 줄, 그리고 자기가 다닐 수 있게 쳐놓은 매끄러운 줄…… 그러다 길을 잃어서 자기가 그만 사냥용 줄에 걸리는 거야.

거미는 자신이 친 줄 위에서 위태롭게 흔들거리고 있다. 여자는 어릴 적, 휴게소 뒷방에 누워 있는 자신의 이불 속으로 기어들던 거미를 떠올렸다. 그 거미도 길을 잃은 거였겠구나. H는 마치 자신이 길을 잃은 듯 제자리에서 서성거리며 줄곧 거미만 올려다보고 있다. 열린 창문으로 새벽빛이 들어와 방 안을 둘로 갈라놓았다. 여자는 가늘게 그어진 금을 피해 어둠 쪽으로 몸을 더 사렸다. 갓 깨어난 햇살이 H의 드러난 등허리를 싸늘하게 비쳤다.

떼줘야겠어. 그냥 두면 자기가 친 거미줄에 걸려서 결국 말라죽게 될 거야.

식탁의자를 창 쪽에 바짝 붙인 H는 왼쪽 다리는 의자 위에, 나머지 다리는 창턱에 턱, 걸쳐 얹었다. 얹었지만 아슬하게 H의 손은 천장에 닿지 않았다. H의 탄탄한 엉덩이가 툭 불거졌다. 여자도 따라 몸을 일으켜 앉아 고개를 쭉 빼고 위를 올려다봤다. H는 닿지 않는 손을 늘여보다 두 발을 모두 창턱에 걸치고 한 손으로 창 모서리를 잡아 몸을 지탱했다. 도시의 뒷골목, 구석진 방 안에서 H는 알몸으로 시린 햇살을 향해 손을 뻗고 있다. 여자는 마치 연극의 마지막 장면 같다고 생각했다. 연극은 어느 순간, 어떻게 끝이 날까, 잠깐 상상했다.

긴 밤, 잠들지 못해 충혈된 눈을 연신 깜박이면서 여자는 어깨를 움츠렸다. 가늘게 뜬 여자의 눈에 천장에 매달린 거미 알집이 희미하게 들어왔다. 점점 무너져가는 휴게소 여기저기에 붙어 있던 알집들이 떠올랐다. 거미는 아무래도 쓰러져가고 사라져 없어져버릴 것들과 친한 것이다. H의 손은 여전히 거미에게 가닿지 않았다. 최저 수면시간 충족 대신 디스플레이어학원 새벽반 수강을 택한 H의 야윈 등이 눈부셨다. 활짝 열린 창문으로 흘러넘치는 아침햇살을 H가 온몸으로 막아섰다. 막아선 채 애써 천장으로 손을 뻗고 있다. H의 몸을 비껴 햇살이

126

갈래갈래 흩어져 H는 눈부신 줄에 걸려 달싹 못하는 가여운 생명의 꼴을 하고 있다. 가여워……. 여자는 H를 창틀에서 뜯어내고 싶었다. 뜯어내 H가 있어야 할 자리, 자신의 옆으로 끌어다 앉히고 싶었다. 앉은 채 뻗은 여자의 손은 H에게 턱없이 못 미쳤다. H가 햇살에 튕겨나가듯 사라져버린 건, 여자가 바닥에서 엉덩이를 뗀 바로 그 순간이었다. H는 여자의 손이 미처 닿기도 전에 햇살이 친 거미줄에서 떨어져나간 것이다. 떨어져나가 바닥에 뒹굴어야 할 H는 더 이상 여자의 눈에 보이지 않았다.

조금만 기다리지 않고……. 여자는 H가 사라져버린 창틀에 손을 짚고 창밖으로 고개를 내밀었다. 여자와 H가 함께 깃들었던 도시의 뒷골목, 작은 방 한 칸은 어이없게 4층 높이에 붙박여 있었다. H가 모로 누워버린 바닥을 내려다보는 여자의 시선이 아주 낮게 가라앉았다. 온전히 창밖을 내다보기에 너무 작은 여자는 까치발을 든 채였다.

7

마음먹은 듯 여자는 빠른 손놀림으로 시동을 걸고 후진 기어를 넣었다. 라이트를 켜자 그곳에 다시, 흐리고 작은 원이 생겨났다. 룸미러에 눈을 박고 후진을 하다 생각난 듯 차를 멈춰 세웠다. 떠나기 전에 타란에게 먹이를 줘야 했다.

H가 4층 높이에서 떨어져 죽고 짐을 정리하다가 여자는 두

개의 플라스틱 어항을 앞에 두고 잠깐 고민에 빠졌었다. 가방을 든 한 손을 빼고 나면 두 개의 어항을 나머지 한쪽 손으로 들 수는 없으니까. 어떻게 할까……. 고민하다 두고 떠날 수는 없는 노릇이라고 생각했다. 그래서 긴 핀셋으로 한쪽의 타란을 꺼내 나머지 플라스틱 어항에 넣어주었다. 얼마 뒤, H의 말대로 어항 안에는 한 마리의 타란만 남았다. 거미는 같이 못 살아. 같은 종이라도……. 여자도 이제 거미가 맘에 들었다. 같이 못 산다……. 여자는 자신이 오래도록 H와 살고 싶어했을까, 잠깐 생각했다. 혼자 남은 여자는 한 마리만 남은 타란을 한 손에 가뿐하게 들고 좁고 어둔 계단을 밟아 골목으로 들어섰다. 용케 깨지지 않은 가로등이 더러운 도시 골목을 비추고 있었다. 여자의 이글은 거기, 빛도 닿지 않는 곳에 환한 흰빛을 내뿜으며 금방이라도 낮게 날것처럼 서 있었다. 자동 도어락 버튼을 누르려다 말고 여자는 다시 뛰어올라가 침대 밑에 함부로 부려진 크림색 실크원피스를 손에 들고 나왔었다.

그래선지 원피스엔 먼지가 잔뜩 묻어 있다. 어항에 귀뚜리 한 마리를 넣어주고는 손으로 탁탁 털어 먼지를 떨어냈다. 귀뚜리는 더듬이를 사정없이 흔들며 타란에게 체액을 빨리고 있다. 여자는 흡족한 표정으로 막다른 골목을 빠져나와 한남대교를 넘어 경부고속도로 진입로에 들어섰다. 어디로 갈까……. 살면서 줄곧 아무 데도 갈 데가 없었던 여자는 어디로 가야 할지 몰랐다. 여자의 이글도 방향을 잡지 못해 맘껏 날지 못하는 듯 무겁게 느껴진다. 이글의 속도는 점점 느려져 이제 시속 삼십 킬로에 못 미친다. 여자는 갈 곳이 생각난 듯 방향을 바꿔 강남 쪽으로 핸들을 돌렸다.

H와 마지막으로 일하던 부티크 앞에서 이글은 소리도 나지 않게 날개를 접었다. 새벽이 가까운 깊은 밤에도 여전히 수많은 라이트들은 도시의 하늘을 환하게 깨운다. 여자는 라이트를 끄고 타란이 들어 있는 어항을 손에 들고는 차 밖으로 나섰다. 밤바람에 실크원피스 밑으로 드러난 다리가 심하게 흔들린다. 드러난 어깨는 소름이 일어 오돌토돌하다. 여자는 먼저 어항을 차 지붕 위로 올린 다음, 자신도 그 위로 올라섰다. 새벽 네 시쯤 됐을까.

H 대신이야. 여자는 어항을 눈높이로 들어올려 나지막하게 중얼거린다. 연말연시가 지난 대형 트리는 이제 불이 꺼져 그냥 인조 소나무일 뿐이다. 여자는 타란을 손에 들고 어떻게 하면 저 트리에 올라갈 수 있을까, 잠깐 생각한다. 아무래도 트리에 오르는 건 어려울 것 같다, 는 생각을 하는데 오토바이 한 대가 빠른 속도로 여자의 이글을 지나치면서 백미러 한쪽을 툭친다. 한쪽 백미러가 바닥에 떨어져 나뒹구는 걸 내려다보던 여자는 좋은 생각이 난 사람처럼 미소를 지으며 차 위에서 내려온다.

이글은 이제 한쪽 날개가 떨어져나가버린 것처럼 한 개의 백미러만 달고 달린다. 여자는 이젠 아무도 찾지 않는 휴게소에 갈 작정이다. 가서 휴게소 뒷산 소나무를 하나 적당한 크기로 잘라와 앞마당에 트리를 만들 것이다. 서랍 구석엔 아직 알전구가 잠들어 있겠지. 그걸 꺼내다 환하게 불 밝힌 다음, 타란을 트리 꼭대기에 놓아줘야지.

아무 데도 갈 데가 없는 여자는 이제 다시 휴게소로 간다. 할 일이 생긴 여자의 입가에 미소가 생긴다. 타란도 좋아할 것이다. 운전대 너머 바깥을 쳐다보기 위해 여자는 작은 몸을 곧추세운다.

숑카 그리고 그녀의 花

높이 솟아 있는 광고판 옆으로 전철이 빠르게 지나간다. 전철이 내는 소리가 흐릿한 그의 의식을 찢으며 끼어들었다. 소리는 완강하게 하늘을 밟으며 땅으로까지 내려서고 있었다. 그 진동 때문에 바닥에 누운 그는 자신도 모르게 눈을 깜박였다. 헬멧을 덮고 있던 신문이 바람에 날려 발치께로 와 눕는다. 뒤집힌 헬멧의 바람막이 윈도우스크린에는 거뭇한 얼룩이 묻어 있다. 지난해 늦여름 막무가내로 달려들어 부딪친 날벌레들이 그대로 붙어 있는 걸 여태 닦지 않은 탓이다. 특히 그해 여름밤에는 오토바이 불빛을 향해 날것들이 눈앞이 흐릴 정도로 달려들었다. 하지만 이젠 닦을 필요도 없다. 윈도우스크린에 금이 가버린 헬멧은 더 이상 사용하지 못하게 됐다.

우선 그는 목을 들어 왼쪽 오른쪽으로 기울여보았다. 바닥에 누운 자세 때문에 훨씬 더 높은 곳에 있는 것들이 눈에 들어왔다. 왼쪽으로는 광고판이, 오른쪽으로는 수많은 전깃줄과 함께 전철의 선로가 시야에 잡혔다. 부연 저녁나절의 하늘은 이미 어두워지고 있었다.

하늘을 올려다보고 있자니 난데없이 그녀 뺨 위에 피어 있던 꽃이 떠올랐다. 지루한 장맛비가 사흘 낮밤이나 쏟아붓고 난 뒤의 여름 오후였다. 다음날 아침식사로 먹을 베이글과 아몬드 패스트리를 사기 위해 빵집에 들른 길이었다. 카운터 옆자리에 시식용으로 잘라논 밤 파운드 조각을 입에 넣으면서 하루 묵어 세일하고 있는 빵을 집어들까, 아니면 조금 기다렸다 갓 구워낸 걸 살까 망설이던 찰나였다. 한꺼번에 가게 안 깊숙이 쏟아져들어온 햇살 때문에 하마터면 그녀의 윤곽을 놓칠 뻔했다. 그녀는 갓 구운 베이글이 가득 얹힌 쟁반을 들고 주방에서 걸어나오는 참이었다. 그녀가 쏟아붓는 햇살을 고스란히 감당하며 그에게로 걸어오지 않았더라도 그랬었을까. 그는 힘주어 눈을 감았다. 아마도……. 한 점 빛도 없는 곳이었더라도 그는 그녀의 꽃을 봐버린 다음 급하게 숨을 몰아쉬었으리라 생각했다.

그녀의 뺨 위에 돋아난, 설익은 듯한 자둣빛 꽃을 보자마자, 그는 씹던 파운드 조각을 꿀꺽 삼키고 빵집 밖에 붙은 화장실로 허겁지겁 숨어들었다. 지퍼를 내리는 손끝이 떨리고 있었다. 셔츠 자락이 지퍼에 끼어 잘 내려가지 않았다. 뜯어낼 것처럼 끌어내리자 굳게 맞물렸던 이가 두두둑 뜯어졌다. 통쾌했다. 속옷을 벗겨내는 손가락에 힘이 들어간 탓에 손톱이 무른

살을 파고들었지만 아픈 줄도 몰랐다. 서두르지 않으면 눈앞에 떠오른 그녀의 꽃이 사라져버리리라는 생각뿐이었다. 그는 변기에 대고 아주 오랜만에 사정을 했다. 그녀의 뺨 위에 피어 있던 꽃은 다 쏟아내고 나서도 한참 동안 눈앞에 어른거렸다. 눈을 감은 채 그는 일 년 전 그녀를 처음 보았을 때 왜 그렇게 미치도록 그녀의 꽃이 좋았던지를 생각했다. 벌어진 입술 사이로 낮고 긴 숨이 새어나왔다.

숨을 들이마시면서 감았던 눈을 힘겹게 뜨자 바닥에서 뒹굴던 신문이 갑자기 눈앞을 가린다. 채 마르지 않은 기름냄새가 훅 끼친다. 그는 오른쪽 팔을 들어 얼굴을 덮은 신문을 걷어냈다. 팔이 몇 톤쯤은 되는 듯 무거워 느리게 움직였다. 옆에 뒹구는 헬멧 위에도 신문쪼가리가 아무렇게나 걸쳐져 있다. 그 옆의 바닥도 온통 신문투성이다. 무려 스물한 종이나 되는 신문더미가 한꺼번에 흩어졌으니 그럴만도 한 일이었다. 잦아들었다 다시 일어나는 바람 때문에 신문은 몸을 뒤척이며 여기저기 그의 몸에 들러붙는다. "서울 지하철 내일 부분 파업", "한중 정상회담 '교역……'". 그는 나뒹구는 신문의 헤드라인을 되는 대로 훑었다. 그러고 보니 늘 신문더미를 뒤에 싣고 다니면서도 한 번도 읽으려 했던 적은 없었다. 문득 읽어보고 싶다는 생각이 들었지만 곧 그만두기로 마음먹는다. 그보다는 어서 몸을 일으켜야 할 텐데…… 싫다.

그 사내는 어떻게 됐을까. 다시 광고판으로 눈을 주다 말고 그는 사내를 떠올렸다. 십 미터 전쯤부터 여기까지는 급커브

길이라 늘 속도를 줄이고 지나곤 했었다. 오늘도 분명 이십여 미터 전에서부터 액셀을 당기지 않고 앞뒤 브레이크를 적절히 주면서 속도를 줄였었다. 그는 늘 앞뒤 브레이크를 7 : 3 비율로 잡는다. 감각을 잃어 뒷바퀴에 브레이크를 더 많이 주다가는 바퀴가 돌아 오토바이가 넘어질 수 있기 때문이다. 그랬는데 커브의 모퉁이에서 사내가 나오는 걸 보지 못했다. 바퀴가 거의 멎기 직전, 브레이킹을 하면서 동시에 그는 뒷바퀴에 브레이크를 좀더 주고 있다는 걸 깨달았다. 넘어지는구나 하는 생각이 드는 순간 오토바이는 그를 밀쳐내면서 거의 한 바퀴를 회전했다. 하아, 바싹 마른 입술 사이로 가쁜 숨이 흘러나왔다. 몸이 오토바이에서 떨어져나가 바닥에 밀리면서 거친 모래알들이 타닥타닥 그에게로 튀어올랐다. 눈은 그릉, 소리를 내며 공회전하고 있는 오토바이 뒷바퀴에 가 멎었다. 그리고 쾅 하는 둔탁한 소리…….

그는 고개를 조금 들어 주위를 둘러보았다. 인적이라곤 없는데다 널려진 신문들이 바람에 날리며 내는 소리 외엔 아무 소리도 귀에 잡히지 않았다. 사내의 모습은 그림자도 보이지 않았다. 사내에겐 아무 일도 없는 거겠지. 갑자기 튀어나온 오토바이 때문에 멈칫 놀라 섰다가는 옷깃을 여미고 가던 길을 재촉해 걸어갔겠지. 그리고 재수없는 날이라며 그를 향해 침이나 한 번 퉤, 뱉었겠지. 가쁜 숨을 고르며 이번에는 길게 한숨을 내쉬었다. 입 안에 모래 알갱이가 들어차 까끌거렸다. 혀로 입 안 구석구석을 훑은 다음, 고개를 옆으로 약간 돌려 침을 뱉어냈다. 침은 거의 나오지 않고 입 안은 여전히 모래알로 가득했다. 그는 다시 한번 애써 침을 모아 모래알들을 입 밖으로 흘려보냈다. 입가로 모래 섞인 침이 조금 나와 턱까지 흘러내렸다. 아까보다 바람이 누그러졌는지 신문들도 모래알들도 성가시게 굴지 않았다. 고개를 조금 더 들어보았다. 왼쪽 다리가 욱신거리기 시작했다. 아무래도 부러진 모양이다. 게다가 그는 갑작스레 쏟아지는 잠을 참아내기가 어려웠다. 초여름이지만 저물녘 바닥의 냉기가 싸늘하게 느껴지는데도 말이다. 자꾸만 감기려는 눈꺼풀을 애써 치켜뜨면서 이제 당분간 퀵서비스 일을 하긴 어렵겠다는 생각을 했다.

지난 일 년 반 동안 매일 저녁 여섯 시에 세종로 사거리에서 신문을 싣고 과천 정부종합청사 직원에게 건네는 일을 하면서 언젠가는 이렇게 되리라는 생각을 안한 건 아니었다. 일명 초판 전문 퀵서비스맨. 하루 삼십 분씩 일하면서 한 달에 칠십만원을 받을 수 있는 자리니 퀵맨이라면 누구나 덤벼드는 일이다. 저녁 여섯 시의 세종로 사거리는 조간 신문사들의 초판신문이 모여드는 우리나라 유일의 신문 파시다. 내일자 초판신문이 나오고 약 삼십 분 안에는 기사를 손볼 수 있기 때문에 그 시간에는 기업 홍보담당자들이나, 정부부처 공보담당 직원들, 심지어 신문 읽기를 대행해주는 아르바이트생까지 줄잡아 백여 명은 되는 사람들이 몰려든다. 거기서 사람들은 매일같이 신문을 오려내고, 여기저기 전화하고, 뛰고, 싸우고, 소리친다. 저마다 눈에 바짝 힘을 주고는 행여 자신의 회사에 불리한 기사가 난 건 아닌지, 어떤 통계수치가 잘못 인쇄돼 주가에 영향을 미치는 건 아닌지, 사람들은 양복을 입은 채로 바닥에 쭈그리고 앉아 바람소리가 나게 신문장을 넘겨댄다. 그러다 뭔가 하나 잡히기라도 하면 손 안의 적이라도 되는 듯 신문을 구겨 쥐고는 신문사에 전화를 해대느라 핏대를 올린다. 그 난장판에서 그는 매일 스물한 종이나 되는 신문을 건네받아 기사 정정이 가능한 삼십 분 안에 정부청사까지 초고속으로 내달려 신문을 배달하는 것이었다. 당분간 그의 혼다 CB 400은 한 자리에 서서 부유하는 먼지만 등에 태우게 되겠지.

잔 모래알이 바닥의 냉기와 함께 등허리를 쿡쿡 쑤셔대자 그는 이제야 그녀가 떠났다는 걸 실감했다. 얼마 전, 햇빛이 내리붓던 오후에 그녀는 그에게로 왔을 때처럼 낡은 가방 하나만 들고 걸어나갔다. 한 손으로는 자신의 꽃을 가린 채였다. 그녀는 다른 누가 또 뺨 위의 붉은 화상 흔적을 꽃이라 부르며 쓰다듬어줄 수 있으리라 생각했던 걸까. 아니면 뺨 중앙에서 시작해 사방으로 뻗어나간 붉고 선명한 그 흔적을 꽃이라 부르며 매만지던 그의 손길이 이제 구역질나게 지겨워진 걸지도 모른다. 말 한마디 없이, 그를 한번 돌아보지도 않고 꽃을 가린 얼굴을 바닥으로 꺾은 채 걷기만 했으니까. 그게 아니라면 혹 그녀가 이름 붙이고 키우다 시들어버린 花라도 찾아간 걸까…….

그녀가 花를 찾아낸 건 지난해 가을쯤 관리소에서 그의 임대 아파트에 정기 연막소독을 나왔을 때였다. 낡은 아파트라 한 분기라도 소독을 하지 않으면 온 집 안에 바퀴벌레가 들끓을 정도다. 소독을 끝낸 후, 오랜만에 집 안을 청소하다 그녀는 급기야 대대적으로 온 집 안을 구석구석 뒤집기 시작했다. 싱크대를 열어서는 안의 그릇들을 다 꺼내놓고 바닥에 앉아 마른 행주로 뽀득뽀득 소리가 나게 닦아 넣었다. 그 참에 그녀가 치운 쓰레기가 이십 리터 종량제 봉투로 하나 가득이었다. 부엌 청소를 마친 그녀는 이내 창고로 변해 쓰지 않던 베란다 안의 물건을 소리 하나 나지 않게 들어내기 시작했다. 언제부터, 그리고 왜 거기 들어 있는지도 모를 것들이 끝도 없이 그녀의 손에 딸려나왔다. 이음새가 덜렁거리는 변기뚜껑, 구멍이 뚫리고 먼지가 잔뜩 앉은 플라스틱 채반에 그가 돈을 주고 직접 산 건지 어떤 건지 모를 고등학교 참고서까지 그녀는 거의 이삿짐을 정리하듯 집 안을 온통 다 뒤집었다.

그리고 침대 위에 누워 오토바이 소재의 신간 만화책을 보고 킬킬대는 그를 한번도 쳐다보지 않았다. 그는 그녀가 허섭스레기들을 집 밖으로 옮기느라 옆을 지나칠 때면 더욱 큰 소리로 칼칼 웃어제꼈다. 하지만 그녀는 내내 높아져가는 그의 웃음소리를 끝까지 외면했다. 놀라운 건 그녀가 그 모든 일을 해내면서도 호흡 한번 흐트러트리지 않고 땀 한 방울 흘리지 않은 것은 고사하고 소리조차 거의 내지 않았다는 것이다. 그녀는 정말이지 거의 하루 종일 움직이면서도 발소리조차 잘 들리지 않을 만큼 천천히, 조용하게 움직였다. 마치 말 한마디 없이 그를 나무라고 있는 듯 보이기조차 했으니까.

그러다 그녀가 옷장서랍 깊숙한 곳에서 오래된 씨앗봉투를 하나 꺼내들었다. 어떻게 서랍바닥 깊은 곳에 씨앗봉투 같은 게 들어 있었는지 그로서도 알 수 없는 일이었다. 씨앗봉투는 가장자리가 헐고 표면의 잉크가 날아가버려 겉면에 표시된 이름과 원산지를 잘 알 수 없었다. 다만 바다가 그려져 있어 어디 먼 곳으로부터 온 씨앗이라는 짐작만 할 뿐이었다. 그녀는 그걸 아파트 앞 화단의 흙을 가져다 채운 맥주컵에 심어 방 한쪽에 놓아두었다. 하룻밤이 지나자 씨앗은 딱 그의 한 뼘만큼 자라나 있었다. 진초록 바탕에 얼룩인 듯 연한 크림색 점들이 박힌 모양을 한 이파리들은 반질반질 윤기가 흐르는 게 자못 두툼하고 단단해 보였지만 만져보면 금방이라도 찢어질 듯 하늘거리고 얇았다. 작고 끝이 뾰족한 이파리는 가느다란 줄기에 수도 없이 매달려 아우성을 치고 있었다. 그녀는 그 식물의 이름이 무엇인지 알고 싶어했다. 식물도감을 사다 뒤지고 인터넷을 검색하고 화원을 돌아다녔지만 알 수 없었다. 며칠이 지나자 엄지손톱만 한 꽃이 피어 있었다. 그걸 보고 그녀는 花라는 이름을 붙여주었다. 그리고 언젠가 꼭 花의 이름을 찾아 불러줄 거라고 했었다. 그래서 그녀는 떠났을까. 花가 살아 자라고 있는 곳으로 가서 이름을 찾아 불러주고 시든 꽃잎을 살려내려고……. 그게 아니라면 대체 그녀가 왜 그를 떠났겠는가.

　그녀가 떠나고 하루도 지나지 않아 모든 것이 제자리로 돌아왔다. 밥통뚜껑은 하루 종일 열려 있고, 그 안으로 손잡이가 빠진 국자와 녹이 슨 집게가 들어갔다. 잔뜩 구겨진 걸레는 방 한가운데 드러누워 꾸덕꾸덕 말라갔고, 표지가 떨어져나간 오토바이 전문잡지는 라면 냄비를 받치느라 누렇게 타들어갔다. 오토바이에서 기름이 묻어 까맣게 때가 탄 셔츠들은 제대로 세탁되지 않아 그대로 얼룩이 들러붙어버렸다. 예전처럼 다시 모든 것들이 삐걱대기 시작한 것이다. 일주일이 지나고 나자 집 안 어디에도 그녀의 흔적은 남아 있지 않았다.

그런데…… 원래 그녀가 거기 있었을까.

귀에 희미한 신호음이 걸려들었다. 귀는 잠자지 않고 열려 있었던 모양이다. 전화벨이다. 어떡할까 하다가 받기로 마음먹는다. 잘하면 도와달라고 말할 수도 있고, 최소한 구급차 정도는 불러달라고 할 수 있을 것이다. 그리고…… 혹 그녀일지도 모를 일이다. 납득할 수 없게 떠났으니 아무 일도 없었던 듯 다시 돌아온다고 말할지도 모를 일이다. 눈을 뜨는 데만 한참이나 시간이 흐른 기분이 들었다. 전화가 끊기지 않아야 할 텐데. 어렵게 초점을 모으고 나자 이번에는 전화기가 어디 있는지 기억이 나질 않는다. 다행히 신호는 끊기지 않고 이어졌다.

"여보세요."

"저기……."

드러누웠던 바람이 갑자기 드세게 일어났다. 그녀는 정말 아주 가버린 걸까. 모래알들까지 단번에 바람에 쓸려 마구잡이로 그에게 덤벼들었다. 그는 겨우 떴던 눈을 도로 감으며 휴대폰을 꼭 붙들었다. 상대가 뭐라고 하긴 하는데 도무지 들리질 않는다. 바람소리, 바람에 들춰지면서 신문이 내는 소리가 휴대폰 너머의 말소리를 가로막고 나섰다. 아무래도 곧 장마가 몰려올 모양이라고 생각했다. 이놈의 바람. 숨이 턱, 막혔다. 그는 화가 치밀어 공중에 대고 눈을 부릅뜨고는 그중에서 말소리를 가려내려고 온 신경을 귀에다 그러모았다.

"류씨 핸드폰이죠?"

뭔가 자신이 없는 듯한 톤의 여자 목소리다. 목소리는 아주 작고 주눅들어 있다.

"네, 제가 류입니다."

"저……."

아예 바람은 작정이라도 한 듯 성질을 부렸다. 모래알들이 잔뜩 독이 올라 사정없이 그의 얼굴을 찔러댔다. 입 안이 타들어가 이러다 습기 하나 없이 파삭거리는 건 아닌지 겁이 났다. 용케 그 사이를 비집고 여자 목소리가 귀에 들어왔다.

"저, 주소 좀 확인하려구요. 영어학습지…… 신청하셨죠?"

머뭇거리며 기어들어가는 목소리로 그는 단박에 여자가 초짜 텔레마케터란 걸 알아차렸다. 물론, 영어학습지 따위는 신청한 적 없다. 하지만 그는 왠지 그냥 끊고 싶지 않다. 마치 그녀가 떠난 후, 처음으로 누군가와 얘기를 나누고 있는 듯한 느낌이다.

"영어요? 영어라……. 마침 영어가 필요해요. 곧 멀리 떠날 겁니다. 바람이 멎고 나면요. 그러면 꼭 누굴 좀 찾으러 갈 거거든요."

도와달라고 말해야 하는데……. 속으로 중얼거리면서도 입은 여자가 묻는 말에 대답을 하고 있었다.

"먼 곳으로 가면 다른 나라 사람들도 만날 테고. 그래요, 꼭 영어가 필요하겠어요."

"바람…… 이요? 누굴 찾으려요?"

목소리는 점점 더 겁을 먹고 있었다.

"네. 꼭 찾아야 할 사람이 있거든요. 꼭이요."

그렇게 대답하고 나니까 자신이 그녀를 찾아나선 길이었다는 확신이 들었다. 찾아서 물어봐야겠다. 적어도 그녀는 이유를 말해주어야 할 것이다. 왜 그를 떠난 건지. 그는 바람 때문에 이마에 들러붙은 머리칼을 떼어내면서 눈에 힘을 주고 입을 앙물었다.

"사람을 찾으러 떠나는 데 쓰일 만한 영어학습지도 있나요?"

"저…… 그게……."

삐, 삐, 삐, 하는 신호음이 울리더니 금세 전화가 끊어졌다. 무슨 일인가 싶어 휴대폰을 들여다보자 액정화면이 깜박거리다가 아예 나가버렸다. 하필 이런 때 배터리가 다 되다니. 그는 텅 비어버린 액정화면을 노려보았다.

전원을 껐다 켜봐도 휴대폰은 금세 다시 꺼지고 만다. 아무리 기다려도 누구 하나 지날 것 같지 않은데 휴대폰 배터리마저 나갔으니 이젠 스스로 몸을 일으킬밖에 별 도리가 없다. 그는 맨손을 그대로 땅에 짚고 등허리에 힘을 준다. 맨손바닥에 자잘한 모래알들이 박혀와 주춤 놀라며 손바닥을 떼고 만다. 다시 한번 손가락 끝에 힘을 모으고 몸을 일으켜 상체를 반쯤 곧추세웠다. 등을 기댈 만한 곳이 있으면 좋겠는데. 그는 광고판의 지지대를 아쉽게 쳐다보았다. 하지만 거기까지는 일 미터 정도 거리다. 하아 하아, 숨을 다 내뱉기도 전에 가쁘게 들이쉬기를 반복했다. 심장이 죄어온다. 이러다간 먼저 심장이 터져 죽을 것만 같다.

애써 숨을 골라 천천히 들이쉰 다음 조심스레 내뱉다가 花 생각이 났다. 대체 花는 어떻게 그렇게 빨리 자랄 수 있었을까. 씨앗을 심은 지 꼭 사흘 만에 花는 그의 정강이를 지나고 있었다. 꽃이 피는 게 보일 만큼 빨리 자라는 식물이 있다는 말만 들었지, 그토록 빨리 자라는 식물은 처음 보았다. 그녀는 빵집에서 돌아오자마자 그 앞에 주저앉아서는 이파리 하나하나를 정성스레 쓰다듬었다. 그가 샤워를 하고, 티브이를 켜고, 드라마와 심야 뉴스와 스포츠 하이라이트까지 모두 본 다음, 커튼을 치고 이불 위에 올라앉았을 때까지 그녀는 고개 한번 돌리지 않았다. 그러더니 그가 말리는데도 기어이 나가서는 빈 화분을 하나 사가지고 돌아왔다. 사실 훌쩍 자라버린 花의 키를 생각하면 화분을 바꿔주는 건 하나도 이상할 게 없었다. 그렇지만 그게 문을 닫고 이불을 뒤집어쓰고 누웠을 화원 주인을 깨워야 할 만큼 다급한 일인가 말이다. 그는 화가 좀 났다. 깨끗이 씻은 발가락을 이불 속에서 꼼지락거려가며 킬킬거리다가 서로를 향해 뛰어들어야 마땅할 시각이 아닌가. 그는 그 따위 일은 나중에 해도 되잖아, 라고 한마디하려다 그녀를 한번 힐끗 보고는 그냥 끙, 하고 앓는 소리를 내며 돌아누워버렸다. 그녀는 팔랑거리듯이 그에게 와서 귓불을 한번 깨물어주고 끝

144

내 자정이 넘은 시각에 花를 맥주컵에서 꺼내 좀더 큰 화분으로 옮겨 심고 있었다.

닷새가 지나자 花의 키는 그의 넓적다리까지 올라와 있었다. 커졌을 뿐 아니라 이제 옆으로 기어가더니 옆의 컴퓨터 책상을 타고 오르기 시작했다. 花는 금방이라도 꺾어질 듯 불안해 보이면서도 용케 벽에 기대 자라고 있었다. 그로서는 도무지 이해할 수 없는 일이었다. 씨앗을 심은 지 하루 만에 싹이 나고 매일같이 한 뼘씩 자라 닷새 만에 일 미터 가까이까지 커 올라온 것이다. 그래서 엿새째 되던 날, 그는 그녀가 출근하고 없는 집에서 종일 花를 감시했다. 온 집 안에 햇빛이 들어올 수 있는 구멍이란 구멍은 모조리 열어젖혔다. 그리고 무작정 花를 노려보았다. 한낮의 햇빛이 덤벼들어도 그는 그 옆을 떠나지 않았다. 무수한 이파리가 고스란히 햇살을 받아 안아서는 반질반질한 윤기를 줄줄 흘리면서 그를 비웃듯 몸을 살랑거렸다. 그런데 해가 지고 그녀가 돌아오고 사발면으로 저녁을 때우고 자정이 가깝도록 花는 단 일 센티도 자라나지 않았다. 시간이 지나면서 그는 빠르게 지쳤고 결국 잘 펴지지 않는 오금을 그대로 구부린 채 잠이 들었다.

다시 아침, 화들짝 놀라듯 튕겨져 일어나 돌아다보았을 때 花는 여지없이 한 뼘만큼 자라나 컴퓨터 책상을 타넘고 있었다. 게다 줄기 끝에 꽃이 피어 있는 게 아닌가. 분명히 전날 밤엔 봉오리조차 없었는데 말이다. 꽃받침의 겉면에 흰 털이 자잘하게 나 있고 마치 나팔꽃처럼 사지를 활짝 벌려 핀 꽃은 어던지 그녀의 뺨 위의 꽃과 닮아 있었다. 그녀의 꽃……. 그녀의 꽃은 금방 입은 상처인 듯 늘 생생했다. 창백한 그녀의 얼굴에 반해 꽃 중앙에서 시작해 뺨 전체에 번져 가시지 않은 핏기는 붉디붉었다. 그는 뺨의 상처가 아니었더라면 그녀는 살아 있는 사람처럼 보이지 않았을 거라고 생각했다. 그랬다. 그녀의 꽃은 그에게 살아 숨쉬는 그녀를 느끼게 해주었다. 그래서 처음 그녀를 보았을 때 단박에 그녀의 꽃이 좋아져버렸는지도 모른다.

연한 자줏빛의 花의 꽃은 꽃이라기보다 어떤 흔적처럼 불안하게 줄기 끝에 매달려 있었다. 花가 피워낸 꽃을 보자마자 그녀는 허리를 푹 꺾어 손으로 바닥을 짚으며 주저앉았다. 花의 꽃이 그녀의 상처와 닮았다는 게 마음에 걸렸다. 꽃을 바라보는 그녀의 눈빛이 바닥을 모르게 가라앉고 있었다. 花의 꽃을 볼 때마다 그녀는 늘 자신의 꽃을 떠올릴 테지. 자신의 뺨에 꽃이 피어나기 이전과 그 이후의 시간들을 곱씹을 것이다. 그리고 花가 피워낸 꽃을 보면서 그녀는 가슴속에 또 한 송이의 꽃을 피울지 모른다. 아프도록 선명하게 말이다.

그녀는 마치 그 꽃을 자신이 피워내기라도 한 듯 힘겨워 보였다. 한참을 뚫어져라 꽃송이를 들여다보고 있던 그녀는 서둘러 샤워를 마쳐 머리에서 물이 뚝뚝 흐르는 채로 커다란 새 화분을 사왔다. 그러고는 잔뿌리 하나라도 다칠까봐 핀셋으로 일일이 들어올려서는 새 화분에 옮겨 심었다. 옮겨 심는 내내 그녀의 입술에선 작은 한숨이 오래도록 흘러나오고 있었다.

퀵서비스 사무실의 누구나가 다 탐내는 초판신문 배달 일을 이틀씩이나 거를 수는 없었다. 하는 수 없이 나갔다가 저녁에 조급한 마음으로 돌아왔을 때, 그녀는 花 앞에 쭈그려앉아 무릎에 머리를 기댄 자세로 잠이 들어 있었다. 저물어가는 햇살이 어루만지듯 그녀의 반듯한 이마에 내려앉아 있었다. 花는 역시나 자라나 벽을 타고 오르고 옆으로도 퍼져나가고 있었다. 맨 위쪽 줄기 끝이 손 내밀듯 구부려져 그녀의 머리칼에 가 닿아 있었다. 햇살 때문이었을까. 그녀의 표정은 모처럼 윤기가 흐르며 환해 보였다. 그가 함께 지내는 게 어떻겠느냐고 어렵게 말을 꺼냈을 때 그녀에게서 보였던 어렴풋한 미소와는 많이 달랐다. 그가 그녀를 만난 이후, 아니 그가 그녀를 만나기 훨씬 이전부터 볼 수 없었을 거라 느껴지는 표정이었다. 가만히 그녀의 흐트러진 머리칼을 귀 뒤로 넘겨주다 말고 손가락에 물기가 배어들어 깜짝 놀라 손을 떼내었다. 그녀의 눈가엔 이미 눈물이 말라가고 있었다. 손에 시들어버린 꽃송이를 쥐고서 말이다. 그의 가슴이 이유도 없이 흔들리다 바닥으로 내려앉았다. 쾅 소리가 하늘을 뒤흔들도록 문을 닫고 나와 그의 혼다 CB 400을 끌고 밤거리로 나섰다.

　어딘지도 모를 길을 내달리다보니 어느새 속도계는 최고시속 180을 넘어가고 있었다. 속도계의 눈금이 100을 넘어갈라치면 그녀의 얼굴이 떠올라 얼른 브레이크를 주던 그였다. 속도계 끝까지 액셀을 당기자 기어에서 끽끽 소리가 났다. 그녀를 만난 이후 처음 당겨보는 속도였다. 숨을 크게 들이쉬자 가

숨속이 시원해졌다. 아, 얼마 만에 맛보는 짜릿함인가. 갈퀴처럼 온몸을 긁어대는 바람에 그는 아예 눈을 감고 달렸다. 저 밑에서부터 무엇이 솟아나 정수리를 뚫고 나갈 것만 같았다. 그녀는 그의 속도를 싫어했다. 그의 오토바이를 볼 때마다 그녀는 불안하게 눈을 이리저리 굴려댔고, 그가 다른 일을 하기를 원했었다. 그녀 자신이 나서서 제빵 일을 소개해줄 수도 있다고 했었다. 그녀가 왜 그를 바꿔놓으려 하는지 이해할 수 없는 일이었다. 얼마나 달렸을까. 불안하게 그를 휘감고 있던 밤의 기운이 밀려오는 새벽빛에 빠르게 사그라들고 있었다. 어느 틈엔지 자유로로 들어서고 나서야 그는 혼자 무릎을 끌어안은 채 지쳐가고 있을 그녀를 떠올렸다.

花는, 한 송이의 꽃을 다시 피웠고, 그 꽃은 오후의 햇살이 최고조에 이를 무렵 이내 시들었다. 꼭 그랬다. 아침에 한 송이의 꽃이 온몸을 활짝 벌리고 누군가를 부르듯 와락 피었다가 반나절 만에 고개를 떨구며 지곤 했다. 날이 가면서 그녀가 花의 옆에서 잠을 깨는 일이 잦아졌다. 그런 날 아침이면 그녀의 눈은 붉게 물들어 부어올라 있곤 했다. 자신이 지닌 꽃과 꼭 닮은 花의 꽃이 지는 게 그렇게 슬픈 일일까. 그는 뭐, 그럴 수도 있는 일이겠거니, 싶었다. 그리고 며칠이 지나지 않아 그는 그녀의 뺨에 핀 꽃을 어루만지며 잠들던 일이 그리워졌다.

그래서, 단지 그녀의 단 살냄새가 맡고 싶어서, 그 아침에 그렇게 얘기했을 뿐이었다. 그날도 花의 줄기에는 어김없이 한 송이의 꽃이 매달려 있었다. 그는 인스턴트 커피를 뜨겁게 타서 그녀에게 건네며 그녀의 뺨을 어루만졌다.

"니 뺨에 핀 꽃이 언제나 지지 않아서 내가 얼마나 신나는지 넌 모를 거야. 너의 꽃이 아침에 피었다가 곧 져버린다면 나는 아마 살지 못할걸. 밤에 불을 끄고 위에서 내려다보는 네 꽃은 정말 환상이거든……."

그러고 보니 문득 그녀의 꽃에 대해 말을 꺼낸 건 그때가 처음이라는 생각이 들었다. 그녀는 조용하지만 단호하게 그의 손을 떼어놓았다.

"너까짓 거 성욕 채우라고 생긴 흉터 아니야……."

그녀의 목소리가 그의 가슴을 찌르고 들어왔다. 그녀의 얼굴에서 점점 표정이 사라지고 있었다. 목소리는 무서울 만큼 차분했다.

"너 따위가 함부로 입에 담을 수 있는 게 아니라구…… 병신……. 이 흉터? 목이 부러져 뒤로 확 꺾인 채로 나를 끌어안고 있던 엄마의 팔을 힘을 다해 떨궈내고 차를 빠져나오다가 차에 붙은 불에 데인 거야. 엄마는 흰자위가 넓게 드러난 눈으로 그런 나를 끝까지 노려보고 있었어. 병신…… 병신……."

그녀는 부모님과 함께 바다를 찾아 나들이를 나선 길이었을지도 모른다. 흔한 일이다. 다섯 살? 여섯 살? 아마 그쯤 됐을 테지. 오랜만에 나선 길이라 그녀는 작은 새처럼 쉼 없이 조잘거렸을지도 모른다. 분명 햇살도, 바람도 유난히 부드러웠을 것이다. 그러다 그녀가 거의 콩콩 뛰다시피 아빠를 재촉했겠지. 빨리, 더 빨리 바다에 가자고 말이다. 그러다 아빠가 웃으면서 돌아다보는데 반대편에서 차 한 대가 갑자기 그녀의 일행을 향해 달겨들었을 것이다. 무서운 속도로. 그래서 그녀는 부모님과 영원히 헤어졌을 것이다. 뺨 위의 한 송이 꽃만 남긴 채. 그는 그녀의 가슴속에 있는 말을 다 들어버린 것처럼 손끝이 작게 떨려왔다.

하지만 그녀는 조금도 떨고 있지 않았다. 오히려 花를 향해 돌아앉은 그녀는 침착하게 이파리 하나하나를 마른걸레로 닦아주고 있었다. 그렇다고 그녀가 그에게 병신이라고 말할 것까진 없지 않은가. 아니라면 그녀는 자신을 향해 읊조리고 있었을까. 그는 그녀의 흔들림 없는 목소리에 화가 났던 건지도 모른다. 그는 저도 모르게 그녀를 돌려세우고 힘껏 그녀의 뺨을 후려갈겼다. 그녀의 꽃이 순간 더욱 붉게 타올랐다. 그의 눈에 시선을 둔 채 그녀는 점점 더 조용해졌다. 거의 정지해버린 듯 그녀의 가는 숨소리조차 그에게 와 닿지 않았다. 시선만 그의 가슴을 파고들었다. 무슨 말이든 해봐. 그는 그녀의 어깨를 쥐고 흔들다 주먹으로 바닥을 내리치고는 자리를 박차고 일어났다. 그 결에 그녀가 들고 있던 컵이 떨어져 부서졌다. 그는 그녀를 등지고 담배 한 대를 다 빨아들이고 나서야 다시 돌아섰다. 돌아선 그의 눈에 더욱 검붉어진 그녀의 꽃과 떨어진 유리 파편으로 그녀의 다리에서 흐르는 빨간 피, 그리고 花가 막 피워내 싱그러운 꽃 한 송이가 한꺼번에 들어와 박혔다.

자세히 올려다보니 높이 걸린 광고판에는 花가 그려져 있는 게 아닌가. 그녀가 그렇게 花의 이름을 알고 싶어했는데 비로소 알 수 있을 것 같다. 애써 찾을 땐 알 수 없더니만. 이름을 꼭 알아서 그녀에게 알려줘야지. 광고판의 오른쪽으로는 전철이 지나고 왼쪽으로는 지붕이 내려앉은 작은 가구공장이 납작하게 엎드려 있다. 제대로 내려앉은 가구공장 지붕은 앉아서도 그 위가 다 보일 만큼 이미 아무짝에도 쓸모없는 폐가다. 그 가구공장과 광고판 사이로 기차가 끊긴 지 오래돼 녹이 잔뜩 슨 철길이 하나 지난다. 어디서 썩는 냄새가 난다 했더니 그 철길 위에 온갖 쓰레기가 널려 있다. 깨져 버려진 밥상 위에 밥알이 붙어 있는 게 눈에 들어왔다. 여기는 도둑고양이들도 지나다니지 않는 건가, 싶다. 그럼 그렇지. 금방 부스럭거리는 소리가 귓바퀴에 걸린다. 요즘 도둑고양이 없는 동네가 어디 있을라고.

그는 뒷목에 힘을 주고 소리나는 쪽을 돌아다봤다. 짐작과 달리 소리는 고양이가 아니라 한 사내가 걸어오는 발소리였다. 상체를 좀더 들어올려 사내 쪽으로 가까이 가려다 순간 멈칫한다. 분명 아까 자신의 오토바이에 치일 뻔했던 그 사내. 때절은 점퍼에 솜바지를 입고 두꺼운 등산양말 속으로 바지 끝부분을 우겨넣은 차림새의 사내를 보자 입 안에 돌던 말이 쉽게 나와주지 않는다. 도와달라고 말해봐야 그게 어떤 의미인지 사내가 이해할 수 없을 것만 같다. 땟국물이 흐른 자국이 그대로 말라붙어 얼굴이 온통 허옇게 튼 사내가 그쪽으로 다가왔다.

"이거 뭐할 거냐구?"

사내는 다짜고짜 그의 눈앞에 검은 비닐봉지를 들이대 흔들면서 물었다. 드문드문 빠진 이 사이로 바람이 새는 말소리다. 뭐라 대꾸를 해야 할지 몰라 우물거리는데 봉지 안에서 작은 소리가 새어나왔다. 사내가 열어 보여주는 봉지 안에는 갓 태어나 눈도 못 뜬 고양이 서너 마리가 들어 있다.

"우리 엄마 끓여줄려구. 아프거든."

그러더니 사내는 봉지 속에 든 고양이를 한 마리 한 마리 차례로 꺼내 가구공장 지붕 위로 던져올렸다. 다리를 거꾸로 들린 고양이는 하나같이 공중에서 버둥대다 지붕 위로 낙하했다. 그는 비명에 가까운 울음소리와 함께 지붕에 떨어진 고양이들을 시선으로 좇아 올려다보았다. 지붕 위엔 이미 죽은 고양이 새끼 대여섯 마리가 고여 썩은 물에 떠 있었다. 퀴퀴한 냄새는 철길 위의 쓰레기뿐 아니라 거기서도 풍기고 있었다. 고양이를 다 던진 사내는 그는 거들떠보지도 않고 어디론가 또 걸어간다. 걸어가는 사내의 뒤꿈치를 들여다보고 있는데 사내는 금세 어디론가 사라졌다. 사내가 가버리고 나자 이제 남은 건 그와 갓 부려진 고양이들과 광고판 위의 花뿐이다. 바람이 계속 바닥을 헤집어 뒹굴던 신문더미에서 한 장이 가구공장 지붕에 가 얹혔다. 그 속에 묻힌 고양이들의 울음소리가 바람에 밀려 희미해진다.

그와 그녀 사이에 알 수 없는 틈이 생기면서, 그녀는 더욱 花에만 매달렸다. 육 개월 간의 시다 노릇을 좋내고 반죽을 만드는 주단바가 되었다고 좋아하던 빵집 일도 그만두고 아예 花를 돌보는 데만 온 정신을 쏟았다. 선스타, 키플렉스, 꽃심이 등등 많은 종류의 식물 영양제를 사다 부었고, 늘 잎을 닦아주고, 시든 꽃을 도로 화분 속에 묻어주었다.

花는 점점 더 커져 한쪽 벽을 다 덮더니 사방으로 마구 뻗어가기 시작했다. 그녀의 다리에 난 상처가 거의 다 아물어갈 즈음엔 이미 花가 온 사방으로 뻗어가고 있었다. 들어오는 햇살도 花가 먼저 다 먹어버리고 그는 단지 花가 제 몸 사이사이로 뱉어낸 찌꺼기에 몸을 쪼일 수 있을 뿐이었다. 줄기는 금방이라도 부러질 듯 가늘고 불안해 보였지만 하루도 빠짐없이 끈질기게 길어져만 갔다. 그녀가 그에게서 점점 더 멀어지는 게 꼭 花 때문인 것만 같아 그녀 몰래 줄기를 꺾어대기도 했다. 그러다 꺾인 줄기에서 불그레한 수액이 흘러나오는 걸 보고 놀라 가슴을 쓸어내렸다. 줄기가 꺾인 자리에서 마치 피가 솟듯 수액이 멈추지 않아 그는 수건으로 상처난 자리를 한참이나 꾹 눌러 수액이 나오는 걸 멈추게 해야만 하기도 했었다.

그가 花를 좋아하지 않았기 때문에 그녀는 그에게 화가 났던 걸까. 오늘 오토바이를 출발시키면서도 그는 내내 그런 생각에 사로잡혀 있었다. 그래서 한참을 달리고 나서야 티뷰론 한 대가 따라붙은 걸 알아챘다. 티뷰론은 일부러 오토바이를 가로막는가 하면 연신 클랙슨을 울리면서 시비를 걸어왔다. 그래서 티뷰론 카폭을 따돌리려고 약간 속도를 냈을 뿐이었다. 카폭은 점점 더 그를 향해 바짝 붙어 길을 막아섰다. 사실 그의 CB

400으로는 티뷰론을 잡기가 어려웠지만 그는 속도를 늦추지도 않았다. 그러다 급커브 길을 만났다. 코너링을 제대로 할 수 있다면 커브에서 따돌릴 수도 있다는 생각이 들었다. 하지만 오토바이를 오래 탄 사람이라도 급커브에서 속도를 줄이지 않고 돈다는 건 쉬운 일이 아니었다. 그는 핸들을 왼쪽으로 깊숙이 꺾으면서 오토바이를 왼쪽 방향으로 최대한 기울였다. 왼쪽 발판이 땅에 닿아 끼긱, 아스팔트를 긁는 소리가 났고 그 위세에 눌렸는지 티뷰론은 곧장 직진으로 꽁무니를 빼버렸다.

티뷰론이 사라지고 나서도 그는 속도를 줄이지 않았다. 깊은 숨을 몰아쉬고는 힘껏 액셀을 당겼다. 속력을 올리자 갓 생겨난 바람이 덤벼들었다. 날이 잘 선 수많은 칼들에 한꺼번에 찔리는 것 같았다. 그렇게 속도를 높여 달리다보면 천천히 걸어간 그녀를 금방 따라잡을 수 있을 것만 같았다. 이 모퉁이만 돌면, 이 블록만 지나면 그녀의 뒷모습을 잡아챌 수 있을지 모르는데. 그래서 가슴에 그녀를 움켜잡을 수 있을 것 같은데. 그의 몸, 밑바닥에서부터 갈급증이 끓어올라 목이 타들어갔다. 그녀는 느린 걸음으로 한 발 한 발 땅에 자국을 남기듯 무겁게 발을 떼어 걸어가지 않았는가. 빨리, 조금 더 빨리만 좇는다면 그녀의 발걸음을 따라가는 것쯤 뭐가 어려울까. 조금만 더 속도를 낸다면 그녀의 발뒤꿈치에 손이 가 닿을 것만 같은데……. 하지만 그녀는 언제나 그가 볼 수 없는 먼 앞쪽에서 그를 뒤로 하고 걸어가고 있는 것만 같아 그는 불안했다.

옆으로 숑카라고 부르는 폭주 오토바이들이 무리 지어 지나고 있는 게 보였다. 사이키에다 호스 안에 조명이 들어 있어 똥불이라고도 하는 불줄을 높이 매단, 일명 꽃마차들이 수십 대는 될 것 같았다. 뒷 쇼바를 잔뜩 올린 왕쇼바 숑카들은 굉음을 내뿜으며 거꾸러질 듯 이리저리 차 사이를 비집고 내달렸다. 어림잡아도 시속 이백은 될 듯 보였다. 어느 틈엔가 그는 그 사이로 끼어들고 있었다. 대학로에서 신설동까지 단 육 분 만에 주파했다. 달리다보니 눈을 뜰 수도 숨을 쉴 수도 없었다. 온몸이 땅에 붙어 있는 것 같지 않았다. 기어에서 끽끽 소리가 끊이지 않았다. 차가운 뭔가가 등줄기를 타고 머리끝까지 뻗어갔다가 다시 등허리를 통해 쏴아, 빠져나가는 듯한 느낌. 온몸에 소름이 돋아 고개를 빳빳이 들고 있는 것 같은 공포감에 오줌이 마려웠다. 온몸이 근질거리면서 꼭 그녀가 그의 안쪽으로 비집고 들어와 귓불을 물어뜯고 있는 것만 같았다. 거센 바람에 가슴이 터질 듯하면서 그녀의 손톱이 가슴을 마구 후벼파는 것 같았다. 그는 속으로 아파, 아파 하고 소리치면서도 멈출 수가 없었다. 멈춰버리면 그 안에 들어 있던 그녀도 어느새 간데없이 사라져버릴 것만 같아서……. 천둥 같은 소음이 고막에 계속 들러붙어 있어 더 이상 아무 소리도 들리지 않았다. 앞바퀴를 치켜든 채 가늘게 뜬 눈으로 앞만 뚫어져라 노려봤다. 얼마나 그렇게 달렸을까. 청계천로 팔차선에서 마주오는 차들을 피해 곡예운전을 하다 말고 폭주족 무리를 잃었다. 혼자 남아 반대 차선을 가로지르다 그는 그제야 자신이 길 찾기에 실패했단 걸 깨달았다.

날이 가면서 花에게서는 비릿한 냄새도 흘러나오는 것만 같았다. 불온하고 음습한, 그렇지만 온몸에 들러붙어 잘 떨어지지 않는 그 냄새는 흡사 떨쳐내기 어려운 어떤 욕망 같다고 생각했다. 그대로 두었다가는 그 자신조차 花에게 먹혀버릴 것만 같았다. 그는 답답해 숨을 쉴 수가 없었다. 그래서 그랬다. 그녀가 잠깐 외출하고 없는 사이 거대해진 花의 뿌리를 들어내서는 싹뚝, 잘라내버렸다. 지름이 거의 십 센티는 돼서 가위로 자르다가 끝내는 주방 칼로 여러 번이나 내리치고 나서야 뿌리는 완전히 끊겨나갔다. 그리고 아무 일 없었던 듯 뿌리가 잘린 花를 다시 화분에 심어놓았다. 花만 없어진다면 그녀도 다시 원래대로 돌아올 수 있겠지…….

하지만 花가 시들어가기 시작하자, 그녀도 눈에 띄게 불안해했다. 잠도 자지 않고 거의 먹지도 않으면서 花를 보살폈다. 물을 듬뿍 주고, 영양제를 부어주며 내내 그 앞을 떠나지 않았지만 花는 이틀이 지나지 않아 마지막 꽃을 떨구고는 완전히 시들었다. 그녀는 花가 피운 마지막 꽃을 손에 들고 앉아 오랫동안 눈물을 흘렸다. 소리 없는 울음이었다. 그리고 다음날 오후, 그녀는 당연한 일이라는 듯 조용히 걸어서 그의 집을 떠났다. 그는 의아했다. 혹시 그녀가 花는 아니었을까 하는 생각이 문득 든 것이다.

사고가 난 건, 속도를 줄이면서 과천시로 막 접어들고 있을 때였다. 순간이었다. 급커브의 모퉁이를 돌다 그만 튀어나온 남자를 발견하지 못했던 것이다. 그녀 생각을 하고 있었던지도 모른다. 그때 그녀에게 꽃 얘기를 하지 않았더라면…… 하고 후회하고 있었는지도 모른다. 아니, 花의 뿌리만 자르지 않았더라면.

그는 잘린 뿌리를 다시 잇기라도 하려는 듯 간절한 심정으로 다시 핸드폰을 꺼내 전원 스위치를 눌러보았다. 다행스럽게도 간신히 불이 들어왔다. 그는 버튼을 누른 다음, 통화 스위치를 눌렀다.

"119죠? 사고예요. 오토바이 사고요. 여기가 어디냐면요, 여기는…… 과천 시내 조금 못 가서 그러니까……. 그러니까 여기는요, 실은 길을 잃었어요. 머리 위에 광고판이 있어요. 그것만 찾으면 된다니까요……."

"여보세요? 사고라뇨? 류씨죠? 아까 통화하다 끊겼던."

119를 누른다는 게 어떻게 아까 그 여자와 연결됐을까. 그는 잠시 난감해졌다.

"류씨? 영어학습지 말인데요. 있어요. 누굴 찾으러 갈 거라고 했죠? 류씨에게 꼭 필요할 만한 학습지가 있지 뭐예요?"

그는 여자가 말하는 소릴 들으면서 뜬금없이 또 그녀의 꽃을 떠올린다. 뭔가 물어봐야 할 것만 같은데 무슨 말을 해야 할지 갑자기 헷갈렸다. 그리고 막 그가 입을 떼려는데 전화는 삐, 삐, 삐, 다시 끊겼다. 그러고는 다시 전원이 들어오지 않았다.

멀리 차가 한 대 지나가고 있다. 화가 났다. 이런 곳에서 아무것도 할 수가 없다니. 신호가 바뀌자 서 있던 차도 어디론가 가버린다. 입술이 바람을 맞아 쩍쩍 갈라지는 것 같다. 그는 마른 입술을 핥았다. 어디선지 때 절은 점퍼의 사내가 다시 나타났다. 고양이들은 이미 죽었다고 말할까 하다 그만둔다. 사내는 이번엔 오토바이 쪽으로 간다. 핸들과 바퀴, 쇼바 상태와 키가 꽂혀 있는지까지 꼼꼼히 훑어본 넘어진 오토바이를 일으켜 세운다. 그는 그저 사내가 하는 양을 쳐다보고 있었다. 그러더니 사내는 훌쩍, 오토바이에 올라타고 시동을 건다. 그리고 떠나기 전에 마지막으로 그를 한번 돌아다보고는 희미한 비웃음을 입가에 물었다. 사내가 떠난 자리에 한동안 비릿한 냄새가 남아 흘러다녔다.

사내가 탄 오토바이는 어디로 가고 있을까. 말해줘야 하는데. 언젠가부터 오토바이가 한쪽으로 쏠려서 운전할 때 조심하지 않으면 안 된다고. 그리고 배터리도 충전해야 하는데. 얘기해줘야 하는데……. 그는 자신의 오토바이를 타고 사내가 멀어진 쪽에다 눈을 박고는 중얼거렸다. 어느새 바람이 가라앉아 주위는 더없이 조용했다. 자, 나도 이제 그녀를 찾으러 가야지. 花의 이름도 찾고 그녀의 꽃도 다시 볼 수 있다면……. 뺨 가운데서 솟아나 주변의 꽃잎들을 끌어당기고 있던 그녀의 꽃. 그녀가 음식을 먹을 때마다 화상으로 수축된 근육이 당겨져 끊임없이 꽃잎들이 움직이곤 했었다. 그녀의 꽃이 눈앞에 어른거리자 그는 몹시 그녀가 그리워졌다. 그리고 물어봐야겠다. 대체 왜 그를 떠나기로 마음먹었던 건지. 올려다보니 광고판 위의 花가 무수한 이파리들을 흔들어대며 그에게 손을 내밀고 있다. 온몸에 힘을 주어 겨우 자리에서 일어난 그는 한쪽 다리를 질질 끌며 일어나 광고판 아래로 걸어가서는 그 위로 기어오르기 시작했다. 그리고 연신 한 손을 광고판 위의 花를 향해 뻗었다. 부러진 인형의 다리인 양 왼쪽 다리가 공중에서 덜렁거렸다.

진미식당 블루스

여자는 국을 한 번 떠먹고는 물을 한 모금 마시고, 멸치볶음을 한 젓가락 집어먹고는 물컵을 또 집어들었다. 진미식당의 모든 음식은 너무 짰지만 여자는 한번도 불평하거나 식당을 바꾸려고 하지 않았다. 밥 한 끼에 물 세 컵 정도면 그런대로 먹을만한데다 진미식당이 아니라면 이 골목 어디에서 한 끼에 삼천 원 하는 밥을 먹을 수 있을까 하는 생각 때문이었다. 건너다보니 앞 테이블에 앉은 약국 남자도 고역이기는 마찬가지인 듯 싶었다. 연신 물을 들이키는가 싶더니 다른 테이블 구석에 놓인 물주전자에서 물을 따른 게 여자가 본 것만 벌써 두 번째다.

사실 음식이 짠 것쯤은 물을 마시면 될 일이었지만 정작 문제는 냄새였다. 식당 안은 하수구에서 올라온 건지, 곰팡이 때문인지, 어느 구석에서 썩어가는 시궁쥐의 사체 때문인지 모를 참기 힘든 냄새가 가득 차 있다. 냄새는 코를 찌르다 못해 온몸에 배고 급기야 머릿속까지 온통 후비고 들어, 밥을 먹고 식당을 나와서도 두통은 쉽게 가라앉지 않을 지경이었다. 그런데도 늘 식당은 사람들로 가득 차 여간 시끄러운 게 아니다. 식당이라고 해야 테이블 세 개가 전부지만 테이블 안쪽으로 방을 들여 거기에 사람들이 모이는 것이다. 사람들은 늘상 고스톱판을 벌여 목청껏 떠들고 술을 마셔댄다. 식당 옆 세탁소 주인, 그 옆 중국집 주인, 약국 옆 철물점 주인 등등이 한가로운 낮 시간이면 누가 먼저랄 것도 없이 진미식당으로들 모여드는 것이다. 그리고 누구든지 오는 순서대로 한쪽 구석에 밀쳐두었던 담요만 펼치면 식당은 그대로 고스톱판이 된다. 여자는 되도록 그쪽을 쳐다보지 않으려고 했지만 높이 튀어오르는 목소리들을 들을라치면 저도 모르게 눈이 바닥에 떨어지는 화투장에 가닿곤 했다.

약국 남자는 아예 고스톱판을 등지고 앉아서는 자기 밥그릇에만 눈을 주고 있다. 여자는 고스톱판을 향해 앉아 있고 남자는 등지고 앉았으니 둘은 테이블 두 개를 사이에 두고 서로 마주보고 있는 셈이다. 남자는 열심히 밥을 먹다 언뜻 여자와 눈이 마주치면 얼른 숟가락을 내려놓고는 멸치볶음을 한 가득 입에 넣곤 한다. 생각해보니까 남자와 한 집에 세들어 살면서 여러 번 마주쳤으면서도 한 번도 남자와 얘기를 나눈다든지, 인사를 건넨다든지 하는 일이 없었던 것 같다. 하긴, 한 집에 산다고 굳이 그래야 할 필요는 없지만 말이다.

식당의 새시문이 삐걱, 열리는 소리에 여자는 숟가락을 탁 소리가 나게 내려놓았다. 그러고는 숨을 한번 고르고 시선을 문쪽으로 돌렸다. 그가 아니다. 무스로 잘 정리된 머리에 여자가 좋아하는 진달래색 티셔츠를 입은 그 대신, 배가 나오고 머리가 희끗희끗한 한 사내가 손에 검은 비닐봉지를 들고 들어온다.

여자는 낮게 숨을 뱉어내면서 핸드폰의 플립을 열어 시간을 확인한다.

아직 약속시간에서 십 분밖에 지나지 않았다. 플립을 닫고 다시 숟가락을 집어들면서 여자는 그가 낯선 동네를 찾아오느라고 좀 헤맬지도 모른다고 생각한다. 식당으로 성큼 들어선 사내는 들고 들어온 봉지를 주방으로 가져가 주인아줌마에게 건넨다. 어디서 봤더라. 이 골목에 사는 누구겠지만 누군지 잘 기억나지 않는다. 이어 사내는 고스톱판으로 가서는 사람들과 일일이 알은체를 한 다음, 사람들이 만들어주는 자리를 얻어 앉았다.

"웬 생닭이래?"

고스톱판에서 얻어마신 술로 이미 얼굴이 붉어진 주인아줌마가 사내를 향해 소리를 높인다.

"요 앞에 트럭이 와서 파는데 싱싱해서 샀지. 뭐 좀 만들어줘봐. 닭도리탕이든, 닭튀김이든."

사내는 눈을 고스톱판에 박은 채로 입만 열어 대꾸한다. 고스톱판은 사내의 출현으로 갑자기 소란스러워졌다. 개평을 뜯던 세탁소 주인이 칼주름 잡은 바지가 구겨질까봐 다리를 옆으로 쫙 뻗고는 뚱뚱한 사내의 몸집을 타박한다.

"어, 어, 이봐. 내 바지를 깔고 앉을 뻔했잖아. 엉덩이 좀 옆으로 밀쳐봐."

사내는 오호, 하는 감탄사와 함께 눈을 양옆으로 쭉 찢어 세탁소 주인의 얼굴에다 자신의 얼굴을 들이밀고는 말을 낮게 쏟아낸다.

"왜 또 그래? 이따 정 마담이라도 만나러 갈 거야? 대낮부터 머리에다가는 기름칠을 하고 앉아서 뭐하는 거야?"

그러자 철물점 주인이 막 비운 소주잔을 공중에 대고 털어 사내에게 건네면서 게슴치레 뜬 눈을 세탁소 주인에게 돌렸다.

"정 마담은 무슨. 요 밑에 새로 생긴 팡파레 단란주점에 가려는 게지. 오늘 내내 거기 미스 최 엉덩이가 터질 거 같더라고 침을 흘려대더구만. 안 그래?"

"에이, 씨. 또 쌌네. 근데, 미스 최 엉덩이가 그렇게 죽여?"

빵집 주인이 부서져라 화투짝을 던져놓곤 세탁소 주인의 옆구리를 쿡 찌른다.

"고게, 고게 말이야. 흐. 흐. 흐. 말도 마. 내 허벅지에 고년 손가락이 감겨드는데 그냥 싸겠더라니까."

그러고는 너도나도 한바탕 웃어제껴 식당이 다 들썩거린다. 그리고 얼른 한 판 걸지게 끝내고 팡파레로 2차를 가자고 모두들 비밀 선언하듯 눈을 내리깔고 말들을 주고받는다. 약국 남자는 애써 못 들은 척하다 못 참겠는지 쿡쿡거리더니 급기야 씹던 콩나물이 입가로 삐져나왔다. 여자는 흥 하고 미간을 찌푸리다가 무스를 잔뜩 처발라 올백으로 넘긴 세탁소 주인의 머

166

리를 건너다봤다. 꼭 캬바레에서 사모님, 한 곡 추실까요? 라며 끈적대는 제비처럼 생겼다. 고스톱판 사내들의 느물거리는 웃음 때문에 공연히 입 안에서 올근거리던 부추무침이 목구멍으로 넘어가지 않고 도로 튀어나올 것만 같아, 여자는 속으로 투덜댔다. 생각 같아서는 이놈의 식당, 다시 오고 싶지 않지만 어쩌겠는가. 여자는 목에다 애써 힘을 주어 부추무침을 꿀꺽 삼켰다.

진미식당의 메뉴라곤 삼천 원짜리 백반 한 가지가 전부지만, 뭐든지 안 되는 게 없어서 더 사람들이 몰려들기도 하는 것 같다. 식당에 앉아 밥을 먹다보면 돼지고기 수육에, 족발에, 해물탕 등등 안 나오는 게 없고 또 아무도 값을 묻지도 않는다. 그저 아줌마가 받는 게 값이고 가끔 사내처럼 재료를 직접 들고 와서는 주인아줌마에게 내밀기도 하는 것이다. 처음엔 그게 이상하기도 하고 불편하기도 했지만, 지금은 상관없다. 오히려 간혹 서비스라며 여자에게도 돼지고깃점이나 시원한 해물탕 국물을 내밀기도 해 어떤 때는 여자 쪽에서 먼저 기대하기도 한다.

아줌마는 주방에서 도마를 꺼내와서는 비어 있는 테이블에 앉아 생닭을 손질하고 토막내기 시작한다. 주방에서 해도 될 일을 관절염이 심해 여기가 편하다며 털썩 테이블에 앉은 아줌마에게 아무도 토를 달지 않았다. 여자와 약국 남자가 아직 밥그릇을 반도 채 비우지 못한 것 따위는 아줌마에겐 아무 상관없는 일인 것 같다. 여자는 도마에 턱턱 내려쳐지는 칼 소리를 들으며 눈을 질끈 감았다. 칼끝이 자신의 다리에 와 닿기라도 하듯 머리카락이 쭈뼛 선다. 왼쪽 다리가 욱신거리기 시작한다. 반듯하게 기역자로 구부리고 있던 다리를 테이블 밑으로 쭉 펴보았지만 통증은 점점 더하는 것만 같다. 밥먹다 말고 여자는 종아리를 연신 주물러댔다. 주인아줌마의 칼에 잘린 닭날개가 옆에 놓인 솥으로 떨어지는 순간 여자는 이유 없이 움찔하며 다리를 오므렸다.

갑자기 생각난 듯 핸드폰 플립을 열어 시간을 다시 확인한다. 겨우 오 분이 더 지났을 뿐이다. 강남에서 여기 시 외곽까지 오자면 시간이 꽤 걸리겠지. 거기다 요즘은 밤낮을 가리지 않고 길이 꽉 막혀 있지 않은가. 조금만 더 지나면 여자가 사준 진달래색 아르마니 티셔츠를 입은 그가 식당문을 유쾌하게 열어젖히겠지. 여자는 콩나물국을 한 숟가락 뜨다 말고 그만 닭 토막내는 소리에 귀가 거슬린다. 아줌마는 양쪽 날개를 잘라내고 이제 막 닭다리에 칼을 내리치고 있다. 칼은 단단한 뼈를 단번에 뚫지 못하고 두세 번 연속으로 내리찍고서야 겨우 닭다리를 잘라냈다. 그 서슬에 엄지손톱만 한 살점 하나가 여자의 테이블로 날아든다. 떨어져나온 살점은 살아서 꿈틀거리는 것처럼 섬뜩했다. 놀란 여자는 순간 살점을 집어서는 입 안에 넣고 씹어 삼켰다. 익히지 않은 생살은 잘 씹히지 않아 한참을 꾹꾹 씹어야 했다. 날비린내가 입 안 가득했다. 살점을 목구멍으로 넘기는데 문득 약국 남자와 눈이 마주쳐 살점은 넘어가다 말고 목에 걸리고 말았다. 뭐랄까. 좀 놀란 것 같기도 하고 뭔가 여자에게 하고 싶은 말이 있는 것 같기도 한 눈빛이었다. 여자는 연신 기침을 해대다가 주먹을 쥐고 가슴을 쳐댔다. 물을 마시려다 컵이 비어 있어 여자는 물을 따라오려고 자리에서 일어섰다. 부추무침을 입에 넣다 말고 남자가 재빠르게 자리에서 일어나 여자의 물컵을 받아들고는 주전자에서 물을 따라 여자에게 건넸다. 얼결에 남자에게 물컵을 내주면서도 속으로는 별 참견을 다한다고 생각했다. 하지만 다시 생각해보니 한 손으로 컵을 들고 나머지 한 손만으로 주전자를 들어 물을 따르기에는 양은주전자가 너무 무거워 보였다. 여자가 고개로만 까딱, 인사를 하고 돌아서는데 남자의 구두가 눈에 들어왔다.

날렵하게 앞코가 잘빠진 검정색 세무구두는 그가 즐겨 신는 것과 같은 디자인의 구두였다. 여자는 테이블로 돌아와 앉으면서 다시 한번 남자의 구두를 힐끔거렸다. 그의 구두는 발리 것으로 백만 원쯤 하는 명품인데 남자가 그 구두를 신고 있다니. 이 골목 안에서 저렇게 값비싼 물건을 볼 수 있으리라곤 기대도 안 했었다. 안 그런 척하면서, 젓가락으로 테이블에 가장 멀리 놓인 파김치를 집는 척하면서 여자는 남자의 구두에서 눈을 떼지 않았다. 그러다 여자는 코웃음을 친다. 남자의 발리 구두는 짝퉁이다. 얼른 보기엔 진짜 같지만 자세히 보면 볼 줄 아는 사람들은 금방 알아챌 수 있다. 그래, 그럴 리가 없지. 그게 어떤 구둔데 약국 남자 따위가 그걸 신을 수 있겠는가. 차라리 국산 구두를 사 신을 일이지, 누가 그걸 모른다고. 그러고 보니까 남자가 차고 있는 시계도 짝퉁 오메가다. 동대문 야시장에서 돈 십만 원 정도 주고 샀겠지. 가짜 발리 구두의 싸구려 세무천은 결이 거칠고 오메가 시계는 가장자리 도금이 벗겨지고 있다. 여자는 갑자기 밥맛이 떨어지는 것 같아 젓가락으로 밥알을 뒤적거렸다.

하긴, 남자가 진짜 명품을 신고 차는 건 애초에 불가능한 일인지도 모른다. 가짜 약사의 수입으로는 어림도 없는 일이니까. 일명 카운터맨. 전직 간호사였던 여자는 남자가 일하는 약국에 처음 갔을 때 이미 남자가 가짜란 걸 눈치챘다. 남자는 간혹 진통제를 사러 여자가 약국에 들를 때마다 입을 벌리고 눈을 찡그려 웃는 건지 우는 건지 모를 표정으로 손님을 맞았다. 여자가 보기에 단순포진인 다섯 살 아이한테 남자는 값비싼 덴슨을 팔았다. 나병 치료제다. 분명 처방전이 있어야 팔 수 있는 약일 텐데 남자는 전혀 개의치 않는 것 같았다. 두통으로 온 환자에게 중독성이 강한 스테로이드 제제를 세 알이나 섞어넣는 것도 목격했었다. 지금 보니 부추무침을 입에 우겨넣으며 여자를 향해 보내는 듯한 저 미소도 가짜일 것만 같다.

아무래도 오늘 너무 많이 걸은 것 같다. 왼쪽 다리가 평소보다 더 저린 건 물론이고 오른쪽 다리마저 뻣뻣한 느낌이다. 왼쪽 다리를 조금씩 절어가며 세 정거장이나 떨어져 있는 은행을 걸어갔다 왔으니 그럴만도 한 일이다. 말일이라 손님이 가득한 은행에서 여자는 앉을 자리를 찾지 못해 이십 분이 넘도록 문가에 기대어 서 있었다. 645번, 646번, 647번…… 각 창구의 전자판에 찍히는 대기번호를 세어가며 자신의 차례를 끈질기게 기다렸다. 마침내 여자 차례가 돼서 통장과 도장, 인출서를 창구에 내밀자, 무슨 서류에다 연신 도장을 눌러대던 직원이 여자를 올려다보았다. 현금카드나 폰뱅킹을 신청하시죠. 그러면 돈 찾으러 일부러 창구까지 안 오셔도 되는데. 여자는 창구 직원의 입가에 잠깐 비웃음이 물렸었다고 생각했다. 자주 이용하는 통장이 아니거든요. 생각해보죠. 이번엔 그냥 돈만 찾아주세요. 직원은 아무 말 없이 전산 처리를 한 다음 여자가 요구한 소액의 돈을 내주었다. 여자는 직원의 아래 눈꺼풀에 마스카라가 번진 걸 말해줄까 하다 그냥 돌아섰다. 그리고 은행을 나오다 말고 마침 자리가 난 걸 보고는 털썩 주저앉아 다리를 쉬게 했다. 옆에 있는 정수기에서 물을 조금 받아 마시고 싶었지만 여자가 일어난 사이 자리를 뺏길까봐 참았다가 은행을 나오기 직전에 세 번이나 받아 마셨다. 은행을 나오자 4월답지 않게 기온이 높아 팔을 흔들며 걸을 때마다 겨드랑이에서 땀냄새가 나는 것 같았다. 세 정거장을 도로 걸어오면서 여자는 줄곧 그늘을 찾느라 여러 번 걸음을 멈춰야 했다. 은행 직원의 말대로 현금카드를 만들거나 폰뱅킹을 신청한다면 돈 찾는 게 너무 쉬워서 얼마 남지 않은 통장의 돈이 너무 빨리 바닥날 것만 같다. 돈을 찾으려면 통장과 도장을 가지고 세 정거장이나 떨어진 은행까지 가야 하니까, 그게 싫어서라도 돈을 더 아껴쓰게 될 거라 생각했다.

여자는 콩나물국에 만 밥을 입에 넣다 말고 놀라 핸드폰 플립을 연다.

사 분이 더 지났다. 그는 갑자기 들이닥친 환자 때문에 늦는 것일지도 모른다. 여자가 사고로 다리를 절게 돼 병원을 그만두기 전에도 양수가 터져 응급으로 들어오는 환자들이 종종 있었다. 여자가 일하던 병원은 불법 소파수술로 유명한 산부인과였다. 보호자의 동의가 없어도, 임신한 지 십 주가 넘었어도 아무 상관없이 자궁 안을 싹싹 긁어내 깨끗하게 비워주었다. 수술비는 다른 병원보다 두 배쯤 비싼데다 그것도 꼭 현금으로만 내야 했는데도 수술을 해달라며 병원을 찾아오는 사람들이 하루에도 수십 명이었다. 그래서 수술 스케줄이 유독 많았고 언제부턴가 그와 여자는 아예 수술 전담반으로 일하게 되었다. 덕분에 여자는 별 노력을 들이지 않고도 그와 자연스럽게 가까워질 수 있었다.

　그와 함께 쇼핑을 나갔을 때 여자는 잡지 속에나 있을 것 같은 그런 매장이 실제로 있다는 걸 처음 알았다. 그가 회원임을 확인하고서야 문을 열어준 그 매장은 고개를 뒤로 완전히 꺾어야 시선이 가닿는 높은 천장에다 마치 깊은 바다 속에 들어온 것처럼 온통 푸른빛이었다. 매장은 조도 낮은 수백 개의 할로겐 등만 밝혀놓고 하찮은 장식 따위는 하지 않았다. 여자는 마치 어떤 종류의 성전에라도 들어선 것처럼, 경건하게 두 손을 앞으로 모으고 발뒤꿈치를 들고 걸어야만 할 것 같았다. 한 듯 안 한 듯 고급스럽게 치장한 직원들은 입가에 귀족들이 지을 것 같은 미소를 띠고 조용히 여자와 그의 뒤를 따랐다. 여자는 안으로 발을 들여놓자마자 이미 단박에 주눅이 들어버렸었다.

낮게 흐르고 있는 뭔지 잘 모르겠는 음악조차 여자와는 따로 놀았다. 그 흔한 프릴 하나 달리지 않은 심플한 옷들은 숭배받아야 할 어떤 성물인 듯이 제각각 표정을 담고 있었다.

그는 거기서 서두르지 않고 마치 예술작품을 감상하듯이 옷을 골랐다. 말 한마디 여자에게 건네지 않고 그는 마치 자기 집 정원을 산책하듯 편안하게 여자와 직원을 리드하면서 매장을 한 바퀴 돌았다. 입가에는 살짝 미소를 지은 채였다. 여자는 그의 미소를 흉내내려고 애써 입술을 양옆으로 당겨보았지만, 우스꽝스럽게 일그러질 뿐이었다. 마침내 은은한 광택이 나는 셔츠를 골라 옷을 갈아입기 위해 휘팅룸으로 걸어들어가는 그에게서는 뭔지 모를 빛이 흘러나오고 있었다. 그가 옷을 갈아입는 동안 여자는 내내 불안해서 손으로 핸드백을 꽉 움켜쥐었다. 눈을 어디다 둬야 자연스러운지 몰라 그가 사라진 휘팅룸 쪽을 바라보다, 천장을 올려다보다 했다. 뒤따르던 직원이 여전히 고급스러운 미소를 띤 채 자신의 백을 내려다보고 있는 걸 눈치챈 여자는 얼른 백을 자신의 등 뒤로 감췄다. 너무 긴 시간이 흐른 것 같았다. 가슴이 두근거리고 답답해졌다. 드디어 그가 휘팅룸에서 나와 다시 여자 옆에 섰을 때, 비로소 안도의 숨을 내쉬었다. 여자는 그의 옆에 바짝 붙어섰다. 그러자 마치 잃었던 엄마를 다시 만난 것처럼 눈물이라도 울컥 흐를 것 같았다. 그리고 직원 앞에서 보란 듯이 등허리를 곧추세웠다.

그의 옆에 서 있으면 여자에게도 환한 빛이 옮아오는 것이다. 그건, 여자가 아무리 노력해도 가질 수 없는 빛인 것만 같다. 여자가 이 다음에 아무리 부자가 된다 해도 얻을 수 없는 환함. 그걸 그는 처음부터 가지고 있는 것이다. 태어날 때부터 지니고 있어서 스스로 드러내지 않아도 느껴지는 빛. 그는 그 매장에서뿐 아니라 병원 안에서도 그렇게 환했다. 그리고 그 옆에 서 있으면 여자도 어느새 자신의 안으로부터 서서히 밝아 져오는 걸 느끼곤 했다. 여자에게 그건 기적 같은 일이었다. 여 자는 항상 그가 여자의 옆에 있어 주면 좋겠다고 생각했다. 그 만 옆에 있어 준다면 여자도 언제든지 환해질 수 있을 것만 같 다. 이 깊고 깊은 바다 속 같은 매장뿐 아니라 세상 어디서라도 편안하게 숨을 쉴 수 있을 것 같다. 그럴 수만 있다면 뭐가 두 려울까.

언제부턴가 병원 안에서 여자가 지나가면 간호사들이 닥터 정한테 엉덩이를 살랑거리며 꼬리치는 년이라고 욕을 해댔지 만, 그 따위는 상관없었다. 그중 김 간호사는 여자에게 대놓고 비아냥거렸다. 닥터 정이 돈 있고 집안 좋다고 그렇게 빌붙으 면 첩 자리라도 떨어질 줄 아는 모양이지? 너같이 쥐뿔도 없는 게 무슨, 하고. 그러면 여자는 왜, 내가 떨어지면 니가 붙어볼 려고, 하면서 대거리를 해주곤 했다. 아무리 그래봐야 김 간호 사는 여자의 상대가 아니라고 생각했다. 그는 얼마 후 여자에 게 크리스찬 디올의 귀고리를 선물하면서 우리, 같이 사는 건 어떨까 하고 물었었다. 여자는 당장이라도 그렇게 하자고 말하 고 싶었지만 당신 개업한 다음에 멋지게 시작하고 싶어, 라고 세련되게 퉁기고는 미소 가득한 그의 얼굴을 바라봤었다.

김 간호사 따위에게 신경쓸 일이 생길 거라곤 정말이지 생각조차 하지 못했었다. 사고가 나고 다리를 절게 돼 병원을 그만둔 뒤에서야 수술실 전담 간호사가 김 간호사로 바뀌었다는 걸 알았다. 그에게 그 얘기를 들으면서 좀 불안해했던가. 기억나지 않았지만 어찌됐든 사고가 아니라도 병원은 그만두길 잘했다고 생각했다. 사고를 당하기 얼마 전에 변호사라며 명함을 내민 한 부부가 병원을 찾아왔었다. 부부는 소개로 왔다며 다운증후군이라서…… 라고 말끝을 흐렸다. 원장은 별로 고민하는 눈치도 아니었다. 다만 태아의 상태도 있고 해서 제왕절개를 해야 하니까 며칠 입원하셔야 하는데 괜찮겠냐고 부드럽게 물었었다.

3차원 입체 초음파로 본 부부의 태아는 칠 개월이었다. 여자는 가슴이 막혀 숨을 흡, 하고 몰아쉬어야 했다. 순간적으로 바로 어제 자신의 뱃속에서 사라져버린 태아를 떠올렸는지도 모를 일이다. 태아는 뱃속에서 엄지손가락을 빨면서 발을 이리저리 움직이고 있었다. 자세히 보니 눈도 깜박거리고 있는 것 같았다. 그러다가는 곧 자세를 바꿔 양 다리를 머리 위로 들어올리고 까딱까딱 발을 놀렸다. 마치 체조라도 하듯 팔을 흔들면서 손가락을 구부렸다 폈다 했다. 심장 소리도 뱃고동만큼이나 크게 들렸다. 3차원 입체 초음파는 태아의 얼굴까지 선명하게 보여줬지만 둥글고 밋밋한 태아는 부부 중 누구와도 닮아 있지 않았다. 부부는 그래서 아이를 버리려는가. 여자는 수술장갑을 끼다 말고 수술대 위에 눈을 감고 누운 태아의 엄마를 바라다봤다. 입술을 꼭 다문 엄마의 얼굴엔 아무런 표정이 보이지 않았다.

뱃속에서 막 꺼낸 태아는 수술실 한쪽 구석에 그대로 버려두었다. 아이는 담요 한 장 걸치지 못하고 피투성이 맨몸으로 숨이 넘어가게 울면서 젖을 보챘다. 그렇지만 여자는 원장의 지시대로 아이에게 물 한 모금 주지 않았다. 퇴근했다 다음날 출근했을 때도 또 그 다음날도 아이의 숨은 여전히 끊어지지 않은 채였다. 아이는 울다 지쳐 색색거리다가도 문득문득 공중에 대고 팔다리를 휘둘러가며 목을 쥐어짜 울어댔다. 마치 공중에 있는 뭔가를 잡아쥐려는 듯 아이의 주먹은 쉴 새 없이 쥐락펴락했다. 작은 인형만 한 아이는 검붉은 피가 온몸에 말라붙은 채 눈을 똥그랗게 뜨고 있었다. 원장이 어떻게 좀 하라고 윽박질렀고, 아무도 나서지 않자 원무과장이 긴 한숨을 쉬고는 한 손으로 아이를 들어 그대로 냉동고에 넣어버렸다.

냉동고 속에 처넣어진 아이는 밤마다 여자의 머릿속을 비집고 들어왔다. 들어와서는 온 신경줄을 잡아쥐어 흔들어댔다. 아직 무른 손톱으로 여자의 온몸에 생채기를 내려는 듯 달겨들기도 했고, 눈을 감고 누운 여자를 발로 차 밤새 뒤척이게 만들었다. 사고를 당하던 날, 열 건이 넘는 수술로 지쳐 퇴근하던 여자의 귀에 난데없이 아이의 울음소리가 들렸다. 악악 질러대는 울음은 여자를 원망하는 듯싶다가 곧 애원하는 듯싶기도 했다. 걸으면서 여자는 자신이 잠깐씩 정신을 놓치고 있다고 생각했다. 곧이어 번개가 치듯 아이의 울음소리가 고막을 찢으며 덤벼들었다. 여자는 아이의 울음이 실은 뱃속에 있던 자신의 아이가 내지르는 비명소리인지도 모른다고 잠깐 생각했다. 계속 걷고 있었을까, 아니면 쭉 그 자리에 서 있었을까. 대형 트럭의 긴 클랙슨 소리에 비로소 아이의 울음소리가 여자에게서 멀어지고 있었다. 바로 눈앞까지 트럭이 왔다 생각했을 때, 바닥에 모로 누우면서 감기는 눈 사이로 피투성이 알몸으로 우는 아이를 본 것만 같았다.

여자는 아줌마가 막 봉지에서 새로 꺼내는 생닭을 보곤 고스톱판에서 나눠준 김치전을 씹다 말고 그대로 구역질을 해 바닥에 뱉어버렸다. 입 안 가득 넣었던 김치전은 곤죽이 되어 사방으로 흩어졌다. 그걸 보고는 다시 속의 걸 쏟아냈다. 그러길 두세 번. 토하느라 머리로 피가 몰려 눈은 빨개지고 눈물이 흘렀다. 왜 머리만 잘린 채 배를 훤히 열고 도마 위에 누운 생닭이 죽은 그 아이를 떠오르게 했을까. 그러고 보니 아이가 꼭 저 닭 크기만 했다는 생각이 든다. 냉동고에 넣은 지 하루가 지나 꺼낸 아이는 무릎을 굽혀 가슴에 대고 양팔을 교차해 얼굴을 가리고 있었다. 아이의 몸은 저 생닭처럼 하얗게 바래 있었다. 여자는 잠시 동안 온몸이 굳어 꼼짝도 할 수 없었고 숨이 막혀 너무 급하게 공기를 마셔댔다. 눈가에는 경련이 일어 눈꼬리 부분이 심하게 떨렸다.

여자의 구역질을 두고 고스톱판에서는 한바탕 설전이 벌어졌다. 여자가 옆에 있건 없건 전혀 문제될 게 없어 보였다. 처녀가 구역질을 하는 데는 다 이유가 있는 건데. 어이, 빵집 장씨, 장씨가 얼마 전에 후렸다는 까이가 혹시 저 처녀 아냐? 푸하하. 어, 그거 난데, 하고 또 중국집 주인이 한수 거들고 나선다. 거기다 약국 남자까지 한참이나 여자를 뚫어져라 쳐다본다. 진미식당은 여자의 구역질 덕택에 단번에 유쾌해져서는 들썩들썩했다. 도대체 닭이 몇 마리나 되는 걸까. 식당 주인아줌마는 벌써 세 마리째 닭을 토막내고 있다. 그런데도 봉지 안에는 아직 내용물이 들어 있는 것 같았다. 아무래도 오늘 진미식당이 오지게 닭 파티를 할 모양이다. 도마 위에 칼이 내려쳐질 때마다 등골이 오그라붙는 것 같다. 아줌마는 닭을 토막낼 때마다 떨어져내리는 살점들을 한데 모아 그냥 구석으로 던져버리곤 했다. 그제야 왜 진미식당에 고약한 냄새가 떠나지 않는지 알 것도 같았다.

여자의 밥그릇은 이제 거의 다 비워져간다. 여자는 될 수 있는 대로 조금씩 밥을 먹었다. 밥그릇을 다 비우고도 그가 올 때까지 마냥 자리를 차지하고 앉아 있을 수는 없는 노릇이니까. 간간이 고스톱판을 쳐다보며 여자는 천천히 물을 마신다. 밥을 한 시간쯤은 먹고 있는 것 같은 기분이다. 그는 어디쯤 오고 있을까. 빨리 그가 와줘서 이 식당에서 나가 어디 경치 좋은 곳으로 드라이브라도 가면 좋을 텐데. 식당 안은 후텁지근하고 사람들 얼굴은 너나할것없이 벌겋다. 오늘 그를 만나면 다시는 이 지저분하고 냄새나는 식당에 올 일이라곤 없겠지. 약국 남자는 어느새 밥을 그만두고 소주를 마시고 있다. 그러면서 간혹 누굴 기다리고 있기라도 한 것처럼 식당문 쪽을 돌아본다.

금방 눈물이라도 떨굴 것처럼 얼굴을 잔뜩 찡그리고 소주잔을 단번에 비운다. 남자도 빨리 이 식당에서 나가고 싶은 걸까. 소주병을 기울여 술을 따르는 남자의 손목에 왠지 힘이 없어 보인다. 여자는 뜬금없이 자신과 남자가 아니라면 진미식당은 곧 하늘로 날아오를지도 모른다는 생각을 한다. 사내들과 주인아줌마는 구름 위에서도 고스톱을 치고 닭을 토막내며 웃음을 흘리겠지. 여자의 귓바퀴에 끊이지 않는 웃음소리가 들리는 것만 같다.

약국 남자가 뭐라 말을 건네듯 여자를 향해 입을 오물거린다. 여자가 작게 네? 하고 반문하자, 남자는 산에서 야호를 외칠 때처럼 양손을 입가에 대고는 작은 소리로 괜찮냐구요, 하고 묻는다. 아, 네. 여자는 괜찮다는 표시로 고개까지 끄덕인다. 약국에 진통제와 소염제를 사러갈 때를 빼고는 처음으로 남자가 여자에게 건넨 말이다. 여자가 세들어 사는 반지하 방 바로 옆방에 남자가 살고 있지만, 지하로 내려가는 계단에서 마주쳐도 한마디 건네지 않던 남자였다. 서로 보증금 오백만 원에 월 삼십만 원짜리 방에 사는 비슷한 처지라고 남자는 생각할지도 모른다. 하지만 여자는 곧 여길 떠날 거였다. 사실 오늘 그를 만나자고 했던 것도 그 얘기를 하기 위해서다. 개업하기 전에 합치는 것도 나쁘지 않을 것 같다고.

남자는 다시 밥 먹는 데만 집중하고 있는 듯 보인다. 남자에게도 건네진 김치전을 연신 오물거리며 소주잔을 집어들고 있다. 한데 소주잔은 오른손에, 젓가락은 왼손에, 엉거주춤한 폼으로 쥐어져 있다. 여자는 남자가 왼손잡이라는 걸 처음 알았다. 그도 왼손잡이지만 남자의 왼손 놀림은 그와 달리 어딘지 모르게 둔해 보인다. 그의 왼손 놀림은 항상 날렵해서 끝이 작은 집게처럼 생긴 수술도구 모스키토를 누구보다 잘 다뤘다. 모기처럼 흔적이 거의 남지 않도록 살을 집을 수 있고 그래서 수술 자리를 꿰맨 후에도 흉터가 거의 남지 않도록 해준다 해서 이름 붙여진 모스키토는 다루기가 여간 까다로운 게 아니다. 언젠가 왼손을 쓰는 게 불편하지 않느냐는 여자의 물음에 그는 전혀, 라고 답했다. 어릴 땐 왼손으로 밥을 먹는다고 손을 뒤로 묶인 채 오른손으로 질질 흘리면서 국을 떠먹은 적이 있어. 더 자란 뒤엔 어른한테 술을 왼손으로 따른다고 뺨을 맞은 적도 있고. 남아프리카 어떤 부족에서는 자식이 왼손잡이이면 뜨거운 사막으로 데리고 가지. 가서는 구덩이를 파고 아이의 왼손을 그 뜨거운 모래 속에 파묻는 거야. 그래야만 왼손잡이를 고칠 수 있다고 믿었기 때문이지. 열린 뱃살을 신중하게 꿰매면서 그는 나직하게 말했었다. 하지만 지금은 다 괜찮아. 이것 봐. 왼손으로 할 수 없는 게 아무것도 없잖아. 그는 마무리 실밥을 산뜻하게 잘라내고는 단번에 수술장갑을 벗어던졌었다. 그런데 남자는 왼손으로 김치를 집어들다 자꾸만 놓쳐버린다. 그 결에 김칫국물이 튀어 남자의 셔츠에 가 스민다. 남자는 그걸 아는지 모르는지 두루마리 휴지를 풀어 대충 테이블만 닦고는 그만이다. 텁수룩한 남자의 머리칼 끝에서 툭, 하고 김칫국물이 한 방울 떨어진다. 여자는 남자가 도대체 뭐 하나 제대로 된 게 없는 사람이라고 생각한다.

다시 핸드폰을 열어 시간을 본다.

여는데 어쩐지 손놀림이 무거워 한참이나 시간이 걸린 것 같은 기분이 들었다. 시간은 어느새 십오 분이 더 지나 있다. 그에게 전화를 걸어볼까 하다 곧 생각을 접는다. 약속시간에 좀 늦는다고 전화를 해대는 건 그의 깔끔한 성격에 짜증이 날지도 모르는 일이다. 여자는 오늘 오전에 그에게 전화를 걸어 병원을 그만둔 후 기분도 바꿀 겸 이 근처에 새로 지은 아파트로 이사를 했다고 말했다. 20층짜리 아파트인데 전망이 좋아 꼭대기층을 골랐다고. 아직 시멘트가 마르지 않아 침대에 누워 있으면 독한 시멘트 냄새가 코를 찔러서 잠자기가 좀 불편하다고도 했다. 그래서 낮엔 하는 수 없이 방이며 베란다 창문을 모조리 열어놓아야 한다고. 외곽이라 공기는 정말 끝내주는데 동네가 낡아서 제대로 된 식당 하나 없다고 애교 섞인 목소리로 투정도 약간 부렸다. 그래서 할 수 없이 밥을 대 먹는 식당이 있으니까 그리로 오라고 했다. 최대한 가벼운 어투로 말하려고 애를 썼지만, 전화기를 들지 않은 다른 손으로는 들고 있던 볼펜을 쉼 없이 눌렀다 껐다 했다. 한참을 말없이 듣고 있던 그가 알았어, 시간내서 한번 가볼게, 하고 대답하고 나서야 뭔가 마음이 놓이는 느낌이 들었었다.

여자가 물을 입에 머금어 토한 입 안을 가만히 헹궈서는 빈 밥그릇에 뱉어내고 있는데, 이가 잘 맞지 않는 식당 새시문이 열리면서 손톱으로 칠판을 긁는 소리가 났다. 여자는 자리에서 벌떡 일어나 뒤를 돌아봤다. 하지만 이번에도 또 그가 아니다. 그는 아무래도 시내 중간에서 옴짝달싹 못하고 차 안에 앉아 있는 모양이다. 한번 길이 막히기 시작하면 강남에서 이 동네까지 얼마나 오래 걸릴는지 아무도 장담할 수 없는 일이다. 무안해진 여자는 괜히 컵에 물을 조금 따라가지고 돌아와 자리에 도로 앉았다. 이번에는 여자가 혼자 물을 따르도록 남자는 내버려두었다. 너덜거리는 청바지에 오토바이 레이싱복 상의를 입은 한 사내가 식당 안으로 들어섰다. 사내는 한쪽 손에 헬멧을, 다른 손에는 뭔가를 싼 보자기를 들고 있다. 헬멧 사내는 여자가 앉은 테이블을 지나쳐 약국 남자의 맞은편에 곧장 가 앉는다. 약국 남자는 밥그릇을 다 비우고 물을 마시다 말고 헬멧 사내를 향해 물컵을 내밀면서 고개만으로 옆 테이블의 물주전자를 가리킨다. 사내는 당연한 듯 남자의 컵을 받아들어서는 넘치게 물을 따라 남자 앞에 갖다놓았다. 언뜻 보기에도 헬멧 사내는 그리 고분고분한 성격 같아 보이지 않았다. 하지만 약국 남자가 원하는 대로 이번엔 두루마리 휴지를 풀어 남자에게 건넨다. 남자는 그걸로 입을 닦고는 손으로 휴지를 뭉쳐 빈 밥그릇 속에 던져넣었다. 주인아줌마는 헬멧 사내가 들어온 걸 보고도 주문받을 생각 같은 건 아예 없는 눈치다. 간간이 소주잔을 비워가면서 닭을 토막내 옆에 놓인 솥에 넣는 데만 정신이 팔려 있다.

약국 남자가 어머닌 좀 어떠냐며 먼저 입을 뗐다. 남자가 주머니에서 담배를 꺼내 물자 헬멧 사내가 라이터불을 남자에게 붙여준다.

"이제 보조기구 없이도 걸어다녀. 보조기구를 할 땐 갑옷 같다고 답답해했는데 기분도 좋아지신 것 같고. 형은?"

둘은 형제로군. 여자는 보일 듯 말 듯 고개를 주억거렸다. 남자의 어머니는 허리디스크 수술을 한 모양이다. 보조기구를 안 하고 걸을 정도라면 튀어나온 뼛조각을 잘라내고 허리에 철심을 박은 채 생활한 지도 벌써 두어 달은 됐다는 얘기다. 남자는 담배연기를 길게 내뿜으며 헬멧 사내의 어깨에 손을 올려놓았다.

"내 걱정은 안 해도 돼. 내가 언제 너랑 어머니 걱정시키든?"

저렇게 당당하게 어깨를 쫙 편 남자의 모습을 여자는 처음 본 것 같다. 약국에서 손님을 맞을 때나 식당이나 집 현관에서 마주칠 때 남자는 항상 어깨가 쳐져 있었고, 표정은 늘 지쳐 보였었다.

"엄마가 시간나는 대로 한번 내려오래. 참, 이거. 김치랑 밑반찬이랑. 엄마가 끼니 거르지 말고 꼭 챙겨먹으라고."

사내는 다소곳했다. 남자는 사내가 건넨 보자기를 자신의 옆 의자 위에 올려놓았다. 그걸 보고 주인아줌마가 맨날 여기 와서 밥 먹으면서 그 반찬들일랑은 언제 먹느냐고 또 한마디 거들고 나선다.

"틈틈이요. 알았어. 요즘은 좀 바쁘고, 언제 시간내서 가야지. 그런데 너는 사고난 지 얼마나 됐다고 또 오토바이를 몰고 다니는 거냐?"

남자는 주인아줌마에게 대꾸하랴 사내에게 대답하랴, 고개를 좌우로 돌려가며 말을 쏟아놓는다. 저렇게 말을 많이 하는 남자의 모습도 여자는 처음이다.

"그냥, 잠깐씩. 동네에서만. 오늘은 형한테 오느라고 타고 왔고."

남자는 사내의 형이 아니라 아버지 같다. 표정도 어느 때보다 환하다. 아마 남자가 집안의 가장인 모양이다. 그렇게 생각하고 보니까 남자의 짝퉁 명품이 이해가 되는 것도 같았다. 남자는 갖고 싶었던 오메가 시계를 사기 위해 몇 달 동안이나 적금을 부었겠지. 그러다 갑작스런 어머니 디스크 수술로 그 돈이 고스란히 들어갔을 것이다. 대신 남자는 동대문시장에 가서 몇 번을 만져보다 얼굴을 찡그리며 짝퉁 오메가 시계를 골라 찬 거겠지. 발리 구두는 어떻게 된 걸까. 여자는 둘의 대화를 놓치지 않고 잡아채며 생각한다. 남자가 월급의 대부분을 집에 생활비로 부치고 얼마 남지 않은 돈을 모아 드디어 발리 구두를 사야겠다고 마음먹고 있었을 때, 저 헬멧 사내는 오토바이를 타고 바람을 맞으면서 달리다가 맞은편에서 다가오는 배달 자전거를 발견하지 못하고 부딪쳤다든가……, 뭐 그래서 결국 남자의 발리 구두는 합의금으로 몽땅 날아가버렸겠지. 남자는 그래도 돈을 모아두어 다행이라고 생각하면서 가짜 발리 구두를 사 신었을지도 모른다. 발리 구두를 신은 남자의 발이 테이블 밑에서 까딱거린다. 왼쪽과 오른쪽 발을 서로 부딪쳐가며 장난을 치고 있는 남자의 발을 보다가 여자는 피식, 웃어버린다. 생각보다 웃음소리가 컸는지 남자와 헬멧 사내가 동시에 여자를 돌아본다. 민망해진 여자는 얼른 테이블에 놓인 스포츠 신문을 뒤적거렸다. 이영자, '수술 공개' 성형외과에 일부 승소, 이미자 십 년 만의 토크쇼…… 되는 대로 헤드라인만 훑다가 문득 여자는 남자가 신은 짝퉁 발리 구두를 쓰다듬고 싶어졌다.

그러면 무슨 일이 있어도 가짜 발리 구두 같은 건 신지 않을 것이다. 자기 수준에 절대 맞지 않는다고 생각했을 테니까. 그래서 여자도 꼭 진짜 명품만을 사들였다. 짝퉁 같은 건 그가 금방 알아보니까. 그게 아니라도 그의 성격에 맞지 않을 것 같은 일은 여자가 알아서 하지 않았다. 심지어 여자는 자신이 먼저 아이를 지우겠다고 말했었다. 그에게 알리지 않고 여자 혼자 처리할까도 생각해봤었다. 하지만 역시 아이가 생겼다, 그렇지만 걱정말아라, 이제 금방 지울 거니까, 라고 말하는 편이 여자가 얼마나 깔끔하고 세련된 사람인지 그가 알게 할 수 있다는 데 생각이 미쳤다. 여자 쪽에서 먼저 수술을 하겠다고 말하자, 그는 예상대로 여자의 어깨를 한번 안아주고는 다음 휴가 때는 같이 유럽여행이라도 가자고 했다. 여자는 자신의 그런 쿨한 모습을 그가 좋아한다는 걸 알고 있었다. 그래서 여자는 뱃속의 아이에게 미안하다고 말하지 않았다. 이 다음에 그와 멋지게 시작하면 세상에서 가장 행복한 아이를 낳아 기를 거니까.

여자는 그와 여자만 남아 있는 밤을 골라 혼자 힘으로 수술대 위에 누웠었다. 아무것도 걸치지 않은 다리를 벌려 수술 받침대에 각각 올려놓은 다음, 팔뚝에 고무줄을 묶어 주삿바늘을 꽂았다. 그런 다음, 링거와 연결된 부분에 우윳빛 마취약 포폴을 50cc 주사했다. 점차 정신이 흐려져가는데 그의 말소리가 울려퍼졌다. 엉덩이를 좀더 밑으로 내려봐. 그의 목소리는 온 방 안을 울리고 겨우 귓등에 스쳤다. 여자는 몸을 밑으로 당기려고 애를 썼지만 실제로 엉덩이가 내려갔는지 알 수 없었다. 그가 뭐라 말을 계속하는 듯했지만 신경을 모으려 하면 할수록 점점 더 흩어지는 것만 같았다. 수술대 위에 붙은 밝은 조명등만 수십 개로 번져 여자의 눈 가득히 들어차 있었다. 눈을 떴을 때, 그는 여자 옆에 있지 않았다. 바닥을 보여가는 링거 바늘을 스스로 뽑고 여자가 병원 문을 나섰을 때, 그는 자신의 차 안에서 여자를 기다리고 있었다. 차 안에서 여자는 쿨한 목소리로 그에게 수고했다고 말하고 싶었지만 목을 뭔가 큰 덩이가 막고는 말은 나와주지 않았다. 뱃속이 비워졌는데도 어쩐지 몸이 바닥을 뚫고 들어가버릴 것만 같았다. 그와 여자는 같이 24시간 하는 설렁탕 집에 가서 여자만 설렁탕을 한 그릇 먹었다. 국물을 떠먹으면서 그게 설렁탕인지, 갈비탕인지, 뭔지 모르겠다고 생각했다. 그리고 그는 여자를 바래다준 뒤 집으로 돌아갔다. 방문을 열고 들어서자마자 여자는 지지대가 빠져버린 허수아비처럼 바닥에 그대로 쓰러졌다.

여자는 힘겨운 듯 손가락 끝에 힘을 그러모아 겨우 핸드폰을 열어본다.

시간은 십 분이 더 지나 있다. 여자의 밥그릇도 다 비워진 지 한참 됐고, 시간을 때우려고 하나씩 집어먹은 반찬도 이제 바닥을 드러내고 있다. 그는 대체 어디쯤 오고 있는 걸까. 여자의 손에 *끈끈하게* 땀이 솟아난다. 헬멧 사내에게 얼마간 돈을 쥐어 보낸 남자도 이제 가려는지 옆에 놓아둔 밑반찬 꾸러미를 챙기고 있다. 주인아줌마는 마지막 닭을 손질하고 있는 중이다. 솥은 토막난 닭이 어느새 그득 차올라 있다. 깊숙이 숨을 들이쉬는데 아직도 식당 구석에서는 참기 힘든 냄새가 올라온다. 언젠가 꼭 아줌마에게 말을 해야겠다. 계속해서 반찬을 집어먹은 때문인지 목이 아려 여자는 물을 벌컥벌컥 들이켰다. 벌써 네 컵이나 물을 마셔버려 배가 터질 것 같다. 고스톱판은 고스톱이 시들해졌는지 화투보다는 술추렴으로 분위기를 바꿔가고 있다. 여자의 눈에 들어오는 것만 소주병이 열 개가 넘는다. 그는 어디쯤 오고 있을까. 아무래도 전화를 한번 해봐야 하지 않을까. 약국 남자는 자리에서 일어나 주인아줌마에게 밥값 삼천 원을 건넨 뒤 꾸러미를 들고 여자 쪽으로 걸어온다. 그러더니 여자를 그대로 지나치지 않고 여자 앞에 우뚝 선다.

"저……."

한참을 망설이다 남자가 뭔가 여자를 향해 말을 하려는데 갑자기 식당문이 열리는 소리가 여자의 귀에 잡힌다. 여자는 남자의 얼굴을 빤히 들여다보다 소스라치게 놀란 것처럼 뒤를 돌아다본다. 열린 식당문 틈으로 진달래색 셔츠를 입은 그 대신 모래먼지 섞인 봄바람이 몸을 식당 깊숙이 들이밀고 있다.

빈이 비니

아니나다를까, 비니의 목엔 엄마의 낡은 스카프가 휘감겨 있다. 바닥에 드러누워 축 늘어져 있는 고깃덩이 비니. 쑥 빠져나온 혀는 흙투성이가 되어 있고 듬성듬성한 털 사이로 앙상한 엉덩이뼈가 불거져 있다. 부풀어오른 성기는 두 뒷다리 사이로 뻗어나와 있다. 얼마나 요동을 쳤는지 깊숙이 패인 흙바닥에 발톱 두 개가 박혀 있다. 그 옆으로 비니가 흘린 침으로 가는 골이 나 있다. 죽기 직전에 쏟아냈는지 비니의 정액에선 아직 비릿한 냄새가 난다. 뻣뻣한 털뭉치들이 아무렇게나 자라난 잔디 위에 여기저기 흩어져 있다. 유행이 지난 진홍색 스카프를 목에 두른 비니는 처참했다.

감겨지지 않은 비니의 눈이 하늘을 향해 있다. 이놈의 터질 듯한 팔월 한낮의 폭양 밑에선 눈물도 나오지 않는다. 숨구멍을 오그라뜨리고 혈관을 바짝 말려서 나를 끝장내기로 작정한 듯한 저 열기에 휩싸여 눈물은커녕 화가 치밀어올랐다. 목구멍까지 울컥 덩어리가 올라와 셔츠의 맨 위 단추를 풀어내고 나서야 고개를 쳐들고 숨을 깊이 들이마실 수 있었다. 그대로 굳어버린 듯 미동도 없는 빨래들과 눈부셔 제대로 올려다볼 수도 없는 하늘이 눈에 들어왔다. 구름 한 점 없는 한여름 태양은 주위를 온통 불가마로 만들고 있다. 비니와 나는 점점 더 달궈졌다. 햇살은 타는 듯한 머리꼭지를 뚫고 머릿속까지 파고들어 두통으로 머리가 조각날 것만 같다. 게다가 생리통 때문에 등허리가 쿡쿡 쑤셔 쭈그려앉아 있는 것조차 힘이 든다. 토끼장 안의 네 마리 토끼도 숨을 헐떡이며 연신 바닥난 물그릇을 핥아대고 있다. 시든 배춧잎이 토끼의 발밑에서 뭉개지고 있었다. 며칠씩 치우지 않아 썩어들어가는 토끼 배설물 냄새가 진동하는 마당 주위에는 마구잡이로 자란 들풀들이 방향 없이 고개가 꺾여 있다. 들풀이 뿌리를 박고 있는 흙바닥은 바싹 말라 있어 도저히 잡초조차 키워낼 수 있을 것 같지 않다.

입구에서부터 이곳을 통틀어보면 동그란 모양의 올가미에 긴 끈이 매달려 있는 듯한 모양을 하고 있다. 입구로부터 좁게 드러난 길을 따라 징검돌을 밟아 들어온 후에는 모래를 깔아놓은 원형의 마당이 나오고, 그 마당 안쪽에 엄마와 내가 사는 단층 시멘트 건물이 보인다. 가로로 긴 직사각형 건물에, 맨시멘트가 편편한 지붕에까지 발려 있어 언뜻 보면 창고나 감옥으로 착각하기 쉽다. 건물을 빙 둘러 같은 간격으로 나 있는 작은 창들이 더욱이나 그렇게 느끼게 만든다. 그 작은 창들의 은빛 창틀에 햇빛이 부딪쳐 타닥타닥 튀어오르고 있다. 여러 달 동안 집 안팎을 손보지 않아 마당 한쪽에는 잔디가 웃자라 있고 이름도 모르는 들풀들이 허리춤을 가릴 정도가 된 지도 벌써 한 달여가 넘었다. 게다가 멀리 매립 방조제가 다가오다 멈춰져 있어 이곳에서 보이는 거라곤 온통 바윗돌들과 흙더미뿐이다.

여기서는 연안 여객선 터미널이 있는 읍내로만 나가려 해도 자동차로 한 시간이 넘게 걸린다. 하물며 육지에서는 뱃길로 한 시간을 내리 달려야 닿을 수 있는 곳이니 엄마의 말처럼 여기보다 더 조용한 곳은 세상천지 어디에도 없을 것이다. 엄마는 내가 다른 사람들과 아예 접촉하지 못하도록 육지를 떠나 이 섬으로 나를 끌고 들어왔다. 그것도 모자라 뒤는 빽빽한 숲으로 둘러싸인데다 앞은 흙더미에 마구잡이로 던져진 쓰레기들이 산을 이룬 이곳에 집을 지어 나를 완전히 감금한 것이다. 엄마로서는 나고 자랐던 곳이니 이젠 이 섬에 옛사람이 아무도 없다 해도 나처럼 생면부지 낯선 땅에 와 있는 기분은 아니겠지. 그러고는 무슨 잡지와의 인터뷰에서 좀더 자연친화적인 사진, 손이 타지 않은 원시 그대로의 사진을 찍고 싶어서 서울에서의 모든 삶을 힘겹게 정리하고 이곳으로 옮겨왔노라고 입에 침도 바르지 않은 채 거짓말을 해댔다. 위선자.

햇살이 수천, 수만 개의 발톱을 갈아세워 미친 듯이 달겨든다. 이렇게 살점을 마구 헤집을 듯이 쏘아대는 햇볕 아래서라면 누군들 다른 사람을 용서하고 싶은 마음이 생기겠는가? 절대, 맹세코 나는 절대로 엄마를 용서하지 않을 작정이다. 나를 미워하는 것도 모자라 비니를 죽이다니. 뜨거운 폭양 때문에 모든 것이 다 시들시들해진 곳에서 고스란히 정수리에 와 닿는 한여름의 햇살을 아는 사람이라면 나를 좀더 이해할 수 있을는지 모르겠다. 햇볕 때문에 모든 것이 다 이글거리고, 그나마 먼 곳에서 불어오는 실낱 같은 바람에는 오래돼 썩어들어가는 쓰레기 냄새가 묻어난다. 제대로 숨 고르기가 힘들다. 햇살이 너무 뜨거워 죽은 비니조차 벌떡 일어나겠다 싶지만 비니는 꼼짝도 하지 않는다. 당연한 일인데도 그것이 너무나 이상하다. 앞으로 다시는 비니가 저 스스로 움직일 수 없다니. 짙은 갈색 눈동자는 부릅뜬 채 나를 노려보고 있다. 피 한 점 흘러나오지 않아 비니가 죽었다는 사실이 더욱 실감나지 않는 것인지도 모른다. 사지가 뻣뻣하게 굳어가는 비니의 대퇴부가 유난히 더 가늘어 보인다.

처음 이곳으로 흘러들어왔을 때부터 비니는 좁은 보폭으로 앞다리를 구부정하게 하고 걸었다. 대퇴부의 근육이 눈에 띄게 가늘어 한눈에도 정상이 아닌 개라는 걸 알 수 있었다. 그때껏 봐왔던 삽살개의 모습과는 딴판으로 겁먹은 듯한 표정에 털이 듬성듬성 빠져 있는 비니를 진찰한 수의사는 유전병으로 관절이 발달하지 못한 것이라 진단했다. 생후 팔 개월쯤 되어 이미 수술 시기를 놓쳤다며 내게 이 개를 키울 작정이냐고 물었었다. 그런 일 없을 테니 이 개를 어떻게 처리하면 좋겠느냐고 수의사에게 엄마가 되물었다. 그때 나는 이곳에 온 이후 처음으로 엄마를 똑바로 쳐다봤다. 내 표정이 어땠었는지 엄마는 순간 움찔하며 반 걸음 정도 뒤로 주춤했다. 동시에 엄마는 양손으로 카메라 가방을 꽉 움켜쥐었다.

　엄마는 내게 겁을 먹은 게 분명했다. 키. 울. 거. 야. 나는 한 음절, 한 음절에 힘을 실어 또박또박 발음했다. 엄마는 입도 떼지 않은 채 나를 노려보았다. 마취에서 깨어나기 시작한 비니가 가늘게 신음하자 동물병원 안에 있던 개들이 일제히 짖기 시작했다. 수의사가 철제 우리에 다가가 주먹으로 쾅 내리쳤다. 또 쾅, 쾅쾅. 일부 개들은 끙 하고 앓는 소리를 내며 조용해졌지만 다른 개들은 더욱 소리를 높였다. 엄마는 이 섬에 오자마자 유명인사가 돼 있었기 때문에 수의사가 함부로 나가달라고 하지는 않았다. '서울애견클리닉'이라고 로고가 찍힌 벽 위에는 엄마가 찍은 분홍색 매발톱 사진이 걸려 있었다. 꽃잎에는 이슬이 몇 방울 매달려 있고 꽃 뒤쪽으로 희미하게 안개가 퍼져 있다. 꽃 모양이 매발톱처럼 생겨 이름붙은 이 야생화의 사진은 우리가 이 섬에 온 이후 찍은 것일지도 모른다고 생각했다. 완전히 정신을 차린 비니가 쭈그려앉은 채로 턱을 진찰대 바닥에 바짝 붙이고는 겁먹은 눈을 희번덕거렸다. 나는 작은 염소 새끼만 한 비니를 진찰대에서 안아 내렸다. 엄마는 분한 표정으로 입술을 꽉 다문 채 내 뒤를 따라 동물병원을 나왔다. 엄마는 그때 처음으로 비니를 죽이려 했던 것이다. 여러 번의 시도 끝에 결국 죽이고 나서 속으로 쾌재를 불렀을 테지.

　비니의 눈가가 흘러내린 눈물로 축축하게 젖어 있다. 평소에도 지나치게 많이 흐른 눈물 때문에 늘 세균이 번식해 있던 비니의 눈가는 털이 모조리 빠진 자리에 벌겋게 진물이 흘러내리곤 했었다. 나는 마지막으로 비니의 눈물을 닦아주기로 마음먹었다. 양 무릎을 짚고 단번에 일어서자 눈앞이 흐려지면서 갑자기 어지럼증이 일어 하마터면 비니의 몸 위로 고꾸라질 뻔했다. 가까스로 중심을 잡아 눈을 부릅뜨니 눈앞의 시멘트 건물이 둘로 보였다. 나는 흡사 갓 시력을 잃은 사람처럼 두 팔을 앞으로 내밀고는 비틀걸음을 서너 걸음 걷고 나서야 균형을 잡을 수 있었다. 머리에서 김이 오를 것만 같았다. 아무래도 이 햇볕이 모든 걸 망가뜨릴 작정인 모양이다. 하긴, 나 같은 거하나 넘어뜨리는 것쯤 일도 아니겠지. 비니를 내려다보며 습기하나 없이 말라비틀어져 파삭거리다 그 옆에 나란히 쓰러져 누운 나를 떠올렸다. 그리고 비니처럼 흉하게 혀를 빼물진 말아야겠다고 생각했다.

집 안으로 들어서서도 눈앞의 잔광이 가실 때까지 한참을 그대로 서 있었다. 열기를 뱉어내지 못해 숨이 턱턱 막히기는 집 안도 마찬가지다. 현관을 지나 식탁이 놓인 주방 옆에 욕실문이 나 있고 거실 끝 쪽에 엄마와 내 방이 있다. 맨시멘트가 그대로 드러나 있는 사방 벽에 걸린 장식이라곤 엄마가 찍은 사진 몇 장이 전부다. 여기서 산 게 벌써 여러 달이지만 엄마 방은 한 번도 들어가본 적이 없다. 보지 않아도 뻔하지만 말이다. 한쪽 벽의 책장과 책상, 여기저기 붙은 사진들, 서울에서부터 사용하던 낡은 옷장과 침대가 전부일 게다. 식탁과 주방가구는 모조리 은빛이 도는 철제로 만든 것들이다. 따뜻한 느낌을 풍기는 원목가구들도 많은데 엄마는 어디선지 꼭 메탈가구들만 사들인다. 자신의 사진을 걸어놓은 액자 또한 스틸 재질의 것들이다. 엄마는 장식을 극도로 싫어한다. 차가운 금속의 느낌이 싫어 내가 사다 감싸놓은 방문 손잡이 커버도 채 하루가 안 돼 벗겨졌다. 그게 왜 지저분해 보인다는 건지. 자다 오줌이 마려워 컴컴한 거실로 나오다가 식탁 모서리에 부딪쳐 넘어지기라도 할 때면 그 차가운 느낌에 소름이 돋아 그만 다 부숴버리고 싶다는 충동에 휩싸이곤 한다.

엄마가 가끔 날 바라보며 웃어주었더라면 우리는 잘 지낼 수 있었을까. 세면대 위 되는 대로 쌓아둔 수건들 옆에 놓인 소형 액자를 들여다보며 낮은 한숨을 흘렸다. 한 여성지에서 엄마를 취재나왔을 때 같이 찍었던 사진이다. 사진 속에서 엄마와 나는 다정한 척 서로 손을 맞잡고 있다. 기자는 굳이 내가 학교에서 돌아오기를 기다려 사진을 찍었다. 엄마는 대체 무슨 생각으로 기자를 그때까지 기다리게 내버려뒀던 건지.

"활짝 웃으세요. 아이, 서로 손도 좀 맞잡구요."

기자는 새살거리며 다가와 내 손을 엄마 손에 쥐어주기까지 했다.

"그냥 대충 찍으면 안 돼? 꼭 내가 껴야 돼?"

"그래야 된다잖아."

볼멘소리로 입술을 빼문 내게 엄마는 기자 핑계를 댔다. 그런다고 누가 모르나? 어떻게 나랑 화해하고 잘 지내보자는 제스처인 걸 말야. 그러면서도 엄마는 웃지 않았다. 기자로선 좋은 기삿거리였을 것이다. 유명 사진작가가 미혼모에 대한 통념에도 불구하고 당당하게 아버지 없는 딸을 키우며 살아가는 감동 스토리를 엮을 수 있었을 테니까.

사실 서울을 떠나오기 전만 해도 엄마와 나는 그런대로 잘 지내기도 했었다. 서로 안 맞았지만 그저 방관하면서 살았으니까. 하지만 그 아슬아슬한 소강상태도 내가 퇴학당한 뒤 청소년 심리상담소까지 드나들어야 했을 때 끝장이 났다.

"좋아하던 애가 있었어요. 처음엔 우린 정말 잘 지냈어요. 서로의 집을 왔다갔다하면서 같이 숙제도 하고 놀기도 하구요. 성인사이트에 들어가는 방법도 그애가 알려준 거예요……."

……고려가 이 무렵에 금속활자를 사용했다는 기록은 이것뿐이 아니다. 현재 목판본으로 된 『남명천화상송증도가南明泉和尚頌證道歌』라는 책이 남아 있는데……, 나는 책상 위에 놓인 『우리 역사의 수수께끼』라는 책을 펼쳐들고는 아무 데나 읽어 내려가면서 소장이라는 늙다리 여자에게 얘기했다.

"그런데 어느 날인가부터 그애가 날 피하기 시작했어요. 저는 이유조차 몰랐죠. 다른 애랑 붙어 지내더라구요. 나한테 보이려고 일부러 더 그러는 게 뻔했어요. 날 떼내려구요. 내가 뭘 잘못했는지 얘기해달라고 매달렸지만 그애는 콧방귀도 끼지 않았어요."

여자는 내가 눈을 내리깔고 책을 뒤적이며 얘기하도록 내버려두었다. 나는 점점 더 소리나게 책을 뒤적였다. 여자가 책은 덮고 얘기해야지? 라고 말하기를 기다리고 있었다.

"화가 났지요. 점점 더 참을 수가 없었어요. 복수를 하고 싶었죠. 그래서 그런 거예요. 집에 엄마가 없을 때 옆반 남자애를 끌어들여 둘이서만 논다구 소문을 냈죠. 침대에 누워 옷을 몽땅 벗고 논다구요."

신기하게도 여자는 앞에 놓인 찻잔을 만지작거리면서 끈질기게 내 얘기를 기다렸다. 추임새도 넣지 않았고 한숨도 내쉬지 않았다. 물론 책을 덮어야 한다는 말은 더더욱 하지 않았다. 이어 여자는 이랬다. 그 책, 우리 역사를 쉽게 풀어쓴 글이야. 맘에 들면 가져도 돼. 망할 아줌마. 내겐 얘기를 중단할 만한 구실이 없었다.

"소문이란 참 신기해요. 얼마 뒤 내 귀에 들린 소문은 그애가 남자애의 애를 뱄다는 거예요. 그렇게 빨리 부풀려질 줄은 저도 몰랐어요. 그애 엄마가 학교에 다녀가고, 결국 그애는 전학을 갔어요. 그애가 날 배신하지 않았다면 난 절대로 그런 거짓말 따위는 하지 않았을 거예요. 그애 엄마가 학교에 다녀간 뒤, 다시 소문이 돌더군요. 내가 그 모든 거짓말을 퍼뜨렸다구요……"

소장 여자는 나 같은 애들을 많이 겪은 탓인지 아주 약게 행동했다. 별로 대단한 관심도 없다는 듯 내가 무슨 얘기를 지껄이든 내버려두었다. 어렴풋이 그녀에게 제대로 걸려들고 있다고 짐작했지만 내 입은 나를 배신하고는 쉼 없이 말들을 쏟아냈다.

"맹세하는데, 난 그애가 애를 뱄다느니 하는 말은 안 했어요. 하지만 누가 그걸 믿어주나요. 그 후 선생들도 툭하면 내 눈초리가 기분 나쁘다고 날 때리기 시작했어요. 체육담당 선생은 아예 다른 애들을 자습시켜놓고 나를 불러내더군요. 어이, 주몽! 너 일루 나와봐, 하구요. 주몽이요? 학교에서 좀 떨어진 곳에 지체장애나 박약아들을 위한 재활교육 장소가 있는데 이름이 주몽재활원이에요. 주몽은 우리 학교에서 병신, 등신, 뭐 이런 뜻으로 쓰는 말이지요. 그러더니, 너 왜 우리 학교를 애자 학교로 만드느냐……. 이러더라구요. 애자요? 모르세요? 장애 자요, 장애자를 놀리는 말로 부르는 거예요."

이제 여자는 등허리를 바로 세우더니 아예 손으로 턱까지 받치고 반짝반짝 눈을 빛내면서 내게 더욱 다가앉았다. 정말 이상한 여자군. 속으로 구시렁거리면서도 내 얘기를 재밌게 들어주는 데에 신이 나서 줄줄이 풀어놓았다.

"아줌마라면 화 안 나겠어요? 내가 체육 선생한테 무슨 잘못을 했냐구요. 그래서 또박또박 말했죠. 전 애자 아닙니다, 하구요. 반 애들이 오오, 하는 괴상한 함성을 질렀어요. 체육 선생이 더는 못 참겠는지 얼굴을 험상궂게 일그러뜨리면서 따라나오라더군요. 우리 학교 옆쪽엔 체육 창고와 쓰레기장, 악취나는 공터가 있어요. 선생은 담배를 거칠게 빼물더니 나를 더러운 시멘트벽으로 밀어부쳤어요."

여자는 호오 호오 하면서 감탄사까지 연발했다. 나는 그야말로 신이 나서 엉덩이가 들썩거릴 지경이 되었다. 어느새 내 온몸은 체육 선생의 손짓과 몸짓, 표정을 그대로 보여주느라 여넘이 없었다. 전화벨이 울렸지만 그녀는 상관없어, 계속해, 라며 나를 부추겼다.

"선생은 손가락 끝으로 내 턱과 이마를 꾹꾹 찍어 누르면서 뺨을 때리다가 떼밀었다가 또 갈기다가 나중에는 손목시계를 풀었어요. 나요? 반항도 안 했지만 빌지도 않았어요. 선생은 제 안경을 벗기고는 사정없이 후려치기 시작했죠. 눈에는 이상한 열기가 가득했어요. 많이 쳐본 솜씨던데요. 입술에 피가 고이거나 고막이 파열되지 않게, 그리고 흔적도 덜 남게 정확히 정면을 가격했어요. 그 참에 공연히 안경만 선생의 발에 짓밟혀 박살이 났죠. 체육 선생은 손목이 빠졌다더군요. 그러구두 학교에 다닐 맘이 나겠어요? 그날 나는 학교를 그만두겠다고 마음먹었죠."

누군가 엄마가 밖에 도착해 있다고 알려줬다. 나는 금세 김이 새버려 더 이상 얘기할 마음이 나지 않았다. 소장 여자도 내 기분을 알아챘는지 내 대신 얘기의 결말을 간단히 지어주었다.

"결국 너는 자의 반 타의 반으로 고등학교 일 년도 채우지 못하고 그만둔 거로구나?"

다 식은 찻잔을 들고는 그녀가 잠시 방을 나갔다. 내가 한 얘기를 두고 엄마와 뭔가를 또 꾸미려는 거겠지. 나는 언젠지 모르게 바닥에 떨어져 있던 『우리 역사의 수수께끼』를 집어들고는 대충 훑어보았다. 바로 옆방인 듯 소장 여자의 말소리가 흐릿하게 들려왔다. 제자의 허물을 감싸주지는 못할망정 체육 선생님이 폭력을 휘두르고 부당하게 퇴학시켰다고 주장하면 최

악의 사태는 피할 수 있을 거라는 내용이었다.

하지만 상담소에서 나온 후, 엄마는 학교를 상대로 아무런 행동도 취하지 않았다. 대신 서울을 떠나 나를 이리로 데려왔다. 엄마는 그 지경으로 학교를 그만둔 딸에게 단 한마디도 건네지 않았을 뿐더러, 심지어는 이곳에 와서 집을 다 지을 동안까지도 나와 눈 한번 마주치지 않았다. 도대체 엄마가 무슨 생각을 하고 있는지 알 수 없었다. 나는 여기서 영원히 살 거냐고 묻지 않았다. 어쨌든 상관없으니까. 어쩌면 섬으로 옮기는 것은 오래전부터 엄마가 생각해오던 것인지도 모른다. 가끔 술에 절어 집에 들어올 때면 서울을 떠나 나와 단둘이 사는 게 속 편할 것 같다는 얘길 했었으니까. 그때마다 나는 내가 없었다면 엄마는 지금과는 좀 다르게 살 수 있었을까 하는 생각을 하곤 했었다.

어릴 적 엄마는 어디에도 맡길 데 없는 나를 들쳐업고 촬영을 나간 적이 있었다. 야생화를 주로 찍는 엄마는 한겨울에도 무슨 희귀한 꽃이 피었다는 얘기만 들으면 어디든 카메라 가방만을 둘러메고 단박에 집을 나서는 사람이었다. 서울에서 살 때만 해도 엄마는 이 섬에 해국, 원추리, 타래붓꽃, 벌개미취 등 수많은 야생화들이 있다며 혼자 이 섬에 자주 오곤 했던 것이다. 그런데 그 야생화라는 것이 가파른 산속 한가운데 피어 있기 일쑤라 그날도 엄마는 나를 등에 업은 채로 산길을 나선 터였다. 모르긴 몰라도 결혼도 하지 않고 나를 혼자 키우면서 매번 이 손 저 손에 나를 맡긴다는 게 쉽진 않았을 것이다. 엄마는 그런 사람이다. 어렸지만 그날 일은 이상하리만치 생생하게 기억난다. 늦가을이었던데다 막 비가 내린 뒤끝이라 그런지 산길은 젖은 낙엽투성이에 여느 때보다 훨씬 더 미끄러웠다. 산중턱쯤에서 나를 가슴 쪽으로 옮겨안은 엄마는 면장갑을 낀 나머지 한 손으로 굵직한 나무줄기를 골라 의지하면서 힘겹게 앞으로 나가고 있었다. 연신 흘러내리는 카메라 가방을 추스려 올리랴, 내게 두 팔로 자신의 목을 꽉 감싸안도록 주의를 주랴, 엄마는 거의 오기로 한 발 한 발을 떼놓고 있었다. 그러다 골라 잡은 나무줄기가 힘없이 툭 꺾이면서 우리는 그대로 굴러떨어졌다. 엄마는 한참을 움직이지 않았고 나는 감긴 엄마의 눈을 쳐다보며 무서워 떨었다. 해가 지고 온 숲이 다 어두워졌을 때쯤에서야 엄마는 신음소리를 토해내며 눈을 떴다. 그 일로 엄마는 다리를 절뚝거리게 되었고, 나는 엄마 없는 숱한 밤을 혼자 지새면서 아버지도 없이 날 낳은 엄마를 원망하게 되었다.

아버지가 누굴까 궁금해한 적도 있었다. 하지만 어쩌다보니 엄마와 나 사이에 아버지 얘기는 하지 말아야 하는 불문율이 되어 있었다. 어리다고 아버지 얘기가 엄마의 상처 부위란 것쯤 모를까. 아비 없는 자식이라고 애들이 놀려도 꿈쩍도 안 했지만, 알고 싶긴 했다. 아버지에 대해 알고 싶은 건 당연한 권리 아닌가 말이다. 오랜만에 엄마와 같이 밥을 먹던 날, 나는 단단히 마음먹고 아버지에 대해 물었었다.

"저기 말야, 지난번 여성지 기사 중에……. 왜 기어이 나까지 같이 사진 찍었던 그 기사……."

거기까지만 말했는데도 엄마는 단박에 무슨 얘긴지 알아챘다. 엄마는 파김치를 집어들다 말고 소리나게 젓가락을 내려놓았다. 빨간 국물이 사방으로 튀었다.

"파김치가 너무 익었어. 내다버려야겠다. 그리구, 그 여성지하곤 다시는 인터뷰하지 않을 거야. 무슨 말인지 알겠지……."

자기 방으로 들어가버리는 엄마를 보며 나는 파김치 그릇을 들고 식탁에서 일어나 통째로 쓰레기통에 던져넣었다. 그리고 이후 다시는 아버지 얘기를 꺼내지 않았다. 아버지가 누가 됐든 나는 평생 엄마와 함께 살아야 한다는 사실을 받아들이기로 마음먹은 것이다.

햇빛은 여전히 지독하게 뜨거운데도 비니는 그대로 꼼짝도 않고 누워 있다. 하! 나도 참, 공연한 생각을 한다 싶어 한숨이 나왔다. 죽은 비니가 그대로 누워 있지 않으면 어쩐단 말인가. 젖은 수건을 손가락 끝에 말아쥐고 꼼꼼하게 눈가를 닦아내면서 간간이 내 눈가도 같이 훔쳐냈다. 비니야……. 비니야. 두어 번 낮게 이름을 부른 다음 나를 노려보고 있는 비니의 눈을 감겨주면서 중얼거렸다. 비니야, 이제 난 누구랑 놀면 되니. 누구한테 말을 건넬 수 있을까…….

내 이름은 빈, 그리고 이렇게 죽어 누운 유일한 내 친구 이름은 비니. 빈이와 비니. 길 잃고 헤매다 비니가 처음 여기로 발을 들여놓았을 때 나는 벌써 그렇게 이름 지으리라 마음먹었었다. 지저분한 몰골에 함부로 내버려졌다는 두려움으로 떠는 눈이 꼭 나를 보는 것 같았기 때문이다. 내가 비니를 맞아들이고 처음으로 한 일은 비니야, 라고 부드럽게 부르면서 다가가 꼭 끌어안아주는 거였다. 한참이나 내 품 안에서 격렬하게 몸을 떨던 비니는 차츰 떨림이 진정되더니 축축한 혀로 내 볼을 마구 핥아대는 것으로 나를 받아들였다. 처음에는 영양실조에다 제대로 세정해주지 않아 귓속에는 기생충이 득실거렸고 털갈이 때 빠진 털을 제때 솔질해주지 않아 피부병도 갖고 있었다. 비니가 불편한 몸놀림으로라도 경중경중 뛰어다닐 수 있게 되기까지도 상당한 시간이 걸렸지만, 떠돌아다닐 때 붙은 습관 때문인지 비니는 여기서도 많이 먹는 법이 없어 늘 영양실조 상태였다.

눈가를 다 씻어낸 다음 나는 비니의 입가며 앙상한 엉덩이 근처를 깨끗하게 닦기 시작했다. 젖은 수건이 닿는 자리마다 햇살이 내려앉은 비니의 털이 살아 있을 때와는 달리 윤기 있어 보였다. 한쪽을 다 닦고 나서 비니를 반대로 눕히려고 안아 일으켰다. 숨을 쉬고 있을 때보다 몇 배는 더 무거워져 돌려 누이려다 말고 비니를 안은 채로 엉덩방아를 찧고 말았다. 넘어지면서 벗은 내 팔에 비니의 성기가 와 닿았다. 순간 나는 소스라쳐 비니를 털썩 바닥에 내던지고 말았다. 코가 바닥에 박힌 듯한 자세로 부려진 비니를 보며 생리 때문에 지나치게 민감해진 거라고 생각했다. 속으로 미안하다고 말하면서 비니의 몸에 묻은 흙을 털어주었다. 오소소 솜털이 죄 일어난 팔뚝에 햇살이 수직으로 내리꽂혔다. 찡그린 눈으로 하늘을 올려다보았지만 태양이 내쏘는 빛무더기들의 끄트머리만 겨우 잡아챌 수 있을 뿐이다. 참 지독한 열기다.

　엄마는 볕이 막 뜨거워지기 시작할 무렵 이곳에 와서 사들인 중고 갤로퍼를 몰고 나가버렸다. 나가면서 뜬금없이 이곳 학교에 다녀보겠느냐고 내게 물었다. 나는 자는 척 이불을 말아쥐고는 단숨에 휙 돌아누워버렸다. 엄마가 뭔가를 더 말하는 듯했지만 나는 그만 귀를 닫아버렸다. 엄마가 차를 몰고 혼자 나가버리면 종일 비니와 노는 게 일이다. 동물병원에서 나온 후부터 엄마는 비니에 대해 가타부타 말이 없었다. 엄마 성격에 불구에다 눈물을 질질 흘리고 다니는 비니가 탐탁지 않을 건 뻔한 일이지만 내 서슬에 더 이상 말을 꺼내지 못하는 게 분명했다. 그리고 속으로는 언제나 비니를 없앨 생각을 했겠지. 엄마가 나가자마자 비니가 집 안으로 들어왔다. 오랜 시간 동안 떠돌아다닌 덕에 눈치가 여간 빠른 게 아니다. 들어와서는 곧장 내 침대로 뛰어올라 온몸을 내게 비벼대며 꼬리를 살랑거린다. 뭐가 들었는지 입은 연신 오물거렸다. 손을 입 속에 쑥 넣어 잡히는 걸 꺼내보니 필름통 뚜껑이다. 마당 어딘가에 엄마가 던져버린 걸 장난감 삼아 씹어대고 있는 것이다. 나는 그걸 던져버리고는 귀와 턱밑을 긁어주고 바닥에 아무렇게나 널려 있는 반바지를 찾아 입었다. 어디선지 계속 똥냄새가 났다. 비니의 입 가까이 코를 들이대다 말고 나는 코를 감싸쥐었다. 미간이 저절로 찡그려졌다. 또 똥을 먹은 모양이었다. 엄마 때문이다. 엄마는 더러운 발로 불쑥 집 안으로 들어온다거나 아무데나 털을 빠뜨리고 다닌다는 등의 사소한 이유로 비니에게 호

통치고 가끔 카메라 삼각대로 때리기까지 하는데, 그때마다 비니는 몸을 심하게 떨면서 자기가 싸놓은 똥을 먹어버리는 것이다. 엄마는 절대 용서할 수 없는 사람이다. 비니를 깨끗하게 씻긴 다음 마당으로 데리고 나와 생고기와 날계란 버무린 것을 주었다. 생고기를 먹여야 야성이 생기고 이빨이 날카로워진다. 물그릇까지 다 비운 걸 확인한 뒤, 토끼장에서 토끼를 한 마리 꺼내와서는 비니의 눈앞에서 이리저리 흔들어대다 얼굴을 툭툭 건드렸다. 여전히 물지 않는다. 토끼로 비니의 귀 뒤쪽을 좀 더 세게 쳤다. 그러자 비니는 겁먹은 눈으로 비칠비칠 뒷걸음질쳤다. 누가 널 위협하면 달려들어서 숨통을 공격해야 돼. 으르렁거리면서 물어뜯으란 말야. 그래야 니가 다치지 않지, 비니야. 나는 낮게 중얼거리면서 공중에서 버둥거리고 있는 토끼를 놓아주었다. 나는 자기를 해치려는 사람에 대항해서 비니가 스스로를 지킬 수 있도록 해주고 싶은 것이다.

벌써부터 햇살은 숨을 가쁘게 만들었다. 호흡을 고르기가 힘들어 미처 공기를 내뿜기도 전에 너무 급하게 들이마셔댔고, 심장이 마구 뛰었다. 냉장고에서 내용물이 반쯤 담긴 사이다병을 꺼내 빨대를 꽂아 마당으로 갖고 나왔다. 가슴에 통증이 느껴졌다. 새벽녘에 터진 생리 때문이다. 생리 때마다 젖가슴이 약간씩 더 부풀어오르는 것 같다. 내려다보니 속옷을 입지 않은 얇은 셔츠 위로 젖꼭지가 도드라져 보였다. 사이다병을 들지 않은 손으로 단단해진 양쪽 젖가슴을 번갈아 만져 부드럽게 풀어주었다.

비니 옆에 털썩 주저앉은 다음 내가 먼저 빨대를 입에 넣고 쭉쭉 빨았다. 독한 액체가 목울대를 타고 넘어 들어가면서 몸 속이 단번에 확 깨났다. 안주 대신 비니 밥에 섞어주고 남은 날계란을 마셨다. 그 다음은 비니 차례. 물그릇에 담아주자 몇 번 핥다가는 곧 나를 쳐다보며 머뭇머뭇한다. 그 눈을 보자 나는 참을 수가 없어 비니의 목을 끌어안고는 온 마당을 다 뒹굴었다. 귀여워. 너무 귀여워. 우리 둘 다 입에서 소주 냄새가 풍겼다. 처음엔 하도 할 일이 없어 빈 사이다병에 엄마가 마시던 소주를 부어 조금 마시기 시작한 게 이제는 일과가 된 것이다. 나는 기분이 좋아져 마당을 몇 바퀴나 뛰었다. 적당한 햇살에 생기로 가득 찬 너른 벌판을 달리면서 풋풋한 풀냄새를 폐부 가득 호흡하고 있는 걸로 착각할 정도였다. 햇살 때문인지 나를 따라 뛰는 비니 모습이 깨물어주고 싶도록 예뻐 보였다. 나는 비니의 코와 입에 수도 없이 뽀뽀했다. 그러다 혀가 서로 맞닿아 흠칫 놀랐지만 곧 다시 머리를 쓰다듬어주었다. 비니의 혀는 부드럽고 따뜻했다. 비니가 생리혈의 비릿한 냄새를 맡았는지 유독 코를 킁킁대며 불안하게 내 주위를 맴돌았다. 발정기의 수컷은 주인의 생리혈 냄새를 맡으면 흥분한다는 얘길 들은 적이 있지만 비니가 발정기인지는 모르겠다.

배추벌레 한 마리가 눈에 띈 건, 다 비운 사이다병을 마당 구석으로 던져버렸을 때였다. 토끼 사료로 쌓아놓은 배춧잎들 사이에서 징그러운 몸체에 수많은 주름이 잡힌 벌레가 꿈틀거리며 기어나오고 있었다. 그걸 보고는 비니가 살짝 물어와 내 발

앞에 놓아주었다. 온갖 벌레들이 내 장난감이란 걸 비니도 아는 것이다. 비니만큼 나를 아는 존재가 또 있을까 싶다. 연초록색을 띤 배추벌레는 길이가 오 센티는 돼 보이고 통통하게 살이 올라 있다. 검지손가락 끝으로 이리저리 뒤집자 벌레는 거꾸로 뒤집힐 때마다 몸을 뒤틀면서 제자리로 돌아오려고 애썼다. 비니는 내 옆에 앉아 졸음에 겨운 눈을 스르르 감는다. 나는 집 뒤켠의 작은 텃밭에서 상추 줄기를 하나 따가지고 돌아왔다. 비니가 살짝 눈을 떴다가 도로 감는다. 상추는 초여름에 국화꽃 비슷한 연한 노란색의 꽃이 핀 다음 줄기가 굵게 자라는데 줄기를 자르면 흰 액체가 흘러나온다. 신기하게도 상추 줄기에서 나온 흰 액체를 벌레에 묻히면 그 자리가 갈색으로 변하면서 몸길이가 작아지고 하루 이틀 만에 죽는 것이다.

오늘도 배추벌레에 상추 유액을 묻혀 병 속에 넣은 뒤 죽는 과정을 지켜볼까 하다가 마음을 바꿔 상추 줄기를 던져버리고는 대신 자갈돌을 하나 찾아들었다. 간간이 눈을 뜨고 나를 올려다보는 비니를 향해 씩 웃었다. 계속해서 내리쬐는 뜨거운 태양볕 때문에 머리가 어떻게 돼버릴 것 같았지만 나는 벌레와 노는 걸 그만두지 않았다. 그렇게 한참을 괴롭히다 머리 위에서 불이라도 날 듯 햇빛을 견디기 힘들게 되자, 나는 그만 배추벌레를 죽이고 싶어졌다. 배춧잎을 조금 뜯어와 주었더니 배추벌레는 갉아먹을 생각은 하지 않고 어디론가 자꾸 가려고만 든다. 마지막 성찬을 즐길 줄 모르는 배추벌레를 보면서 나는 끌끌 혀를 찼다. 자갈돌을 고쳐쥔 나는 벌레의 끝 쪽부터 쿡쿡 찍기 시작했다. 연초록 물이 바닥에 조금 번지면서 배추벌레가 짓이겨지고 있다. 다 끝낸 다음 이걸 엄마 책상 위에 갖다놓으면 어떨까. 나는 열기 때문에 뻑뻑한 눈을 깜박이면서 어느새 일어나 내 주위를 어슬렁거리고 있는 비니를 보며 생각했다. 형체도 없이 짓이겨진 배추벌레의 시체를 보면 엄마는 무슨 생각을 할까. 입 밖으로 저절로 웃음이 새나왔다. 그치려고 해도 입 모양은 우스꽝스럽게 찌그러질 뿐이다. 뭐가 불안한지 비니가 코를 킁킁거리면서 안절부절못했다. 잠시 배추벌레 따위는 잊어버리고 비니의 목을 끌어안고는 귀 뒤쪽과 턱밑을 긁어주자 다시 눈을 감고 내 곁에 누웠다. 나는 돌로 찍어 배추벌레 죽이기를 그치지 않았다. 살이 물크러지고 내장이 찢겨졌다.

어디쯤인지 콤바인 소리가 들렸다. 굉장히 멀리 산 아래 어디쯤일 거라 짐작됐지만 사위가 조용한 탓에 똑똑히 들을 수 있다. 며칠 전 엄마가 어딘가와 통화하면서 누구누구가 새로 감귤 농장을 꾸민다더니 언제 시작하느냐고 한 말을 들은 기억이 났다. 그러면서 엄마는 감귤은 이제 한물갔는데 다른 걸 해보든지 아니면 감귤 농장에 카페라도 같이 차리든지 그러느냐고 했었다. 엄마는 하여간 무지 잘난 척하는 사람이다. 남들 일은 그렇게 잘 챙기면서 자기 딸한테 좀더 잘해줄 생각은 왜 안 하는지. 비니한테 잘해주면 내 맘이 풀어지리란 걸 엄마는 정말 모르는 것 같다. 드륵드륵 기계 소리가 정확한 박자의 음악 같다. 나는 이제 그 규칙적인 소리에 맞춰 돌을 내려찍는다. 쿡쿡 쿡쿡쿡 꾸욱. 찍으면서 아예 하는 김에 배추벌레를 한 마리

더 찾아 죽여 엄마 방에 갖다두면 좋겠다고 생각한다. 태양이 갈수록 더 세게 뜨거운 숨을 내뿜어 겨드랑이와 무릎 뒤쪽 등 몸의 모든 접힌 부분은 이미 땀으로 축축하게 젖어들었다.

콤바인 소리에 놀랐는지 비니가 벌떡 일어났다. 그러고는 뭔가를 찾아 두리번거리면서 열기에 휩싸인 듯한 눈으로 내 주위를 맴돌기 시작했다. 처음 보는 일이었다. 연신 코를 킁킁거리며 숨을 몰아쉬던 비니가 내게 가까이 다가왔다. 그 서슬에 나도 모르게 한 걸음 뒤로 물러났다. 갑자기 비니가 내게 뛰어들었다. 눈 깜짝할 새 거센 기세로 나를 넘어뜨린 비니는 볕에 뜨겁게 달아오른 내 팔 위로 올라탔다. 비니의 다리 사이에서 붉은 성기가 쑥 나오는 게 보였다. 첫 발정기가 오는 거구나라는 생각도 할 겨를 없이 점점 가빠오는 비니의 숨소리에 덜컥 겁이 났다. 순식간에 돌변한 비니가 무서워졌다. 비니는 옴짝달싹 못하게 앞발로 내 팔을 꽉 움켜잡고 연신 자신의 성기를 비벼댔다. 나는 정신이 없었다. 비니를 멈추게 해야겠다는 생각 외에는 아무것도 떠오르지 않았다. 욕실 안에 엄마가 감춰놓은 수면제가 생각났다. 있는 힘을 다해 비니를 떨쳐내고 후들거리는 다리를 겨우 추슬러 한 손 가득 수면제를 들고 나왔다. 비니의 눈은 여전히 열기에 휩싸여 있었다. 나는 조심스럽게 비니에게 다가가 마음대로 달겨들도록 한쪽 팔을 비니를 향해 내밀어준 뒤 나머지 한 손으로 비니의 목구멍 깊숙이 수면제를 한 움큼 밀어넣었다.

잠시 뒤, 비니의 움직임이 조금씩 둔해지기 시작한 것을 확인하고는 엄마 방에 들어가 옷장을 뒤져 스카프를 꺼내들었다. 내려다보니 슬리퍼를 신은 채였다. 나는 엄마 방에 슬리퍼를 벗어던지고 맨발로 마당으로 다시 나와 천천히 비니의 목에 스카프를 감았다. 내 발 아래서 달궈진 모래들이 수많은 뾰족한 침처럼 발바닥에 깊숙이 파고들었다. 나는 이 일을 빨리 끝내야 한다고 생각했다. 수면제에 취해서도 비니는 또다시 내 팔을 찾아 다리 사이에 끼려 했다. 비니를 뿌리치고 거꾸로 비니의 등 위에 올라탄 나는 떨리는 손으로 스카프를 잡아당기기 시작했다. 온 사방으로 넘쳐흐르는 햇살에 손등과 팔뚝의 힘줄이 시퍼렇게 도드라져 보였다. 제대로 눈뜨기도 힘들 만큼 거센 볕은 내 속내까지도 속속들이 비출 것만 같다. 아니, 저 불같은 열기는 빨리, 더 세게 잡아당기라고 나를 재촉했다. 불쏘시개처럼 가슴속의 덩어리를 한없이 부풀어오르게 했다. 가슴이 터질 것 같은 통증을 느낌과 동시에 조금씩 힘이 더 들어가기 시작한 내 손은 멈춰지지 않았다. 비니가 버둥거리지 못하도록 양다리에 힘을 꽉 주어 조이면서 있는 힘을 다해 비니의 목을 졸랐다. 땀인지 뭔지 모를 것이 비니의 등 위에 끊임없이 떨어졌다. 발버둥치면서 앞발로 바닥을 긁어대던 비니가 컥컥 숨을 몰아쉬더니 곧 잠잠해졌다. 비니가 옆으로 쓰러지면서 나도 함께 바닥에 드러누워 눈을 감았다…….

　이놈의 태양볕은 아무리 시간이 지나도 익숙해지질 않는다. 길게 하품을 내뱉으며 기지개를 켰더니 머리가 띵하고 어지럽다. 한여름 직사광선 밑에서 너무 긴 낮잠을 잔 탓이다. 그래도 내가 왜 마당에서 잠이 든 건지 이해가 되질 않는다. 목이 타들어가 나는 마른침을 꿀꺽 삼켰다. 비니는 바닥에 드러누운 채 여태 잠들어 있다. 이상한 일이다. 늘상 비니가 먼저 일어나 내 얼굴을 핥아대며 나를 깨우곤 했는데. 햇빛을 피해 같이 근처 숲속을 한 바퀴 산책이라도 할 요량으로 비니를 흔들어 깨웠다. 왠지 비니가 일어나질 않는다. 더 세게 비니를 흔들다가 갑자기 가슴이 내려앉는다. 비니야, 비니야. 다급하게 부르며 가까이 몸을 굽히고 나서야 비니의 눈이 부릅떠진 걸 깨달았다. 얼른 코에 손가락을 갖다댔다. 이럴 수가. 비니의 코에서는 더이상 숨이 새나오지 않았다. 믿기지 않아 나는 다시 비니를 거세게 잡아 흔들었다. 어떻게, 어떻게 이런 일이 일어난 거지. 재빨리 엄마가 늘 차를 세워두는 곳을 돌아보았다. 텅 비어 있지만 엄마는 분명 입구 바깥에 차를 세워놓고 고양이처럼 몰래 들어온 게 틀림없다. 그리고 내가 잠든 사이 비니를 죽인 거야. 나를 미워하는 것도 모자라 내 하나밖에 없는 친구를 죽게 하다니…… 언젠가 이런 일이 있을 줄 알았어. 절대, 맹세코 절대로 엄마를 용서하지 않을 것이다. 이를 물고 일어나 자세를 가누며 올려다보니 태양은 금방이라도 덤벼들어 나를 죽일 듯 이글거리고 있었다.

외인출입금지

냉동 탑차가 들어오는 뒷문을 열자 눈송이 하나가 이마에 떨어진다. 올해는 첫눈이 좀 이른 편인가. 그녀는 고개를 하늘로 쳐들고 공중을 향해 손바닥을 내민다. 콧속으로 눈이 섞인 먼지 냄새가 희미하게 맡아진다. 한 걸음 발을 내딛자 검정 고무장화에 금세 눈기운이 스민다. 지난밤 내리던 빗발이 어느새 눈으로 바뀐 거구나 생각하면서 가운깃을 잔뜩 여민다. 폴리에스테르가 많이 섞인 낡은 가운은 초겨울 아침의 한기를 거의 막아내지 못해 그녀는 몸을 흠칫 떤다. 급히 들이마신 호흡에 음식쓰레기 냄새가 함께 딸려올라온다. 뒷문 옆 잔반을 넣은 고무통이 넘쳐흘러 있다. 바닥엔 뻘건 물이 든 도라지 초무침이 널려 있다. 그녀는 가운 주머니에 찌른 손을 빼지 않고 발로 쓰레기를 대충 밀어놓는다. 잔뜩 언 핏줄 같은 도라지 줄기 하나가 고무장화 위에 얹힌다.

그날 분량의 고기가 든 비닐봉투를 바닥에 내려놓은 직원은 시동을 걸고 그녀를 향해 까딱 목인사만 한 다음 차를 출발시킨다. 뭐라 한마디 건넬 틈도 주지 않는다. 열렸던 탑차의 안쪽으로 잔뜩 낀 성에가 녹아내리는 게 보였다. 탑차는 구정물에 가까운 성에 녹은 물을 줄줄 흘리면서 바퀴를 굴렸다. 그녀는 잠시 잠금고리도 제대로 걸지 않은 채 멀어져가는 탑차를 멍하게 바라본다. 오늘, 진이 온다고 했었지. 눈이 쌓여 하얗게 덮인 바닥에 번지는 핏물이 그녀 시선에 들어온다. 갓 쏟아낸 것처럼 핏물에선 하얀 김이 피어오른다. 눈과 뒤섞인 핏물의 비린내가 찬 공기를 타고 느리게 올라왔다. 그제야 검수도 하지 않고 그냥 보냈다는 생각이 들어 소리 높여 직원을 불렀지만 탑차 꽁무니는 이미 오십여 미터 앞의 코너를 돌고 있다. 제대로 냉동이 되지 않은 고기를 보낸 것에 대해서는 클레임을 걸어야 한다. 그녀는 머릿속으로 육류제공업체의 전화번호를 떠올린다. 요즘 들어 벌써 여러 번 있는 일이다. 그녀는 아무래도 업체를 바꿔야겠다고 생각하며 고기가 든 봉투를 들어 안는다. 투명한 비닐봉투 안에서 고깃살들이 물크덩 실룩인다. 한번 얼었다 녹은 고기 색깔은 심한 동상으로 썩어들어간 것처럼 거무죽죽하다. 봉투의 매듭 쪽을 가슴으로 향하게 했는데도 핏물은 그녀의 흰 가운에 여지없이 배어든다.

고기봉투를 가슴에 안은 채 그녀는 바닥에 떨어지는 핏방울을 들여다보고 있다. 하얀 바탕에 번지는 핏물이 마치 자신에게서 흐른 것인 듯 가슴이 오그라든다. 허옇게 갈라터진 맨발에서 번져나오는 차가운 핏물. 어느새 그녀는 여덟 살 아이로 돌아가 동상으로 언 발을 끌며 눈밭 위를 걷고 있다.

가늘게 핏발이 선 눈동자는 금방이라도 통째로 굴러떨어질 것만 같았다. 바람 때문에 목구멍에선 연신 가릉거리는 고양이 울음소리가 새어나왔다. 쌓인 눈바닥을 함부로 걷다 자꾸만 날카로운 자갈의 모서리에 발부리를 채였다. 바람은 얼마 남지 않은 온기마저 남김없이 말려버릴 듯 얇은 스웨터를 비집고 드나들었다. 양 옆구리에 찌른 주먹 안에서 손톱이 피가 배도록 손바닥을 파고들었지만 아픈 줄도 몰랐다. 함박눈이 내리는 기쁜 크리스마스. 산타 복장을 한 교회 청년회 회장의 목소리가 아직까지 남아 얼음조각처럼 가슴을 찔렀다. 둥둥 울리며 손 내밀던 북소리도 그대로 남아 있었다. 하지만 이미 따르던 무리도 잃고 친구의 손도 놓쳐버린 후였다. 겁이 났을까. 기세 좋게 울려퍼지며 미혹하던 북소리는 어느새 그녀의 발걸음을 벼랑으로 내몰고 있었다.

그 자리에 우뚝 멈춰 서 고개를 꼿꼿이 들고 싶었지만 쉬지 않고 날리는 눈발은 여덟 살 여자애 따위에게 잠시 틈도 내주지 않았다. 고개는 점점 더 꺾였고 몸은 차츰 작아져만 갔다. 그녀는 마른 눈동자를 희번덕거리며 주위를 살폈지만 더딘 걸음을 뗄수록 돌아가야 할 집은 멀어지고 날은 어두워지고 있었다.

"식당에서 비린내가 난다. 바닥은 제때 소독하는 거니?"

마른 나뭇잎이 부서지는 것 같은 목소리에 그녀는 다급하게 여덟 살의 어둔 겨울을 돌아나온다. 놀란 손에서 닦고 있던 숟가락이 바닥으로 떨어진다. 진이다.

"소독약 냄새겠지. 염소계 약품이라 냄새가 좀 오래가. 어제 소독했거든."

진의 첫 마디가 십여 년 만에 만나 건네는 인사로 적절한 건지 생각하면서 그녀는 닦던 수저들을 테이블 한쪽으로 밀어놓는다. 점심시간이 끝난 뒤 조리원들이 수저를 오래 삶은 탓에 수저가 하얗게 변해버렸다. 지하수를 사용하기 때문에 석회질 성분이 많아 오래 삶으면 간혹 수저에 하얀 얼룩이 생기는 것이다. 그러니? 맞은편 의자에 앉으며 진이 낮게 대꾸한다. 그녀에게 눈인사를 건네는데 엷게 퍼진 기미가 실룩이면서 진의 눈가에 성긴 주름이 패였다. 애쓴 흔적이 보이지만 서른이 넘은 주름골은 파운데이션만으로는 채 가려지지 않는다. 영양사가 수저까지 닦아야 하는가 보구나. 진은 숟가락을 하나 집어들어 앞뒤로 살펴본다. 위생청의 검사요원처럼 꼼꼼히 살펴본 다음 손가락으로 얼룩을 문지른다. 그녀는 진의 손에 쥐어진 숟가락을 보고 있다. 뭐라 말해야 하는 거지. 잘 지냈냐고. 오랜만이라고. 그런데 무슨 일로 왔느냐고. 그녀 안에서 여러 가지 말들이 뒤섞여 나와주지 않는데 벽시계의 초침 소리가 무겁게 발밑으로 가라앉는다.

"류도 오기로 했어."

류가 오고 있다. 갑자기 한기가 등줄기를 죽 훑고 내려가더니 급기야 발가락 끝이 가렵다. 그녀는 고개는 치켜든 채 그대로 허리만 숙여 발가락을 긁어댄다. 긁을수록 가려움은 더하는 것만 같아 깔끄러운 맨바닥에 발가락을 문질렀다. 하지만 가려움이 가시기는커녕 벌레 물린 자리를 긁어낸 것처럼 더 심해진다. 그녀는 참다못해 아예 무릎을 구부려 발을 의자 위에 올려놓고는 날 세운 손톱으로 발가락을 긁기 시작했다. 너 아직도 동상 후유증 있구나? 응? 으응. 그녀는 대답인지 신음인지 모를 낮은 음을 흘렸다. 휘어진 왼쪽 셋째발가락 사이로 새끼손톱을 밀어넣어 살이 빨개지도록 긁었지만 가려움은 가시지 않는다.

"지리산 여행 이후로 류는 처음 보는 거지?"

그랬었다. 십여 년 전 겨울 그녀와 쌍둥이 형제 류와 리는 지리산에 올랐었다. 01410모임 회원들과 함께 간 여행이었다. 01410모임을 결성했다며 그녀에게 연락을 한 것도 진이었다. 지금처럼 인터넷통신을 사용하기 전에 구식 모뎀이 처음 나왔을 때 만들어진 동호회였다. 모뎀을 연결하고 전화를 걸 때 사용하는 번호가 01410이었다. 거의 십여 년 전 일이다. PC통신으로 얼굴을 마주 대하지 않고도 의사소통이 가능했기 때문에 그녀는 좀 흥분했었던 것 같다. 어릴 때부터 사람들이 모인 자리에서는 말 한마디 제대로 못하던 그녀였다. 타인의 시선을 감당하지 않으면서도 말을 하고 친해질 수 있다니. 일부러 목청을 높이지 않아도 되고 누군가 그녀의 말 중간에 끼어들어 그녀의 말꼬리를 잘라먹지 않을까 걱정하지 않으면서 하고 싶은 말은 뭐든 할 수 있고. 그 사실이 맘에 들었다. 진은 01410 모임 재결성 얘기를 듣고 그녀를 찾아온 것일지도 모른다.

다 함께 쌍계사에 들른 후 날도 저물어가는데 칠불사의 아자
방亞字房을 기어이 봐야 한다며 류가 재촉한 길에 리와 그녀만
이 뒤를 따랐었다. 한번 불을 지피면 백 일 또는 겨우내 훈훈한
온기가 가시지 않는다는 독특한 양식의 그 방은 신라 효공왕
때 김해에서 온 한 선사가 지었다 했다. 백 년마다 한 번씩 아
궁이를 막고 물청소를 하면 아무 이상 없이 불이 잘 지펴져 그
온기가 오래도록 유지된다는 것이다. 세계 건축대사전에도 기
록될 만큼 독특한 양식이라니 건축을 전공했던 류로서는 고집
을 부리는 게 이상한 일도 아니었다. 아자방은 1800년에 화재
가 나 복구된 뒤로는 기껏해야 오십 일 정도밖에 온기가 지속
되지 않는다고 류가 설명해줬던 기억이 났다.

　"그런데 어떻게 류하고……."

　"같이 살아. 꽤 됐어."

　진은 그녀의 질문이 끝나기도 전에 꼬리를 잘랐다. 그랬구
나. 류가 진과 같이……. 그녀는 작게 입술을 달싹였지만 진은
못 들은 것 같았다. 류가 너 한번 보고 싶다고. 할 얘기도 있고.
진은 그녀가 내민 커피잔 손잡이를 손가락으로 문지른다. 아직
한 모금도 마시지 않은 채 그대로다. 식당에서 후식용으로 대
량 구입한 원두커피라 질이 낮은 건 그녀도 잘 알고 있다. 그녀
는 진의 커피잔을 바라보며 진이 돌아가면 올해 김장김치 레시
피를 작성해야 한다고 생각한다. 벌써 오후 세 시가 지나고 있
으니 서둘러야 한다. 계획서를 만들어 오늘 결재를 받아야 내
일 재료를 구입하고 모레쯤 김장을 시작할 수 있을 것이다. 또

그녀는 아르바이트생을 남자로 구해야 한다고 생각한다. 지난 해에는 여자 아르바이트생을 썼다가 돈은 돈대로 나가고 일은 거의 그녀가 해야 했었다. 진의 손에 들린 커피의 텁텁한 향이 그녀의 코를 간질이자 갑자기 엄청난 식욕이 끓어오른다. 위액이 분비되면서 장이 꼬이고 비틀리는 듯 아프기까지 하다. 그녀는 진의 커피잔을 휙 낚아채려고 탁자 위를 슬금거리는 한 손을 나머지 손으로 꾹 누른다. 평소에는 단 한 모금의 커피도 입에 대지 않던 그녀다.

그런데 왜 진은 리 얘기는 한마디도 하지 않는 거지.

"다른 가운은 없니? 핏물이 보기 좀 그렇다."

"빨아 널어놓은 게 아직 안 말라서."

그녀는 자신없는 말투로 우물거리면서 팔을 구부려 앞섶을 가린다. 그리고 입 안 가득 고인 신 침을 목구멍으로 삼킨다. 그 결에 동상 때문에 피부이식 수술을 한 왼손이 진이 눈앞에 드러난다. 순간 그녀는 오른손으로 왼손을 맞잡는다. 이어 리 얘기를 꺼내려다 말고 허리를 구부려 핏물이 밴 자리가 진의 눈에 띄지 않도록 신경쓴다.

리가 류와 동행한 건 그렇다 치고 왜 그녀가 그들과 함께 길을 나선 건지 지금은 그녀로서도 알 수 없는 일이다. 진도 다른 사람들과 먼저 숙소로 돌아간 뒤였다. 아무튼 그녀와 쌍둥이 형제는 쌍계사 앞에서 일행과 길을 갈라서 범왕이라는 마을로 들어가는 버스에 올라탔다. 범왕에서 내리면 칠불사까지 걸어서 이십 분, 절을 둘러보고 내려와 오후 일곱 시 마지막 버스를 타면 일곱 시 삼십 분쯤 다른 일행과 숙소에서 만날 수 있었다.

버스가 출발하고 나서 채 속력을 올리기도 전에 바깥에선 눈발이 날리기 시작했다. 며칠째 내리던 눈이 여행 내내 소강상태여서 기가 막히게 일정을 잡았다고 떠들어댔는데 다시, 눈이었다. 하나 둘 차창에 부딪쳐 습기를 보태던 눈발은 금세 굵어지고 맑고 건조하던 하늘은 노을도 없이 빠르게 어두워졌다. 칠불사에 들렀다가 서둘러 내려와야겠다는 생각을 하며 그녀는 손으로 얼굴을 쓸어내렸다. 새벽부터 출발한 일정에 피곤했던지 얼굴에선 끈끈하게 과다한 피지가 느적였다. 돌아보니 류는 손에 지리산 안내책자를 든 채 뭔가를 계속 중얼거리고 있었다. 조금 튀어나온 듯한 이마에 짙은 눈썹, 중간에서 약간 치솟은 매부리코는 가는 입술에 단단하게 이어져 고집스런 인상을 풍겼다. 고개를 숙이고 안내책자를 들여다보는데 까만 생머리가 자꾸 흘러내려 손으로는 계속 머리를 쓸어올리고 있었다. 리는 류와 똑같이 생겼으면서도 어딘지 달랐다. 류보다 훨씬 신경질적인데다 거의 말이 없었다. 그저 류가 하자는 대로 류가 이끄는 대로 말없이 따르는 편이지만 순간순간 무심하게 사람을 쳐다보는 버릇이 있어서 그녀는 리를 볼 때마다 깜짝 놀라곤 했다.

창가에 앉은 그녀는 안경을 벗어 손에 들고는 차창에 머리를 기댄 채 눈을 감았다. 비포장길을 달리며 쉼 없이 버스가 덜컹거렸는데도 그대로 잠들 수 있을 것처럼 한꺼번에 피로가 몰려들었다. 버스 승객은 그녀 일행이 전부였다. 이상하다면 이상하달 수 있는 일이었지만 겨울 저녁 산속 마을로 들어갈 사람이 또 누가 있겠나 싶었다. 버스가 굽이진 길을 오르는 동안 눈송이는 거의 엄지손톱만 해졌다. 간간히 그녀가 눈을 떴을 때 버스는 범왕마을의 마을회관과 마을금고를 차례로 지나고 있었고, 해가 기울고 있는 동네 어귀에는 가끔 개 짖는 소리가 들릴 뿐 인기척은 없었다. 여기저기서 불을 때는지 까만 하늘에 흐린 연기가 피어오르고 있었다. 어둔 하늘로 올라가는 연기와 하늘에서 내려오는 눈송이가 뒤섞이는 걸 보고 있자니 전혀 다른 곳에 와 있는 듯한 느낌이었다. 버스는 끝도 없이 위로 올라가고 있었다. 그녀는 소리 없이 펼쳐지고 있는 풍경을 무심하게 지켜보고 있었다. 갑자기 류가 자리에서 일어나더니 큰 걸음을 옮겨 버스기사에게 칠불사에 오르는 길을 자세히 물었다. 리는 류의 뒷모습을 잠깐 쳐다봤을 뿐 가늘게 뜬 눈을 반대쪽 창에 고정시킨 채 아무 말도 없었다.

버스에서 내리자마자 눈덩이가 실린 지독한 겨울바람이 먼저 그녀들에게 불어닥쳤다. 바람은 단번에 가슴속까지 스며들어 그녀는 급하게 숨을 들이마셨다. 마신 숨을 내뱉기도 전에 바람은 또 몸속 깊숙이 파고들어 숨이 차도록 빠르게 호흡을 해야만 했다. 목구멍이 바짝 말라 침을 삼키면서 목을 쓸어내렸다. 장갑을 끼지 않은 손은 주먹을 꼭 쥔 채였다. 지퍼를 끝까지 올려 채운 점퍼깃을 다시 한번 여미고 애써 눈꺼풀을 치켜뜨자 범왕마을이라는 팻말이 눈에 들어왔다. 그 밑에는 '하늘 아래 첫 동네에 오신 것을 환영합니다' 라는 문구가 흐리게 도드라져 있었다. 하늘 아래 첫 동네라는 말에 그녀는 공연히 아래쪽을 굽어보았다. 발밑에는 아무것도 보이지 않아 마치 하늘 아래가 아니라 공중에 떠 있는 기분이었다.

추위에 몸을 떠는데 동네 개들이 한꺼번에 목청을 높여 앞길을 가로막고 나섰다. 길은 양쪽으로 갈라져 있었다. 듣기로는 분명 범왕에서 오른쪽 길로 접어들어야 칠불사에 닿을 수 있다 했지만 칠불사를 가리키는 표지판 따위는 눈에 띄지 않았다. 세 일행은 잠깐 발을 멈칫했다. 까맣게 누워 있는 양쪽 길은 어느 쪽도 그녀들에게 쉽게 열릴 기세가 아니었다. 얼마나 그 자리에 붙박여 서성였을까. 류가 먼저 오른쪽 길로 발을 내딛었다. 그 뒤로 리와 그녀가 눈바닥에 찍힌 류의 발자국을 따라 걸었다. 열 걸음 정도만 처져도 눈은 금세 류의 발자국을 흐리게 덮고 있었다.

십여 채 모여 있는 민가를 지나는 동안 사람 하나 눈에 띄지 않았다. 어디선가 희미하게 거름냄새가 맡아져서 사람이 살고 있다는 걸 짐작할 수 있을 뿐이었다. 마을 입구에 적힌 '환영합니다'라는 문구와는 다르게 어쩐지 와선 안 될 곳에 들어와 있는 것처럼 공연히 주눅이 들었다. 그녀들은 어둠만 드러나 있는 앞쪽에다 시선을 박아두고 발을 재촉했다. 하늘 아래 처음 열려 있는 동네였지만 마을은 그녀들에게 온기를 나눠주고 있지 않았다. 오히려 잔뜩 경계하는 듯 단단하게 닫혀 있는 문밖으로 말소리 하나 새어나오지 않았다. 눈송이만 선뜩하게 어깨로 내려앉아 한기를 더할 뿐이었다. 마을을 지나 얼마나 더

갔을까. 어둔 길 저 끝에 칠불사의 불빛이 휑하게 떠 있었다.

　내려오는 길을 서두를 필요는 없었다. 어차피 버스는 일곱 시나 돼야 탈 수 있을 거였다. 게다가 눈발 하나 피할 곳 없고 어둠만 배게 들어차 있는 허허벌판에서 오지 않는 버스를 기다리며 떨고 있는 것이 더 나을 것도 없으니까. 눈은 쉽게 그칠 기세가 아니었다. 시간이 갈수록 눈발은 더욱 거세졌고 발을 뗄 때마다 눈 밟히는 소리가 날카롭게 귓속으로 후벼들었다. 그녀는 자신의 발자국 소리에 놀라기라도 한 것처럼 걸음을 옮길 때마다 어깨를 움찔했다. 돌아보니 왼쪽보다 오른쪽이 더 깊이 패여 오른쪽 발자국에만 까만 흙빛깔이 섞여들었다. 절룩이는 걸음새로 눈길을 걷는다는 건 쉬운 일이 아니었다. 깔창을 하나 더 넣은 왼쪽 발보다 오른쪽 발에 시린 느낌이 더했다. 앞서가던 류가 장난스럽게 눈을 뭉쳐 리와 그녀의 얼굴을 향해 던졌다. 리는 류가 던진 눈뭉치를 잡아채서는 주먹으로 으스러뜨린 다음 바닥에 흩뿌렸다. 긴장 좀 풀자는 건데. 많이 움직여야 덜 춥지. 머쓱해진 류가 투덜거리자, 리는 그저 피식 웃었다. 류와 리를 보고 있으면 전혀 다른 사람 같다가도 똑같은 손의 모양새나 한쪽 어깨를 자주 추스르는 같은 버릇을 보고 있으면 그들이 한 사람인지 두 사람인지 헷갈린다. 같은 사람이다 싶으면 다른 사람 같고, 다르다 싶으면 또 너무나 비슷하고. 그녀는 류가 리인 듯싶다가 또 리가 류인 듯도 싶고 급기야 자신이 누구인지까지 잘 알 수 없어졌다. 윤곽을 분간하기조차 어려운 겨울밤 산속이라 그런 거겠지, 그녀는 생각했다. 다리를 절뚝거리며 걷는 그녀가 불안해 보였을까. 류가 그녀의 어깨에 팔을 둘렀다. 류의 파카 점퍼에 묻어 있던 찬기가 얼굴에 묻어 그녀는 고개를 내둘렀다. 류의 체온 따위는 느껴지지 않았다.

정말 내려가는 길이 맞을까 싶게 길은 점점 가팔라지고 있었다. 게다 분명 내리막이어야 할 길이 야트막한 오르막으로 변해 있었다. 길을 잘못 든 거 아닌가 싶었지만 내뱉지 않았다. 리도 반신반의하는 기색이 뚜렷했다. 연신 주위를 돌아보다가 걸어온 길을 확인하곤 했으니까. 류만 한쪽 팔로 그녀의 어깨를 감싼 채 뭔지 잘 알 수 없는 노래를 낮게 부르고 있었다. 류의 입김이 그녀의 이마에 와 닿았다. 대여섯 번 모임에서 만난 게 전부였으니 그다지 친밀한 관계라곤 할 수 없었지만, 그녀는 류가 하는 대로 내버려두었다. 그렇게 오 분도 못 가 그녀는 길을 잃은 게 아닐까 생각했다. 혹시나 싶어 준비해간 손전등의 흐린 불빛을 따라 시선을 옮기면서 류와 리의 옷깃을 잡아채야 하지 않을까 주저하고 있었다. 그래. 조금만 더 가보자. 조금 돌아가는 길이겠지. 조금만 더 가면 마지막 버스를 타고 왔던 곳으로 돌아가 몸을 녹일 온기와 따뜻한 물 한 잔쯤 나눠 받을 수 있겠지.

탁한 노랑이 섞인 햇살이 식당 안으로 들어와 먼지와 함께 폴싹인다. 식당 건물이 서향이라 늦은 오후나 돼야 스러지는 햇빛이라도 볼 수 있다. 지는 햇살을 받으면 몸에 안 좋다는데.

식물도 아침햇살에 피는 꽃과 지는 햇살에 봉오리를 여는 것이 다르다고 하는데……. 그녀는 눈을 찡그리며 햇빛을 본 게 언제던가 생각한다. 햇살은 진의 정수리에도 제대로 내려앉지 못하고 공중에 부옇게 떠 있다.

"김 부장이 좀 보자는데. 남은 고깃덩이 가져오래."

심하게 말아 딱 달라붙는 머리 모양을 한 조리원이 그녀에게 말을 건넨다. 낮에 끓인 국 속의 고기가 빨갰었기 때문일 테지. 아침에 검수를 하고 반품처리했어야 할 일이었다. 시말서가 아니라면 사표를 써야 할지도 모를 일이다. 동시에 그녀는 피가 뚝뚝 떨어지는 생고기를 떠올린다. 금세 침이 가득 고여 금방이라도 입가로 침이 흐를 것만 같다. 그녀의 머릿속에서 말랑한 생고기에 진이 들고 있는 커피향이 끼얹어진다. 고기에 커피물을 넣고 삶아 은은한 커피향이 밴 고기가 먹고 싶다. 진이 보는 앞에서 손가락을 쪽쪽 빨며 고기를 뜯고 싶은 생각에 머리카락이 쭈뼛 선다. 그녀는 손톱 끝으로 허벅지를 꾹 누르며 자리를 박차고 주방으로 달려가고 싶은 걸 겨우 참는다. 진이 조리원 아줌마를 집요하게 쳐다본다.

"아줌마, 식당 안에서는 음식할 때가 아니라도 꼭 머릿수건 착용하세요."

그제야 그녀는 목소리를 높여 또박또박 발음한다. 아까부터 묻고 싶었다. 류는 그렇다 치고 진의 느닷없는 방문에 대해 말이다. 진이 그녀를 만나야 할 일이 뭐가 있을까. 정말 진은 01410모임 때문에 온 걸까. 그런데 그녀의 입에서는 다른 말이

나오고 있다. 리……는? 리라니? 갑자기 무슨 말이야? 진은
처음 듣는 얘기라는 듯 입꼬리를 한쪽으로 비틀어올린다. 류하
고 나, 그리고 리……. 이번에도 진은 그녀의 말을 잘라먹는
다. 그래. 너희들, 다른 사람들이 말리는데도 기어이 칠불사에
갔다 왔잖아. 눈이 쏟아붓는 저녁이었는데도 말야.

　진의 말이 맞다. 그녀와 류 그리고 리는 겨울밤 산속에 있었
다. 돌아가는 길이 맞긴 한 건가. 길은 더욱 좁아져 겨우 한 사
람 어깨 너비밖에 되지 않았다. 손전등을 든 리가 앞장섰고, 그
뒤를 류와 그녀가 차례로 걷고 있었다. 양쪽에서 나뭇가지가
파카 점퍼를 계속해서 긁어댔다. 그때마다 가지 위에 올라앉았
던 눈덩이가 한꺼번에 쏟아져내려 손사래를 쳐야 했다. 눈은
발등을 덮을 만큼 쌓였고, 점퍼 안으로까지 한기가 배어들어
그녀는 이를 사려물었다. 깊은 산속 길을 한참이나 걸었지만
마을에서 흘러나와야 할 불빛 같은 건 보이지 않았다. 길을 잘
못 든 게 분명했다. 길을 잃은 것이다. 그녀가 앞서가는 류의
소매를 잡아당기려는데 리가 먼저 돌아섰다. 여긴 아니야. 우
리가 걷기 시작한 지 벌써 삼십 분이 다 돼가잖아. 되돌아가서
다른 길을 찾아야 해. 리는 동의도 구하지 않고 버티고 서서 되
돌아가길 재촉했다. 그런데 돌아갈 곳이 있긴 있는 걸까. 검은
회색빛 천지사방에 눈만 가득했다. 눈은 흡사 하늘에서 내리는
게 아니라 까맣게 펼쳐진 바탕에서 하얀 덩어리가 갑자기 불거
져나오고 있는 것 같았다. 어둠 속에서 그녀는 류와 리의 표정
을 제대로 알아볼 수 없었다. 예각을 만들고 있는 흐린 손전등

불빛 바깥쪽, 더 짙은 어둠에 류와 리, 그녀는 모두 가려졌다. 정말 자신이 눈을 밟고 서 있는 건지 그녀는 발을 한번 굴러 스스로를 확인했다. 소리조차 없었다면 그녀들은 없는 거나 마찬가지가 아닌가. 정말 우리는 여기에 있는 걸까. 눈을 꼭 감았다 떠도 드러나는 건 아무것도 없었다. 둘러봐도 여기다 싶은 길은 보이지 않았다. 눈이 모든 걸 덮어버렸다. 이곳이 아니라면 실은 어디 다른 곳에 가 있는 건 아닌지 그녀는 헷갈렸다. 어느 쪽으로 길을 잡아야 하는 걸까. 돌아갈 곳이란 애초부터 없던 건 아닐까.

갈수록 길은 더 가파르게 느껴졌다. 거기다 한쪽 옆은 벼랑인지 세 일행의 발에 밟힌 흙더미가 한참이나 구르는 소리가 들렸다. 추위를 견디느라 이를 꽉 물고 앞길에만 정신을 모으고 있어서였는지 그녀는 그제야 발가락이 가렵다는 걸 알았다. 동상이 도진 것이다. 덜컥 가슴이 바닥으로 내려앉았다. 동상의 기억과 함께 귀에 바람소리에 실린 이명이 들리기 시작했다. 소리는 산짐승의 울음소리 같기도 했다. 아니, 가만 귀를 기울여보니 그건 흡사 북소리 같았다. 불규칙적으로 그녀를 두들겨대는, 길을 잃고 서성이며 듣는 북소리……. 그녀는 다시 여덟 살 소녀로 돌아가고 있었다.

그녀는 대문 밖에서 친구가 부르는 소리에 밥그릇도 채 비우지 않고 뛰쳐나갔다. 맨발에 플라스틱 슬리퍼를 신은 채였다. 친구가 무슨 일로 왔는지만 물어보고 나서 다시 집으로 돌아가 남은 밥을 콩나물국에 말아 먹어야지, 생각했었다. 그런데 친구는 놀랍게도 티브이에서나 보던 산타할아버지의 손을 붙잡고 의기양양한 표정으로 서 있었다. 너도 손 잡아봐. 친구는 그녀의 손을 산타의 나머지 한 손에 쥐어주었다. 산타는 함박웃음을 지으며 사탕이 줄줄이 매달린 목걸이를 걸어주었다. 색색깔의 사탕 포장이 그녀의 목에서 반짝거렸다. 손으로 목걸이를 만질 때마다 바스락바스락 소리가 나 군침을 꿀꺽 삼켰다. 그녀 옆으로 사탕 목걸이를 목에 건 십여 명의 아이들이 재잘거리고 있었다. 저도 모르게 그녀는 산타의 손을 쥔 채 무리를 따라나섰다. 노래하자 빰 라빠빰빰. 목청을 높여 노래를 부르면서 산타는 자신이 들고 있던 플라스틱 북을 칠 수 있게도 해주었다. 그녀가 울리는 북소리에 맞춰 모두들 노래를 불렀다. 울면 안 돼. 울면 안 돼. 산타할아버지가 우는 아이에겐 서언~물을 안 주신대. 함박눈이 내리는 기쁜 크리스마스였다. 산타는 자기와 같이 가면 선물을 가득 안고 있는 진짜 산타할아버지를 만날 수 있다고 속삭였다. 그리고 그녀의 가슴팍에 제일교회라고 쓰여 있는 사슴 머리 모양의 배지까지 달아주었다.

십여 명의 아이들 중 맨 앞에 서서 걸어가던 그녀는 다른 친구 집으로 산타를 잡아끌었고, 새된 목소리로 친구를 불러내서는 산타에게 건네받은 사탕 목걸이를 친구 목에 걸어주었다. 친구가 부러운 눈으로 그녀가 쥐고 있는 북채를 넘겨다봤지만 북채만은 손에서 놓지 않았다. 둥. 둥. 둥. 그녀가 만들어내는 북소리는 내리는 눈송이를 거슬러 하늘 높이 솟아올랐다. 친구들을 많이 부르면 더 많은 선물을 받을 수 있어. 산타의 목소리는 귀에 달게 감겨왔다. 그녀는 더 크게 북을 울려댔다. 그녀의 손에 이끌려나온 친구가 세 명이 되자 산타는 자신이 쓰고 있던 고깔모자를 그녀에게 씌워주었다. 금실로 둘레를 두른 고깔모자는 너무 커서 손으로 자꾸 추슬러야 했다. 둥. 둥. 둥. 북소리는 주위로 퍼졌다가 그녀의 귓가로 모여들었다. 장갑도 끼지 않은 맨손은 추위에 곱아들었지만 그녀는 친구를 셋이나 불러낸 게 자랑스러웠다. 둥. 둥. 둥. 북소리에 맞춰 그녀의 심장도 같이 쿵쿵 울렸다. 함박눈이 내리는 기쁜 크리스마스.

찬바람을 맞은 얼굴은 금세 하얗게 갈라터지고 있었다. 외투도 입지 않은 무른 살 속으로 바람이 마구 파고들었다. 그녀는 입술이 덜덜 떨리지 않게 윗이빨로 아랫입술을 꽉 물었다. 아, 저기 골목으로 스무 발짝만 가면 친구 집이에요. 금방 데려올게요. 그녀는 들고 있던 북채를 다른 친구에게 잠시 맡기고는 친구 집을 향해 뛰었다. 플라스틱 슬리퍼가 자꾸 벗겨져 네 번이나 멈춰 서야 했기 때문에 그녀는 조바심이 났다. 빨리 친구를 데리고 가서 북채를 다시 달라고 해야 하는데. 모두 다 즐겁게 노래 부를 수 있도록 내가 힘껏 북을 쳐야 하는데. 먼발치에서 들리는 북소리는 그녀의 걸음을 더욱 재촉했다. 한 아홉 번쯤 친구 이름을 불렀을까. 친구는 나오지 않고 북소리는 점점 더 멀어졌다. 왜 안 나오는 거지. 차가운 대문 손잡이를 붙들고 주먹으로 쾅쾅 내리쳤지만 집 안에서는 아무도 대답하지 않았다. 빨리, 빨리 나오란 말야. 둥. 둥. 둥. 북이 울렸다.

친구는 없었다. 그녀는 뒤돌아서 손에 입김을 불어가며 북소리를 뒤쫓아 뛰었다. 삼십 걸음이나 뛰었는데도 산타는 보이지 않았다. 둥. 둥. 둥. 작아진 북소리는 여전히 귓골을 타고 흘러 들어 그녀의 가슴팍을 두들겨댔다. 어디까지 뛰었을까. 분명 소리를 따라갔는데 북소리는 더 이상 들리지 않았다. 찾아야 하는데. 여긴 어디지. 볼을 타고 눈물이 흘렀다. 눈물자국이 얼어 얼굴이 오그라붙는 것 같았다. 눈물이 흐르는 걸 알아채자마자 갑자기 울음이 터져나왔다. 울면서 그녀는 슬리퍼만 신은 맨발로 뛰었다. 고깔모자가 자꾸만 흘러내려 그녀는 모자를 바닥에 내팽개쳤다. 발가락이 아팠다. 너무 멀리 왔다는 생각이 북소리 대신 그녀의 가슴을 찔렀다. 따뜻한 김이 오르던 콩나물국과 그녀가 남긴 밥이 떠올랐다. 집에 가야지. 집에 가야 해. 들리지 않는 북소리가 그녀의 가슴에서 급하게 솟아났다. 둥. 둥. 둥.

머리는 헝클어졌고, 발가락은 불에 덴 듯 뜨거워졌다가 이내 감각이 없어졌다. 제대로 걸을 수가 없었다. 길은 눈이 잔뜩 쌓여 어디가 어딘지 분간할 수가 없었다. 어디서도 사람 소리 하나 들리지 않았다. 퍼붓는 눈 때문에 다들 문을 걸어 잠그고 집으로 돌아간 거겠지. 이놈의 눈. 눈은 잦아들기는커녕 점점 더 퍼붓고 있었다. 눈 때문에 길을 잃은 거야. 그녀는 갑자기 모든 게 눈 때문이라는 생각이 들었다. 눈이 오지 않았다면 집들도 길들도 온통 허옇게 가려지지 않았을 테고 그럼 나는 북소리를 따라 산타를 금방 따라잡을 수 있었을 텐데. 그녀는 더 이상 눈물도 닦지 않았다. 정신없이 뛰다가 뚝 멈춰 섰다. 그녀 앞에 처음 보는 벼랑이 나타났다. 눈을 뭉쳐 던져보니 눈뭉치는 한참이나 굴러내려갔다. 온몸에 소름이 돋았다. 이제 길을 잃은 것보다 내리고 있는 눈이 더 무서웠다…….

김 부장이 두 번이나 더 그녀를 호출하는 동안에도 류는 오지 않고 있다. 류가 좀 늦네. 진이 커피잔을 만지작거리며 심드렁하게 내뱉는다. 그러다 무료한지 다 식은 커피에 이제야 입술을 댄다. 연신 식당 안과 조리실 너머를 흘끔거리는 진을 보며 그녀는 속으로 내일 발주해야 할 물품들을 헤아려본다. 상용하는 부식들이야 하던 대로 하면 되겠지만 김장 재료는 직접 가락동에 나가봐야 할 것이다. 나간 길에 염분계도 하나 구입해야 한다. 요즘은 입맛들이 싱거워졌으니까 염도를 일 퍼센트 정도에 맞춰 배추를 절이면 될 듯하다. 팔백 포기나 되는 배추를 절이려면 아무래도 활어차를 한 대 부르는 게 좋겠지. 아, 젓가락도 천삼백 벌 정도 발주해야 되겠다. 관리를 한다고 하는데도 일 년이면 젓가락이 천 벌쯤 분실된다.

그런데 왜 진은 리 얘기를 한마디도 하지 않는 거지.

"리……는?"

숨통이 조이는 것처럼 겨우 짜낸 목소리다.

"리라니? 아까부터 무슨 말을 하는 거니? 대체 리가 누군데?"

진은 좀 짜증스럽게 그녀에게 재쳐 묻는다.

"리…… 말야. 류의 쌍둥이 동생……."

그녀로서는 도무지 진의 속내를 짐작할 수가 없다. 왜 진이 리의 존재조차 부정하고 있는 거지. 쌍계사 앞에서 류를 부탁한다며 진이 리의 어깨를 툭 치던 것까지 기억나는데. 혹시 그녀가 모르는 어떤 일이라도 있었던 걸까.

"너희들 둘이 칠불사에 간다고 올라갔잖아. 너하고 류하고. 한참을 헤매다 자정이 다 돼서야 내려왔잖아. 우리가 구조대에 연락하기 직전에."

진이 뭐라는 거지? 밤에 돌아왔다니. 그날 밤 산속 민가에서 밤을 보내고 아침에야 내려왔는데.

"류가 얘기 안 했니? 집 말야. 산속에 단 한 채 있었던 그 집……."

진은 대꾸할 가치도 없다는 듯 아예 고개를 옆으로 돌려버린다. 쌍둥이라니. 삼십 년이 넘도록 외동아들이던 애가 어떻게 갑자기 쌍둥이가 됐다는 건지. 그리고 집은 또 뭐야. 진은 뭔가를 씹어뱉듯 툭 입 안의 말을 그녀 앞에 던져놓는다. 그럴 리가. 안 그래도 그녀를 탐탁잖아 하는 진이 이젠 아주 그녀를 가지고 놀 셈인가 보다. 눈길에 미끄러진 그녀를 리가 부축하던 게 이렇게 생생한데. 그리고 밤에 돌아왔다니. 우리는 분명 산속에서 밤을 보내고 아침에야 돌아갔는데. 류만 오면 금방 우스운 꼴이 될 줄 알면서 진은 왜 저렇게 시치미를 떼는 걸까. 조리원 아줌마가 피 흐르는 고깃덩이를 들고 눈짓을 보낸다. 생고기의 비릿하고 들큼한 육즙이 그녀의 혓바닥을 휘감는 것 같다. 그녀는 생고기를 뺏어 입에 넣고 싶은 충동을 참느라 입술을 깨물었다. 깨물린 입술에서 핏방울이 그녀의 입 안으로 흘러들었다. 생고기를 노려보면서 그녀는 자신의 핏방울을 쭉 빨아 삼킨다. 조리원의 손에서 뚝뚝 듣는 생고기의 핏물이 마치 그녀의 것인 듯 달려가 혀로 핥아먹고 싶다. 그녀는 문득 진을 돌아보다 진의 빨간 입술을 물어뜯고 싶어진다. 조리원이 눈으로 그녀를 재촉한다. 그녀는 이러다 김 부장에게 확실히 찍히겠다는 생각을 하면서 동시에 넘어진 그녀를 붙들던 리의 손길을 떠올린다.

길을 잃고 헤매다 눈길에 발이 미끄러지면서 넘어졌었다. 그 결에 리도 함께 미끄러졌지만 리는 그녀의 팔을 놓지 않고 붙들었다. 엉덩이를 털지도 않고 리는 그녀를 부축했다. 여덟 살 크리스마스 무렵에 심하게 앓았던 동상으로 발가락이 휘어져 절룩이는데다 눈길을 걷느라 다리에 힘이 빠졌던 것이다. 몇 발짝 걷다 그녀는 리의 부축을 마다했다. 혼자 걷기도 쉽지 않은 길이었다.

잔뜩 이지러진 하현달이 뭉텅뭉텅 내리는 눈을 겨우 비추고 있었다. 달빛을 받은 눈은 푸르스름하게 보이기까지 했다. 이파리 대신 눈을 잔뜩 매달고 있는 나무들마저 어둠과 달빛에 푸르게 멍이 들어갔다. 류가 앞서 발로 눈을 고르며 걷고 있었다. 길을 내느라 류의 발이 멈칫거려 그녀의 얼굴이 자꾸 류의 어깨에 가 닿았다. 눈이 골라진 길을 밟아 걸을 때마다 마른 잎이 서걱이는 소리가 났다. 목이 말랐다. 연신 침을 삼켜대다 쌓인 눈을 뭉쳐 이빨로 베물자 머리카락이 쭈뼛 곤두서며 소름이 돌아올랐다. 만져보니 눈에 흠뻑 젖었다 얼은 정수리도 서걱거리기는 마찬가지였다.

떼놓는 발자국 소리보다 심장 뛰는 소리가 더 크게 그녀를 울리고 있었다. 심장 소리는 불규칙하게 쳐대는 북소리처럼 그녀의 등골을 타고 흘렀다. 리는 무심한 표정으로 앞만 바라보고 있었다. 어떻게 보면 리의 표정은 좀 무료해 보이기도 했다. 어두워서 그렇지만 곧 길을 찾을 수 있을 거야. 류는 잔뜩 언 입술을 달싹여 말을 내뱉었다. 지금껏 오른쪽으로만 길을 잡았으니까 이번엔 왼쪽으로 가보자. 그게 맞는 것 같아. 발은 동상이 도져 감각이 없었다. 내밀어봐. 류는 그녀를 그 자리에 앉히고 신발을 벗겨 언 발을 주물러댔다. 눈으로 덮여 있어 함정인 줄 모르고 들어선 거야. 헤매면 헤맬수록 우린 더 깊이 눈 속으로 들어가버리고 말 거야. 교활한 눈이 우릴 안에 가둬버린 거지. 그녀는 숙이고 있는 류의 정수리를 보면서 속으로 중얼거렸다.

산속을 헤맨 지 두 시간이 다 돼가고 있었다. 손전등이 깜박거리기 시작했다. 그대로라면 불빛 하나 없는 산속에 꼼짝없이 갇히고 말 거였다. 리가 기다리라며 손전등을 들고는 뛰다시피 앞서 나갔다. 기다리지 않으면 대체 뭘 할 수 있겠는가. 그녀와 류는 주위에서 마른 잎을 긁어 깔고는 나란히 엉덩이를 붙이고 앉았다. 그녀의 눈에서 눈물이 좀 흘렀던가. 류는 그녀의 볼을 훔친 다음 신음하듯 노래를 부르기 시작했다. 울면 안 돼. 울면 안 돼. 산타할아버지는 우는 아이에겐 서언~물을 안 주신대. 둥. 둥. 둥. 함박눈이 내리는 기쁜 크리스마스. 그녀의 머릿속에 북소리가 울렸다. 눈 속에 길을 잃고 듣는 북소리. 그녀는 귀를 막고 고개를 숙였다. 류가 노래를 그치고 양팔로 그녀의 머리를 감싸안는데 리의 목소리가 닫혀 있던 귓속으로 희미하게 흘러들었다. 일어나. 민가가 있는 거 같아.

흐리게 깜박거리는 손전등 불빛 끝에 슬레이트 지붕의 집 한 채가 걸려 있었다. 불빛은 없고 가까이 가보니 함석으로 만든 대문엔 '외인출입금지'라는 팻말이 차갑게 나붙어 있었다. 깊은 산속에 민가가, 그것도 단 한 채가 있다는 사실을 이상하게 여길 계제가 아니었다. 리가 주먹으로 팻말을 한 번 내리친 다음 삐걱이는 문을 조심스럽게 벌려 열었다. 옹색한 부엌에 붙은 알전구를 돌려 켜자, 하아, 딱 소리와 함께 누런 빛이 순식간에 퍼졌다. 그녀는 부뚜막에 주저앉았다. 빗장이 걸리지 않은 방에 매달린 형광등도 늙은 새의 날갯짓처럼 힘겹게 퍼덕이다 불이 들어왔다. 하아. 귓가에서 떠나지 않던 북소리도 형광등 불빛에 놀라 사라졌다. 하지만 이불채 하나 없는 방도 냉골이기는 한데보다 나을 것도 없었다. 꽤 오랫동안 비어 있었던 듯싶었다. 우선 언 몸을 녹이는 게 급했다. 리가 마른 나무를 구해보겠다며 나간 사이 류와 그녀는 부엌 뒤쪽으로 돌아가보았다. 흐흐. 리가 보면 인상 좀 구기겠는데. 류는 쌓여 있는 장작더미를 보고 언 손을 마주 비볐다.

장작에 불이 붙자마자 뭔가가 그녀와 류를 향해 달겨들었다. 앗, 소리조차 내지를 새도 없이 둘은 바닥에 엉덩이를 찧고 넘어졌다. 놀라 커진 류와 그녀의 눈에 갓 낳은 듯한 새끼를 한 마리 입에 물고 뒷문으로 빠져나가는 들고양이가 들어왔다. 그 뒤로 고양이가 지나간 자리에 핏방울이 몇 점 떨어져 있는 게 보였다. 소스라치기는 고양이도 마찬가지였을 테지. 얼마나 급하게 새끼를 물었는지 새끼의 등에 상처가 난 것이다. 외인출입금지라는 팻말은 고양이가 매달아놓은 건가 본데. 류는 흙바닥에 두 손을 짚은 채 크크 웃었다. 고양이에게도 그들은 분명 외인일 테지.

　바싹 마른 장작은 아궁이 안에서 잘도 타주었다. 아궁이에서 새어나오는 벌건 불길에 얼었던 볼이 금세 달아올랐다. 갑작스런 온기에 오소소 소름이 돋아났다. 머리카락에서 눈 녹은 물이 떨어져 그녀의 볼을 타고 흘렀다. 그녀의 얼굴을 손끝으로 닦아내고 나서도 류는 그녀에게서 비켜나지 않았다. 류의 가슴에서 솟아난 북소리가 그녀에게까지 들렸다. 둥. 둥. 둥. 파카 지퍼를 내리고 자꾸만 그녀 안으로 파고드는 류의 손을 떨어낼 수가 없었다. 몹시 축축하고 오래된 몸인 듯 그녀는 자신의 몸을 제대로 가눌 수가 없었다. 탁탁 장작 타들어가는 소리에 맞춰 류가 울려대는 북소리가 그녀 안으로 파고들었다. 둥. 둥. 둥. 북소리는 점점 더 빨라졌다. 언 발이 녹는지 발가락 끝이 참을 수 없게 저려왔다. 잠깐만. 잠깐만 기다려. 발을 주물러줘야 하는데. 입 밖으로 나와주지 않는 말을 속으로 중얼거리면서 그녀는 류가 이끄는 대로 흙바닥에 몸을 뉘었다. 꽁꽁 얼어 있던 몸속으로 갑자기 뜨거운 불길 하나가 쑥 들어오는 느낌이었다. 숨을 깊이 들이쉬자 마른 흙냄새가 훅 끼쳤다. 누워 옆으

로 돌린 시야에 고양이가 떨구고 간 핏자국이 들어왔다. 그녀
는 방울져 아직 온기가 남아 있는 피를 손가락에 묻혀 입에 넣
었다. 피맛을 본 내장이 급하게 요동치면서 뭐라도 씹어 삼켜
버릴 것처럼 식욕이 들끓었다. 이른 점심 이후 아무것도 먹지
못한 게 생각났다. 피 묻은 손가락을 쪽쪽 빨다 말고 그녀는 이
내 베어물 것처럼 류의 맨 어깨를 깨물었다. 그녀의 입술에서
비린내가 풍겨나왔다. 류의 손길에 드러난 그녀의 맨 허벅지까
지 불길이 옮겨 붙을 것만 같았다. 그녀는 류가 자신을 휘감고
있는 건지 아니면 아궁이의 불기운이 자신을 감싸고 있는 건지
헷갈렸다. 그녀와 류의 뺨을 벌겋게 달군 불기운이 류의 눈 속
에까지 번져가고 있었다.

쌍둥이 형제가 불을 피우는 동안 그녀는 무릎을 끌어안고 방
벽에 기대앉아 있었다. 어딘가에서 고양이 울음소리가 끊이지
않고 흘러들었다. 아까 아궁이에서 빠져나간 그 고양이겠지.
마치 아궁이에서 타오르는 불에 데기라도 한 것처럼 울음은 비
명에 가까웠다. 오줌도 마렵지 않았고 낮은 숨만 새어나왔다.
불을 때기 시작한 지 한 시간이 훌쩍 지났는데도 방바닥은 여
전히 차갑기만 했다. 답답한 숨을 토해내려고 창호지가 발린
들창을 열자 금세 방 안으로 눈덩이가 쏟아져들어 다시 창을
닫았다. 그녀는 몸을 둥글게 말아 웅크렸다. 편하게 누워. 류의
목소리가 흐린 그녀의 의식 사이로 끼어들었다. 앉은 채로 졸
았던 모양이다. 무거워진 눈꺼풀을 애써 들어올리자 스테인리
스 대접을 내밀고 있는 류의 모습이 들어왔다. 그녀는 물그릇

을 단숨에 비웠다. 먹을 건 없네. 배고파도 좀 참아. 아침에 내려가서 재첩국이라도 사먹자. 류의 목소리가 귓바퀴에 걸려 덜그럭거렸다. 벽을 향해 돌아누워 있는 리의 뒷모습이 왠지 모르게 굳어 있었다. 코에서는 여전히 하얀 김이 뿜어져나왔지만 바닥은 따뜻했다. 그녀는 리 쪽을 향해 무릎을 싸안은 그대로 드러누웠다. 류를 등진 자세였다. 뭔가 말을 이으려다 류는 이내 입을 닫아버렸다. 빠르게 잠 속으로 가라앉는데 류가 벽에 몸을 기대는 소리가 먼 곳에서처럼 희미하게 들렸다.

집채만 한 북이 제 스스로 몸을 두들겨 소리를 내고 있었다. 그녀는 그 소리에 맞춰 춤을 추었다. 눈처럼 하얀 치마에 머리에는 색색의 술이 달린 고깔모자를 쓰고 있었다. 북은 둥둥 제 몸을 울리면서 그녀에게 다가와 그녀의 몸을 짓누르기 시작했다. 고깔모자가 구겨지고 나서도 북이 그녀의 심장을 죄들어오자 밑에서부터 몸이 점점 뜨거워졌다. 숨이 막혀 컥컥 목울음을 울다 깨어난 그녀는 고개를 거칠게 흔들어 그때까지 귀에 남아 있는 북소리를 떨어냈다. 꿈 때문이라기엔 너무 더웠다. 아니나다를까. 부릅뜬 그녀의 시선이 꺼멓게 타들어가고 있는 장판지에 가 멈췄다. 일어나. 일어나라구. 그녀는 형제를 흔들어깨웠다. 형제의 온몸도 이미 땀범벅이었다. 잠이 덜 깬 눈으로 그녀를 바라보던 형제가 바닥을 내려다보더니 깜짝 놀라 튕기듯 일어섰다. 장판지는 아궁이가 있는 부분부터 까맣게 먹어들어가 방 중앙 부분까지 번지고 있었고 아궁이 바로 위쪽에서는 이미 불길이 피어오르기 시작했다. 방 안에는 장판지 타는 비린내가 가득 들어차 있었다. 뜬금없이 그녀는 장판지의 비린내가 아까 맡았던 류의 살냄새와 어딘지 닮았다고 느꼈다. 그리고 리 쪽으로 얼굴을 돌리고는 숨을 크게 들이쉬었다.

허벅지 높이까지 쌓여 있던 장작더미를 다 태웠던 게 생각났다. 두 시간이 넘도록 장작을 아궁이 속으로 밀어넣었던 것이다. 온돌은 불을 지피고 나서도 한두 시간이 지나서야 온기가 돌기 시작한다는 것, 그 정도의 장작을 다 태우면 온도가 너무 높아지리란 것을 떠올리기엔 그녀와 형제는 너무 추웠다. 그리고 그녀는 아까 본 칠불사의 아자방을 떠올렸다. 여기가 바로 그 아자방은 아닐까. 그렇다면 이 온기가 밤새도록, 또 겨울 내내 꺼지지 않는 건가. 온기가 오래 지속된다는 아자방을 찾아왔다가 이제 그 온기를 견디지 못하고 있는 것이다. 이곳이 그 아자방이라면 온기를 잠재울 방법이란 애초부터 없는 거겠지. 그리고 이 따위 흙집은 순식간에 불길 속에서 바스라지겠지. 방은 그렇게 해서라도 함부로 침입한 외인들을 몰아내고 싶은 거겠지. 자신을 불사르면서 말이다. 그녀와 형제는 까치발을 들고 윗목 쪽으로 서성거렸다.

눈. 그래. 눈으로 식히면 될 거야. 류가 먼저 방 밖으로 튀쳐나갔다. 어디서 찾았는지 삽으로 잔뜩 눈을 퍼 와서는 아궁이 쪽에 부리자 치익 소리를 내며 이내 불길이 사그라졌다. 그렇지만 한 삽의 눈 정도로는 어림도 없는 일이었다. 온돌은 이제 겨우 뜨거워지기 시작했고 두 시간여 동안 태워버린 장작불의 열기는 제 몸이 탄 시간의 두세 배 정도는 오래 열기를 뿜어올릴 테니까. 한 스무 삽쯤 퍼부었을까. 눈을 쏟아붓고 다시 눈을 뜨러 나간 사이에 장판지에서는 다시 연기가 오르곤 했다. 한번 뜨거워지기 시작한 방 안의 열기는 점점 더 뜨거워질 뿐 좀체 식지 않았다. 애초 삽으로는 감당해낼 수 없는 일이었다. 류가 수레 같은 걸 찾아 눈을 퍼와야 되겠다며 서둘러 방을 나갔다. 어디론가 뛰는 류의 발소리가 급하게 눈밭을 밟고 있었다. 장판지는 어느새 윗목까지 검게 물들기 시작했다.

눈을 피해서 추위를 견디려고 여기까지 찾아들어 불을 피웠는데, 이젠 그 불이 너무나 뜨거워, 감당할 수 없을 만큼 뜨거워져, 다시 그 눈으로 열기를 덮어야 하다니. 눈으로 인해 불을 찾고 불로 인해 눈을 찾고……. 그녀는 진저리를 치며 리를 돌아보았다. 눈에게도 불에게도 그녀들은 영역을 침범한 외인에 불과하니까.

그녀와 리는 서둘러 부엌으로 나가 아궁이에 그때까지 남아 있던 장작들을 긁어내기 시작했다. 아궁이에 남아 있는 온기를 모조리 쓸어내야 한다는 생각에서였다. 그러다 그녀는 다시 한번 엉덩방아를 찧으며 바닥에 주저앉았다. 아궁이에 들어 있던 건 타고 있는 장작뿐만이 아니었다. 아궁이 깊숙한 곳에서는 고기 타는 냄새와 함께 다 타버린 죽은 짐승이 쓸려나왔다. 겨우 그녀의 주먹만 한 두 마리 짐승은 그을음으로 뒤덮여 잘 익은 고깃근 같았다. 그녀가 뭐라 말할 틈도 없이 리는 그것들을 부엌 뒤쪽으로 멀리 던져버렸다. 놀란 어미 고양이가 새끼 한 마리만 물고 달아난 뒤 어린 고양이 두 마리는 불 속에서 빠져

나오지 못한 것이다. 그녀는 비명 같던 어미 고양이의 울음소리를 떠올렸다. 그리고 눈을 피해 찾아든 곳에서 불로 인해 쓰러진 고양이들과 자신이 뭐가 다를까 싶었다. 고양이도 자신도 '외인출입금지'인 곳에 찾아든 외인이니까.

리의 표정은 눈처럼 차갑게 굳어 있었다. 불이 아니라면 눈인 거야. 그녀는 저도 모르게 확신에 차서 리를 향해 발걸음을 뗐다. 차가운 리의 입술에 뜨거운 그녀의 입술이 닿자마자 장판지 연기가 식듯 치직 소리가 나는 것만 같았다. 리는 눈밭에 떨어진 약한 불길을 삼켜버리듯 그녀를 받아들였다. 눈처럼, 불처럼, 그녀는 그렇게 리와 섞여들고 싶었다. 어차피 그녀나 리나 외인이기는 마찬가지가 아닌가. 귀에서 작게 북소리가 울렸다. 둥. 둥. 둥. 그녀에게선지 리에게선지 알 수 없는 북소리가 흘러나와 그녀와 리를 감싸안았다. 리의 셔츠를 열고 안으로 파고들면서 그녀는 이 사람이 리일까 아니면 류일까 헷갈렸다. 눈인 듯싶다가 불이 되고 불인 듯싶다가 눈이 되고. 그녀는 자신이 눈에 갇힌 건지 불에 갇힌 건지 알 수 없었다.

순순히 그녀를 받아 안을 때와는 달리 리의 몸놀림은 침착했다. 게다 리는 마지막 순간에 자신을 빼내서는 그녀의 배 위에 사정하기까지 했다. 그러더니 이랬다. 우리가 사랑하는 게 아니라서 다행이지? 마른 짚을 가져다 탁한 액체로 번들거리는 그녀의 배를 문지르기까지 리의 마무리는 확실했다. 그녀에 대한 예의라기보다는 외인에 대한 자신의 보호책이었겠지.

어디서 구했는지 류가 수레에 눈을 가득 싣고 와 방 안에 퍼붓기를 몇 차례. 방 안의 열기가 적당해졌다 싶었을 때쯤 밖에선 이미 어둠이 물러가고 있었다. 바닥에 누워 자보려고 애썼지만 잠 따위는 지난밤에 묻어 같이 사라져버린 뒤였다. 들창으로 시린 빛이 스며 방 안에 흘러넘쳤다. 뺨은 붉게 달아올랐는데 눈이 시려 눈물이 났다. 좀 자둬. 날 밝으면 또 산길을 내려가야 하니까. 류가 타들어가 흙바닥이 드러난 곳을 피해 돌아누우며 중얼거렸다. 그리고 뭔지 잘 알 수 없는 노래를 부르기 시작했다. 문득 아직 끝나지 않았다는 생각이 들었다. 아니. 어쩌면 여전히 제자리에서 헤매고 있는 건지도 모르지. 리는 눈을 감고 숨소리조차 내지 않고 있었다. 한참을 뒤척이다 그녀는 자기를 포기하고 등을 벽에 기대고 앉았다. 날이 빠르게 밝아왔다. 가만히 일어나 들창을 열어보니 하얗게 눈이 뒤덮인 겨울 산 하늘에 간혹 조그만 눈발이 흩날리고 있을 뿐이었다. 그렇게 세 사람의 외인은 각자 등을 돌리고 있었다.

그런데 왜 이제 와서 류가 그녀를 만나려고 하는 걸까. 진은 휴대폰을 귀에 붙이고 뭔가 말을 하고 있다. 류일지도 모를 일이다. 류가 오면 꼭 리에 대해 물어야겠다. 왜 진이 리에 대해 한마디도 하지 않는 건지. 왜 리가 처음부터 존재하지도 않는다고 말하는 건지. 그리고 그 집. 외인출입금지였던 그 민가. 류가 오면 다 얘기해주겠지. 진이 왜 리와 그 집에 대해 모른 척하는 건지 말야. 때 절은 머릿수건을 뒤집어쓴 조리원이 쟁반에 고깃덩이를 받쳐들고 와 그녀에게 내민다. 김 부장이 빨리 오래. 쟁반은 고깃덩이에서 흘러나온 핏물로 흥건하다. 금방 갈게요. 그녀는 흘낏 진을 쳐다보다 진의 빨간 입술에 시선을 멈춰 놓는다. 진은 계속 통화 중이다. 왜 안 와? 지루해 죽겠어. 자꾸 리니 집이니 이상한 소리만 한다구. 그래, 그날 밤에 자정이 다 돼서 내려왔잖아. 동상이 심해 못 걷고 거의 정신을 잃곤 너한테 업혀왔잖아……

그녀는 김 부장한테 뭐라 말해야 할까 생각하다 말고 조리원에게서 쟁반을 건네받는다. 진은 왜 류가 오면 모든 게 드러날 일을 시치미를 떼고 있을까. 그녀는 자기도 모르게 핏물 흐르는 날고기를 집어들어 입가로 가져간다. 그리고 테이블에 핏방울이 방울져 떨어지도록 내버려둔다. 핏물은 그녀의 손가락을 타고 천천히 흐르고 있다.

일리자로프의 가위

가윗날엔 채 씻겨나가지 않은 고양이털이 붙어 있다. 또 한 번 샤워꼭지를 틀어 가위에 물을 뿌리고, 그러고도 남은 것들은 손가락으로 쭉 훑어내 깨끗하게 정리했다. 갑자기 꾸루룩거리며 하수구 막히는 소리가 났다. 털뭉치들을 한꺼번에 흘려보내려 했으니 그럴만도 하다. 나는 하수구 속으로 손을 쑥 집어넣어 잡히는 대로 털뭉치를 끄집어냈다. 그것을 옆으로 밀쳐놓고는 목욕용 앉은뱅이의자에 가 앉았다. 얼추 준비는 다 된 셈이다. 두상을 비롯해 연습하는 데 필요한 도구들도 가져다놨고 가위까지 점검했으니 말이다. 옷만 챙겨입고 나면 바로 시작할 수 있다. 어질러진 방 안을 치우지 않은 게 생각났지만 그거야 연습이 끝나고 나서 해도 될 일이다.

누군가 벌컥 욕실 문을 열고 들어서다 황급히 픽 소리가 나게 도로 닫았다. 닫히는 틈새로 끝방 사는 단란주점 삐끼 오백이의 뒤통수가 보였다. 오백이가 아직 안 나갔나. 멀어지는 발소리에 투덜대는 오백이 목소리가 같이 실렸다. 벗고 있는 나보다 제가 더 얼굴이 달아오르는 모양이다. 욕실이라고 해봐야 맨시멘트가 아무렇게나 발라져 있는 좁은 공간에 샤워꼭지 하나와 하수구가 나 있을 뿐이다. 초저녁 바람이 그 허술한 공간의 틈새로 차가운 입김을 불어넣었다. 벗은 온몸에 오소소 소름이 돋아났다. 나는 닭껍질같이 변한 팔뚝을 연신 옆구리에 문지르며 옆에 놓인 가위를 들여다보았다. 그러다 내려놓았던 가위를 다시 집어들었다.

목줄기 쪽으로 가위를 가져갔다. 턱밑에 가위 끝을 갖다댄 다음, 훑어내려가듯 가슴을 지나 배꼽까지 향했다. 나 스스로 그랬다기보다는 가위의 움직임에 내가 이끌렸다는 게 더 맞는 말일 것이다. 가윗날은 배꼽을 지나쳐 더 아래로 내려갔다. 싸한 느낌이 온몸을 확 휘감는다. 이십 년이 넘도록 엄마 외에 다른 사람의 손이 닿아본 적 없는 내 몸은 낯선 자극에 바짝 오그라붙는 것 같다. 나는 이끌리는 대로 순순히 벗은 다리 사이로 가위를 가져갔다. 이어 드러난 허벅지를 벌리고 물기가 다 마르지 않은 거웃을 잘라내기 시작했다. 천천히, 조심스럽게 가위를 움직이다 차츰 손놀림이 빨라졌다. 뺨이 달아오르고 피가 빨리 돌아 머리가 다 어지럽다. 가위가 생살에 슬쩍 스쳐 피가 배어났지만 어깨를 약간 움찔거렸을 뿐, 손놀림은 멈추지 않았다.

이제 가위엔 거뭇한 짧은 털이 묻어 있다. 그걸 코끝에 대고 숨을 깊이 들이쉬며 냄새를 맡았다. 여리게 비린내가 났다. 나는 가위의 쇠냄새를 좋아한다. 그 비릿한 쇠냄새는 맡을 때마다 속이 울렁거리면서 후끈 몸을 달아오르게 하기 때문이다. 날에 묻어 있는 거웃을 집어들었다. 머리칼보다 굵고 짧은 이것 때문에 비린 냄새가 더 진한 것 같기도 하다. 나는 마치 그 털들이 생살에서 막 떼어낸 흉터딱지라도 되듯 재빨리 물에 씻어냈다. 거웃이 잘려나간 사타구니가 까끌거리고 좀 쓰리지만 왠지 모르게 먹먹하던 가슴은 좀 뚫리는 것 같다.

한참이나 긴 숨을 뱉어낸 뒤, 옆 의자에 놓아둔 옷을 입으려다 말고 생각을 바꿔 두상을 가져다 다리 사이에 끼웠다. 시험을 앞둔 마지막 연습이라 오늘만큼은 방해받고 싶지 않은 것이다. 옷을 벗고 있으면 누구든 함부로 여기서 나가라고 하진 않겠지. 병신이 욕실을 전세낸 거냐는 욕지거리를 듣더라도 말이다. 그렇지 않으면 잠금쇠가 고장난 공동욕실로 아무나 들이닥쳐 무조건 날 끌어내려고 할 테니까. 게다 이 시간에 드나들 사람이라곤 오백이밖에 없고 또 오백이는 나를 여자 취급도 하지 않으니까 옷을 입든 벗든 거리낄 건 없다. 허벅지를 조여 두상이 흔들리지 않도록 한 다음, 그 위에 연습용 가발인 위그를 씌웠다. 그 옆으로 커트용 빗과 가위, 그리고 커트가 끝난 뒤 웨이브도 함께 연습할 요량으로 롯드와 웨이브빗, 분무기 등을 바닥에 나란히 펼쳐놓았다. 마지막으로 삼십오 분 뒤에 알람이 울리도록 시곗바늘을 돌려놓았다. 커트 과정 제한시간이 삼십오 분이기 때문이다. 다른 원생들은 아마 자주 가는 왕십리 원조 곱창집에서 소주잔을 돌리고 있을 것이다. 그러나 내일 있을 미용사 자격시험에 떨어지지 않기 위해 나는 오늘도 연습을 해야만 한다.

위그에서 물이 뚝뚝 떨어질 정도로 분무하고는 위그를 빗기다가 눈앞에 걸린 거울을 올려다보았다. 중앙에 금이 간 노트 크기의 거울은 앉아서도 얼굴이 다 보일 만한 높이에 달려 있지만 나는 한껏 고개를 쳐들어야 겨우 코끝까지 거울 속에 들어갈 뿐이다. 거울에 비친 내 얼굴은 안면근육이 뒤틀린 듯 입꼬리가 괴상하게 위로 올라가 있다. 마치 나 자신을 조롱하는 것만 같다. 그걸 보고 있자니 주먹으로 거울을 내리치고 싶은 생각이 든다. 시선을 약간 옮겨 머리칼을 바라보았다. 갖가지 색깔로 염색된 내 머리칼은 색이 바래 있다. 거기다 심한 염색을 견디다 못해 끝에서부터 타들어가기 시작해 금방이라도 부스러질 것 같다. 나는 짧고 뭉뚝한 손가락을 머리 속으로 집어 넣어 남은 물기를 털어냈다. 그리고 알람시계의 분침을 들여다보며 위그 대신 내 머리칼을 자르기 시작했다.

내 가위는 보통 커트 가위와 달리 유난히 손잡이 부분의 구멍이 크다. 그 구멍 한쪽에 검지, 중지, 약지 세 손가락을 집어넣는다. 그렇게 해야만 손의 힘을 조절해가면서 능숙하게 가위를 다룰 수 있어서다. 손가락 힘이 약한 내가 남들처럼 두 손가락만 사용했을 때는 손을 부들부들 떨거나 가위를 떨어트리기 일쑤였다. 내게 맞는 가위를 구해 익숙하게 다룰 수 있게 되기까지 나는 남들보다 몇 배의 노력이 필요했다.

커트를 시작하기 전에 머리칼을 사등분이나 오등분으로 나누는 블로킹을 해야 하지만 블로킹 없이 마구 잘라낸다. 일류 헤어디자이너라도 된 듯한 기분이다. 아까 고양이털을 잘라낼 때처럼 주저 없이 가위질을 한다. 오 분이 지나자 왼쪽 머리칼 끝은 귀밑에 가 있고 오른쪽은 어깨 길이 그대로다. 다시 십 분 후, 뒷목에 휑하니 찬기가 느껴졌다. 이어 가윗날이 오른쪽 귀 뒤에 가 닿자마자 몸이 근질거리면서 오줌이 마려워진다. 옷을 챙겨입고 화장실에 갈까 하다 두상을 다리 사이에 낀 채로 그냥 오줌을 눈다. 뜨듯한 오줌은 두상의 아래쪽을 먼저 적시고 다리로 흘러내린다. 이러다 삼십오 분이 다 흘러가버리겠다 싶도록 오줌은 쉽게 멈춰지지 않는다. 긴 오줌줄기가 잦아들면서 마지막 오줌방울이 똑똑 떨어지는 소리에 공연히 엄마 생각이 났다.

다리 힘이 약해 혼자 통학하기도 힘들었지만 아이들에게 놀림거리나 되지 않을까 싶어 엄마는 중학교 2학년까지 내내 나를 손수 등교시켰다. 엄마를 불안하게 만들기는 아버지도 마찬가지였다. 전력회사 직원이었던 아버지는 전신주 설치하는 일을 했었다. 그 즈음은 인근 동리에 막 전기가 들어오던 때라 아버지는 매일 스무 시간 가까이 일을 하는 형편이었다. 지금도 그렇지만 전신주 설치는 워낙 위험한 일인데다 지나친 업무로 직원들 모두 피로가 쌓여 며칠 간격으로 사고가 발생하곤 했다. 아버지는 다른 직원이 사고를 당한 날이면 당신 몫의 일에다 동료 직원의 몫까지 떠맡아 며칠이고 집에 돌아오지 못했다. 아버지는 변변한 안전장치도 없이 줄 하나에 몸을 의지해 몇 미터 상공에서 일해야 했던 것이다. 그런 아버지와 나를 두고 엄마는 늘 아버지는 너무 높은 곳에 있어 걱정, 나는 너무 낮은 곳에 있어 걱정이라 했다.

학교는 집을 나서서 논과 밭들을 지나서도 비포장도로로 한참을 더 가야 닿을 수 있었다. 거기다 지금처럼 버스도 자주 다니지 않아 엄마는 학교 앞을 흐르던 작은 강을 따라 하루도 빼지 않고 나를 업고 다녔다. 지금이야 바닥이 다 드러나 잡초가 무성하지만, 그때 그 강은 배를 타고 건너야 할 만큼 수량이 상당했다. 엄마 등에 업혀 그 길을 지날 때마다 나는 그 배로 사람들을 건네주고 뱃삯을 받는 뱃사공이 되고 싶다고 생각했다. 비가 오고 태풍이 몰아쳐도 나를 믿고 배에 오른 사람들을 안전하게 건네주는 모습, 또 뱃삯을 내지 않는 사람에게 거만한 태도로 내리세요! 라고 소리치는 장면, 그런 상상은 언제나 날 흥분하게 만들었다. 그러나 그 배는 노를 젓는 대신 강 양쪽 위에 매달린 줄을 잡아당겨 오가야 했다. 그러니까 그 줄에 내 손이 닿기란 애초부터 불가능한 일이었다. 결국 그 배는 남들만큼 자라지 않는 내 키를 원망만 하게 만들었던 것이다.

중학교 2학년이던 여름, 비바람이 몰아치던 그날도 엄마는 나를 업고 집을 나섰다. 엄마 등에 업힌 나는 있는 힘껏 우산을 꽉 움켜쥐고 있었다. 하지만 막무가내로 들이치는 빗줄기는 채 반도 막아내기 어려웠다. 학교까지는 반도 못 가 비포장도로 중간에서 둘 다 속옷까지 흠뻑 젖어버렸다. 그런데도 엄마는 아랑곳없이 몸을 옹송그리고 힘겹게 발걸음을 떼놓을 뿐이었다. 뒤에서 한 무리의 아이들이 고함을 질러대며 뛰어오고 있었다. 그 옆으로 하얀 프라이드가 다가오는 게 보였다. 아이들 중 누구는 웃통을 벗어제끼고 있었고, 누구는 우산을 거꾸로 뒤집어 빗물을 받고 있었고, 또 누군가는 알아들을 수 없는 소리로 노래를 부르고 있었다. 그러다 갑자기 아이들이 뭔가에 놀라기라도 한 듯 빗물을 튀기며 전력을 다해 뛰기 시작했다. 그것이 아니라면 엄마 등에 업혀 있던 나를 알아본 것일는지 모른다. 달려와 내 옆을 지나치면서 난쟁이라고 나를 놀려대고 싶었던 건지도 모를 일이다.

마구 몰아쳐대는 바람 속에서 간신히 몸을 지탱하고 있던 엄마는 한꺼번에 밀려오는 아이들의 기세에 중심을 잃고 도로 중앙 쪽으로 넘어지고 말았다. 그 결에 나도 같이 나동그라졌다. 그와 거의 동시에 끽 하는 자동차의 급정지음이 나는 것 같기도 했다. 얼마나 시간이 흘렀을까. 정신을 차렸을 때 나는 도로 옆의 논도랑에 거꾸로 처박혀 있었다. 귓가엔 그때까지도 아이들의 고함소리와 웃음소리가 뒤섞여 남아 있는 듯했다. 엄마는 보이지 않았다. 나는 기를 쓰고 기어서 도로 위로 올라섰다. 거기에도 엄마는 없었다. 대신 사람들이 모여 웅성거리고 있었다. 사람들을 헤치고 들어가자 비로소 그 안에 누워 있는 엄마가 눈에 들어왔다. 엄마는 멈춰 선 흰색 프라이드 바로 앞에 누워 있었다. 운전자인 듯 보이는 한 남자가 연신 엄마를 흔들어댔다. 멀리서부터 천둥이 밀려오기 시작했다. 엄마가 흘린 핏물 위에, 뒤집어진 우산에 빗줄기가 쉼 없이 떨어졌다. 그 비는 모로 누워 쓰러져 있는 엄마 얼굴에도 진흙투성이에 생채기난 내 볼에도 끊임없이 흘러내렸다. 귓가에는 여전히 아이들의 웃음소리가 들려오는 것만 같았다. 흐린 내 눈에 멀리 긴 두 다리를 마음껏 벌리고 학교를 향해 뛰어가는 아이들이 스쳤다……. 그 이후 나는 혼자 힘으로 학교를 오가며 엄마 없이 긴 시간을 견뎌낼 수밖에 없었다.

증기 기차의 기적 소리를 내며 알람이 울기 시작한다. 맞춰 둔 삼십 오 분이 다 지난 것이다. 아직 내 다리 사이엔 두상이 그대로 끼워져 있다. 고개를 빳빳이 들고 거울 속을 들여다보니 거울에 비친 내 머리칼은 어느새 깡뚱하니 목 위로 올라가 있다. 게다가 어린애의 서툰 솜씨처럼 들쭉날쭉하다. 곰팡이 냄새가 나는 축축한 바닥에는 붉고 푸른 머리칼들이 제멋대로 떨어져 있다. 나는 샤워꼭지를 돌려 머리칼을 물에 흘려보낸다. 머리칼들은 바닥에 남아 있던 고양이털과 함께 얕은 경사를 타고 하수구 속으로 빨려들어간다. 내 어린 시절이 그렇게 흘러간다. 다 자란 지금도 겨우 백삼십 센티를 웃도는 키에 몸은 사등신? 오등신 정도밖에 되지 않는다. 외계인처럼 큰 머리에 튀어나온 이마, 주저앉은 콧날에 팔다리는 짧고 굵다. 불룩한 배와 엉덩이, 거기다 정강이뼈가 휘어 안짱다리가 심하기 때문에 걸을 때는 불안하게 어기적거린다. 연골무형성증이 거의 다 자라버린 후에 정확히 알게 된 내 병명이다.

끽 소리가 나면서 욕실 문이 열린다. 오백이다. 뭐야, 도대체. 옷이나 입고 있든가. 출근해야 된단 말야. 오백이는 곧바로 문을 닫고 나가는 대신 이번에는 나를 쳐다보며 중얼댄다. 화가 난 건지 어떤 건지 갑자기 커진 오백이의 눈 속에서 눈알이 불안하게 굴러다닌다. 더불어 뺨도 붉어진다. 너 빨리 안 나오면 끌어내고 말 거야, 알아들어. 오백이가 욕실 문을 쾅쾅 내리치며 험악하게 인상을 구긴다. 네까짓 게 옷 벗고 그러고 있으면 못 끌어낼 줄 알아. 평소보다 더 윽박지르면서도 역시, 오백이는 함부로 욕실 안으로 들어서지는 못한다. 아무래도 옷을 벗고 있길 잘한 것 같다. 나는 입꼬리를 바짝 당겨 묘하게 웃음을 흘리면서 오백이를 노려보았다.

자신이 일하는 단란주점의 반경 오백 미터 안에서는 누구든 말 한마디면 직방으로 낚아챌 수 있다고 자랑해대는 통에 붙은 별명이 오백이다. 업소 주변 오백 미터가 삐끼들끼리 통하는 관할지역이라 했었다. 나이는 열여덟이나 열아홉쯤? 오백이는 아직 어린애다. 하긴 어리지 않더라도 어차피 날 여자로 볼 것도 아닌 다음에야 오백이의 핀잔 따위, 상관없다. 오백이뿐 아니라 대체 누가 날 여자로 봐주겠는가 말이다. 한참을 투덜거리던 오백이가 욕실 문을 닫는다. 이제 그만 옷을 걸쳐 입을까 생각하다 그만둔다. 난 그냥 엄마가 따뜻하게 만져줬던 것처럼 못생긴 내 몸을 쓰다듬어주고 싶을 뿐이다. 엄마는 날 목욕시킨 후에 꼭 내 몸을 한참이나 주물러주곤 했다. 내 팔다리를 쓸어내리고 양손에 힘을 주어 있는 힘껏 잡아당기기도 하고 말이다. 그렇게 하면 조금이라도 더 자라지 않을까 싶었던 거겠지.

그러다 내가 아프다고 울상을 지으면 엄마는 나를 뒤돌아서게 해 내 등을 만져주면서 다른 손으론 자신의 얼굴을 훔쳐내곤 했었다. 다른 누가 내 몸을 그렇게 만져줄 수 있을까. 나는 양 손을 비벼 냉기가 도는 몸을 문지른다. 문지르면서 등 뒤까지 팔이 닿을 수 있다면 좋을 텐데, 하고 생각한다.

제 방으로 돌아간 줄 알았던 오백이가 다시 욕실 문을 열어 제낀다. 안으로 걸어들어와 내 팔을 잡아채고는 욕실 밖으로 끌어낼 거라 생각했는데, 뭔지 욕실 문에 기대 우물쭈물한다. 뛰어왔는지 오백이는 숨을 좀 몰아쉰다. 이거, 사다 달라면 서……. 머뭇거리던 오백이는 이백 밀리짜리 서울우유를 욕실 안으로 밀어넣고는 돌아선다. 그새 건너 동네 슈퍼까지 갔다 왔나. 홋. 헛웃음이 난다. 제딴에는 내가 우유를 몸에 바르기라 도 할 줄 알았던 모양이다. 우유는 아까 집으로 들어오다 대문 앞에서 오백이와 마주쳤을 때 부탁했었다. 실은 부탁하면서도 피시방에 가는 게 분명한 오백이가 잊지 않고 사다줄 거라고는 생각지 않았다. 그래서 얼마 안 있어 다시 우유를 사기 위해 방 을 나섰었다. 방을 나서면 좁고 긴 복도를 따라 네 개의 방문이 나 있는 게 보인다. 오백이가 사는 끝 방과 내 방을 빼고도 방 두 개가 더 있는 것이다.

좁은 복도 맞은편 낮은 담 너머로는 휑한 동네가 한눈에 들 어온다. 높은 곳이어서 그런지 이 집은 유난히 바람이 거세다. 바람에 실린 심한 먼지 때문에 눈을 가늘게 뜨고 카디건 지퍼 를 끝까지 올려 채웠다. 방들을 지나쳐 공동으로 쓰는 욕실과

화장실을 지나 밖으로 나가자 이번엔 가파른 내리막 계단이 눈앞을 가로막았다. 계단은 반쯤 부서져 있어 정상인도 여간 조심하지 않으면 아차 하는 순간 그대로 굴러떨어질 것만 같다. 벽을 짚어가며 간신히 밟아 내려온 계단 양쪽으로는 이미 부서진 지 여러 달이 넘은 옹색한 집들이 다닥다닥 붙어 있다. 포클레인의 깊숙한 발톱자국이 그대로 남아 있는 집도 눈에 띈다. 집은 마치 맹수의 일격에 맥없이 당해 나자빠진 동물 같다. 사방 벽을 이루고 있었을 시멘트 살점은 바스라져 이미 먼지가 되고 가느다란 철근들만 삐죽 솟아 있다. 무너져 없어진 담 너머로 집 안을 들여다보았다. 창호지가 찢겨나간 미닫이문이 바닥에 길게 드러누워 있다. 두 짝짜리 장롱은 군데군데 이가 좀 빠졌을 뿐 아직 쓸만해 보인다. 벽에 기대 세워진 싱글사이즈 매트리스도 시커멓게 때가 타긴 했지만 스프링 하나 튀어나와 있지 않다. 그 방뿐 아니라 작은 방과 주방 여기저기 버려진 물건투성이다. 냉동실 문이 떨어져나간 냉장고, 앞코가 뾰족한 검정색 힐 한 짝, 깨진 밥그릇과 몸체가 한쪽으로 심하게 기울어진 회전의자, 나사가 빠져 덜겅거리는 변기뚜껑 등등, 이곳에 사람이 살았을 땐 다 요긴하게 쓰였을 물건들이다. 이미 유행도 한참이나 지난 것들인데다 새로 이사갈 집엔 어울리지 않는다는 이유로 버려진 것이겠지. 함부로 버려진 물건들에게서 동질감 같은 게 느껴져 나는 괜히 기분이 가라앉았다.

　이 동네는 내가 서울 이곳으로 오기 얼마 전에 아파트 건설을 위해 철거되기 시작했다고 한다. 그러다 수주를 맡은 건설

회사의 부도 때문에 이 상태에서 진행이 멈춰버린 것이다. 그러니 언제 다시 공사가 재개될는지 아무도 알 수 없는 노릇이다. 그 때문에 미처 이사를 가지 못했던 사람들은 그냥 눌러앉고, 나 같은 세입자도 군말 없이 받아들여준 것이다. 동네 바깥쪽으로는 장막까지 둘러쳐 있어 이곳은 마치 쓰레기 매립장 같다. 이런 불구의 동네가 마음에 든다. 대낮에 동네 거리를 뒤뚱걸음으로 휘젓고 다녀도 누구 하나 내게 눈길을 줄 사람이 없으니 말이다. 불편한 건 하다못해 생리대 하나만 사려 해도 동네를 벗어나 대로 건너편 아파트의 지하상가까지 나가야 한다는 것뿐이다.

계단을 다 내려오자 모여 있던 비둘기떼가 한꺼번에 날아올라 나를 놀래킨다. 사람들이 버리고 간 쓰레기더미 속에 아직 비둘기 먹이쯤은 남아 있는 모양이다. 비둘기떼가 떠난 자리를 힐끗 보니 갓 버린 듯한 음식쓰레기가 가득하다. 거기서부터 뻘건 국물이 흘러가는 골을 이룬 것이 대로변까지 이어졌다. 나는 코를 감싸쥐었다. 어디선지 통통하게 살이 오른 쥐 한 마리가 튀어나와서는 라면 가닥을 입에 물고 재빨리 사라진다. 아직 무너지지 않고 남아 있는 벽에는 붉은 해골이 잔뜩 그려져 있다. 그 사이를 비집고 돌아다니며 누군가 쓰레기더미를 뒤지고 있다.

어제 집으로 돌아오던 길에 고양이를 밟아버릴 뻔한 곳도 바로 이 근처였다. 뿌연 건축재 쓰레기더미 사이에서 까만 형체 하나가 눈에 띄었다. 아직 다 자라지 않은 고양이였다. 고양이는 힘겹게 숨을 몰아쉬고 있었다. 그깟 고양이 한 마리쯤 어떻게 되든 상관없는 일이긴 했다. 내버려두면 하루 이틀 내에 음식쓰레기 속에 섞여 고약한 냄새를 풍기게 되겠지. 나는 그냥 지나치려다 말고 쭈그리고 앉아 고양이를 한번 들여다봤다. 먼지투성이의 까만 털은 마구 엉켜 있었다. 자세히 보니 일어서려고 안간힘을 쓰고 있는 고양이는 누군가에게 밟혔는지 왼쪽 뒷다리가 부러진 상태였다. 잠깐 어떻게 할까 생각하다 고양이를 안아올렸다. 엉망이 된 털이라도 다듬어주고 싶었기 때문이다. 서둘러 집으로 돌아오는 길에 커다란 봉제 곰인형이 버려져 있어 그걸 주워왔다. 인형의 검정 플라스틱 왼쪽 눈이 나달거렸다. 그래서 인형의 얼굴 부분을 잘라내 솜을 조금 빼낸 후 그 안에 고양이를 놓아두었다. 우유는 마사지용이 아니라 어제 주워온 고양이를 먹이려고 샀던 것이다.

그러나 오백이와 내가 산 두 개의 우유는 더 이상 쓸모가 없다. 오늘 내가 우유를 사가지고 돌아와 도려낸 곰인형의 얼굴을 들여다봤을 때, 고양이는 눈을 뜨지 않았던 것이다. 손가락을 코끝에 대보았지만 고양이는 숨을 내쉬지 않았다. 제대로 한번 걸어보지도 못하고 죽은 목숨이었다. 한쪽 다리를 절더라도 고양이가 걷는 모습을 꼭 보고 싶었는데. 나는 축 늘어진 고양이의 시체를 집어들어서는 팔로 감싸안았다. 가슴이 답답해졌다. 살아 있는 동안 언젠가 나도 어기적거리지 않고 똑바로 걸어볼 수 있을까. 한숨이 새어나왔다. 내 담당이었던 의사 말대로 수술을 받으면 곧은 걸음으로 걸을 수 있을까. 내가 살던 곳에는 마땅한 병원이 없어 한 달에 한 번씩 인근 도시의 큰 병원에 다녔을 때 담당 의사는 내게 일리자로프 수술을 권했었다. 처음 고안한 사람의 이름을 붙였다는 낯선 이름의 그 수술은 휜 다리뼈를 바로잡고 키를 최대 십 센티 이상 늘릴 수 있다고 했었다. 엄청난 수술비와 부작용의 위험이 따르지만 수술 후에는 곧은 걸음으로 걸을 수 있을 뿐만 아니라 키도 백사십 센티 정도는 될 수 있다고 말이다…….

고양이의 시체를 내려다보았다. 더 이상 말랑하지도 따뜻하지도 않다. 캐시미론 솜이 따라올라와 고양이 몸에 붙어 있다. 나는 솜을 일일이 다 떼내고 나서 그걸 집 밖의 쓰레기더미 가까이 가져갔다. 모여 있던 비둘기떼가 또다시 날아올랐다. 그중 한 마리가 똥을 싸 고양이 시체 위로 희묽은 비둘기똥이 떨어졌다. 이곳에 고양이를 던져버린다면 곧 비둘기떼가 날카로운 부리로 쪼아 형체조차 제대로 남지 않겠지. 피와 살이 한데 뭉쳐 너덜거리는 고양이가 머릿속에 그려졌다. 왠지 뒤룩뒤룩 살진 몸에 구역질나는 식탐으로 가득한 비둘기떼가 고양이를 쪼게 내버려두고 싶지 않았다. 동시에 어제 고양이를 데려올 때 털을 다듬어주리라 했던 생각이 떠올랐다.

결국 나는 고양이 시체를 다시 방으로 가져왔다. 고양이는 벌써 몸이 뻣뻣해지고 있었다. 그걸 바닥에 내려놓고 우선 뻣뻣한 털 위에 분무기로 적당히 물을 뿌렸다. 까만 털에 물기가 묻어 살아 있을 때와는 달리 윤기가 흘렀다. 커트용 가위를 집어들고 가위질을 시작하다 피식 웃고 말았다. 알람시계를 맞춰 놓지 않았다는 생각이 잠깐 떠올랐기 때문이다. 나도 참. 무심결에 내일 시험을 위한 연습이라도 하고 있는 걸로 착각한 것이다.

남자의 짧은 머리칼을 커트하듯 고양이의 머리 쪽부터 털을 다듬어나갔다. 한 손으로 고양이 머리를 받치고 다른 한 손만으로 커트를 해야 했기 때문에 털을 고르게 다듬기란 쉬운 일이 아니었다. 게다가 털은 빗질이 먹히지 않을 만큼 심하게 엉켜 있었다. 이마에 땀이 조금씩 배기 시작했다. 방바닥에 까만 털이 떨어져내려 마치 잘려진 머리칼이 아무렇게나 흩어져 있는 미용실 바닥 같았다. 깔끔해진 고양이의 머리를 보니 나를 찾은 첫 손님의 머리칼이라도 다듬은 듯 기분이 좋아졌다.

이번에는 등 쪽에 물을 듬뿍 뿌려 엉킨 털을 살살 풀어서는 이 센티쯤의 길이로 털을 잘라냈다. 배 쪽은 바리캉으로 털을 완전히 밀어냈다. 잠시 후 고양이의 하얀 배가 드러났다. 핏기 없는 고양이의 배는 이상할 정도로 하였다. 그걸 내려다보면서 왜 뜬금없이 자동차 앞에 쓰러져 누운 엄마의 모습을 떠올렸을까. 눈앞이 흐려진다 싶더니 반쯤 털을 다듬다 만 고양이 시체 위에 핏물, 빗물로 범벅된 엄마의 창백한 얼굴이 겹쳐졌다. 고함치며 웃고 떠들던 아이들의 모습까지 한꺼번에 내 머릿속으로 달겨들었다. 어디선지 그 웃음소리가 들려오는 것만 같다. 나를 비웃고 조롱하던 그 웃음소리……. 눈을 꽉 감았다 뜨고 마지막으로 고양이의 다리털을 가위질했다. 그러고 나서 잘라낸 고양이털 뭉치와 가위를 들고 곧장 욕실로 달려가 찬물을 끼얹어가며 샤워를 했었던 것이다.

　오백이가 사다준 우유는 어떡할까. 정말 몸에 발라보기라도 해볼까. 그러나 짧고 굵은 다리에 우유를 바르고 있는 내 모습이 머릿속에 그려져 코웃음을 치고는 우유를 구석으로 밀쳐놓았다. 그리고 다리 사이의 두상이 흔들리지 않도록 양쪽에서 허벅지로 꽉 누른다. 알람시계를 다시 한번 삼십오 분 후에 울리도록 맞춘 뒤, 커트용 빗을 집어들었다. 물을 흠뻑 뿌린 위그를 빗질해 먼저 앞가르마를 타서 앞머리를 두 갈래로 갈라놓는다. 그런 다음, 빗을 손에 쥔 채로 오른쪽부터 귀 위쪽 일 센티 지점에서 거꾸로 가르마를 타고 올라가 구분된 머리칼을 빙빙 돌려 핀셋을 꽂아 고정시킨다. 커트를 하기 전에 먼저 사등분 블로킹을 하는 것이다. 같은 방법으로 왼쪽 앞머리에도 핀셋을 꽂는다. 삼 분 만에 두상 양쪽으로 달팽이집 같은 형태가 두 개 생겨났다. 다시 뒷머리를 이등분하고 각각 핀셋을 꽂아 고정한다. 블로킹하는 데만 모두 칠 분이 흘렀다. 이 정도 속도라면 내일 시험에서 시간제한에 걸리지는 않을 것이다.

　물론 처음부터 이만한 속도로 능숙하게 가발을 다룰 수 있었던 건 아니다. 남들은 선 채 아무렇지도 않게 해내는 빗질조차 나는 의자에 앉아 한쪽을 빗기고는 의자에서 내려와 다른 쪽으로 의자를 옮긴 다음 다시 의자에 올라앉아 나머지 한쪽을 빗기곤 해야 했다. 그것만으로도 다른 원생들이 뚫어져라 나를 쳐다보도록 만들기에 충분했다. 그러나 주위의 따가운 시선을 느끼는 것도 잠시, 사등분이나 오등분의 블로킹을 하기 위해서는 서너 번이나 의자를 옮겨가면서 진땀을 뻘뻘 흘려야 했다. 바들바들 떨리는 손에 억지로 힘을 줘가며 가위질을 할 때는 위그 대신 두상의 귀를 자르거나 내 손가락에 상처를 입히기 다반사였다. 강사가 온통 내게 신경을 써야 했기 때문에 원생들이 나를 두고 쑤근대면서 원장에게 항의를 했던 건 어쩌면 당연한 일일지도 모른다.

처음 미용학원에 찾아갔을 때 원장은 내가 내민 등록금을 힐끗 쳐다본 뒤, 내게 차 한 잔을 타 내밀었다.

편하게 앉아서 나사를 조이거나 다 생산된 부품을 조립하는 일을 하는 공장을 소개해줄 수 있어요. 미용보다는 훨씬 적응하기도 쉬울 텐데.

원장은 별로 내 눈치를 살피지도 않고 하고 싶은 말을 주저 없이 해댔다. 자격증을 따는 것도 어렵지만 설사 딴다고 해도 나를 받아줄 미용실이 없을 거란 생각에서였겠지.

미용은 하루 종일 서 있어야 하고, 또 드나드는 손님들도 워낙 많잖아요…….

나는 원장이 내민 찻잔에는 손도 대지 않은 채 원장을 똑바로 쳐다보고 있었다. 누군지 고용촉진시행령으로 국비 교육을 받으러 왔다면서 등록금 한 푼 내지 않고 간단한 절차만 끝내고는 곧바로 실습실로 들어갔다. 원장이 뭐라뭐라 계속해서 말을 했지만 나는 한마디도 하지 않았다. 삼십 분? 한 시간? 물을 두 컵이나 마시면서 나를 설득하려던 원장은 결국 내 등록금을 받아 챙겼다.

좋습니다. 등록하세요. 하지만 한 가지, 저는 자격증을 딸 때까지만 책임질 뿐 취업을 보장하진 못합니다.

　그것도 내 의지의 승리라고 말할 수 있을까. 나는 순간 어깨 힘이 빠져 앉아 있던 의자의 팔걸이에 몸을 기댔다.

　그런데 왜 하필 미용을 하겠다는 거죠?

　원장이 빈 물컵과 한 모금도 마시지 않은 내 찻잔을 들고 일어나며 물었다. 내가 대답을 하지 않자, 원장은 그럴 줄 알았다는 듯 숨을 내뱉으며 손으로 실습실을 가리키고는 그 방에서 나갔다. 나는 실습실 문을 열면서 속으로 중얼거렸다. 왜 미용을 하려는 거냐구요? 왜냐면, 나도 환하고 안락한 미용실 의자에 앉아 멋있는 머리를 하고 싶어서예요. 세련된 헤어스타일에 한껏 미소를 지으면서 우아한 손놀림으로 손님들의 머리를 만져주고 싶다구요. 단 한 번만이라두요. 할 수만 있다면 말이죠, 라고…….

　미용을 하겠다고 마음먹은 건 사실 대학시험 면접 때였다. 면접장에 들어서자마자 면접관은 나를 아래위로 한번 훑어보고는 곧 눈을 돌려 책상 위의 서류뭉치를 집어들었다. 이어 면접관은 나를 쳐다보지도 않은 채 차가운 말투로 물었다.

　학생, 대학 다닐 정도의 집안 사정은 되는가? 왜 굳이 대학엘 들어오려는 거지?

　면접장에 들어가기 전에 나는 수십 가지 예상질문을 뽑아보고 대답하는 연습을 했었다. 그러나 면접관은 내가 준비한 질문 중 단 한 가지도 입에 올리지 않았다. 면접관은 아예 등받이

의자에 몸을 깊숙이 묻고는 서류를 뒤적거리면서 말했다.

어떻게 그 몸으로 학교를 다닐 수 있겠나. 입학하게 되면 우리 대학에 시설 개조를 요구할 것 아닌가.

면접관에 대한 사전정보를 알아보면서 꽤 유명하고 덕망 있는 교수라고 판단했던 사람이었다. 그런 사람이 면전에서 드러내놓고 나를 불합격시킬 뜻을 내비치고 있었던 것이다. 가슴속에서 덩어리 하나가 올라와 목구멍을 막아버린 듯 숨이 가빠왔다. 어지러워지고 손끝이 심하게 떨렸다. 뭐라 대꾸해봤자 이미 소용없는 일이었다. 나는 면접관 가까이 걸어갔다. 그제야 면접관은 고개를 들어 나를 쳐다보았다. 내가 일그러진 표정으로 노려보자 면접관은 좀 당황한 듯 등허리를 곧추세웠다. 면접관의 책상 위에는 물컵이 놓여 있었다. 나는 짧은 팔을 최대한 뻗어 물컵을 집어들어서는 정확히 면접관의 얼굴에 쏟아부었다.

지금 대체 뭐하는 짓인가?

그 순간, 면접관의 호통 소리에 나는 엉뚱하게도 엄마가 어두운 밤을 골라 내 머리를 잘라주던 일을 생각하고 있었다. 엄마는 나를 미용실에 데려가지 않고 직접 머리를 잘라주었다. 그것도 대낮에 밝은 마당에서가 아니라 꼭 한밤중에 창고로 쓰던 골방에서였다. 헌 보자기를 어깨에 두르게 하고 손바닥만한 거울조차 없이 엄마는 시커먼 무쇠가위로 내 머리칼을 싹뚝 잘라내곤 했다. 그때의 엄마 표정은 왜 미용실에 나를 데려가지 않느냐고 물을 수 있는 것이 아니었다. 그저 엄마가 자르는

대로 머리를 맡길 수밖에 없었다. 그래서 어릴 적 내 머리 모양
은 늘 똑같은 단발머리였다. 방학이면 물들인 아이들의 머리로
거리마다 노란색이 넘쳐흘렀지만 나는 염색은커녕 제대로 된
커트 가위로 머리를 잘라본 적조차 없었다.

어른이 되면 꼭 미용실에 가보리라 마음먹었었다. 미용실에
가서 웨이브 퍼머도 하고 유행하는 커트도 해보리라고 말이다.
길 가다 미용실 앞을 지날 때면 세련된 머리 모양에 여유 있는
미소를 지으며 손님들 앞에 서 있는 헤어디자이너를 부러운 눈
초리로 바라보곤 했었다. 그러나 엄마가 죽은 다음에도 나는
혼자서 미용실에 들어가지 못했다. 문을 열고 들어서자마자 쫓
겨날까봐 지레 겁을 먹었던 것이다. 내게 미용실은 감히 다가
갈 수 없는 꿈의 궁전 같은 곳이었다.

엄마는 내가 미용실에 가면 손님들이 자신의 헤어스타일을
체크하는 대신 줄곧 나를 입방아에 올릴 거라 생각했을 것이
다. 그렇게 되면 내가 더 주눅들지도 모른다고 생각했기 때문
이겠지. 하지만 면접관의 되레 당당한 목소리를 들으면서 비로
소 나는 깨달았다. 엄마의 그런 행동은, 내가 남들과 다르다는
사실을 나 스스로 깨닫기도 전에 먼저 나를 세상에서 격리시킨
것에 지나지 않았던 것이다. 나는 싸워보지도 못하고 퇴장당한
것이다. 면접장을 나오면서 이제 다시는 골방에서 시커멓고 커
다란 무쇠가위로 머리를 자르지 않으리라 생각했다. 더불어 서
울로 가야 한다고 다짐했다. 미용사가 돼서 세상이 내게 진 빚
을 꼭 받아내리라 하고……

270

증기 기차의 기적 소리를 내며 알람이 울기 시작한다. 또 삼십오 분이 다 지난 것이다. 시계의 알람 소리를 들을 때마다 내가 살던 소읍의 간이역 철길이 떠오른다. 철길을 걸으면서 남들처럼 키가 커질 수 있다면 얼마나 좋을까 하고 생각에 잠겼던 기억이 말이다. 담당 의사는 일리자로프 수술을 받으면 또 다른 삶의 희망을 가질 수 있을지 모른다고 했었다. 정말 멀쩡한 다리를 부러뜨려 징을 박아 다리를 좀 늘린다고 해서 남들과 비슷한 모습이 될 수 있을까. 그렇게 해서 남들처럼 똑바로 선 채 손님 머리칼을 커트할 수만 있다면……. 의사는 희망이 생길 거라고 말했었지. 그렇지만 백삼십 센티의 난쟁이와 백사십 센티의 난쟁이는 뭐가 다를까……. 정말이지 백삼십 센티의 키로는 세상을 살아낼 수 없는 걸까. 내 키가 백사십 센티라면 유명한 헤어디자이너가 돼서 나에게 머리를 하겠다고 꾸역꾸역 몰려드는 손님들로 미용실이 가득 차게 만들 수 있는 걸까. 한숨을 내쉬며 다 부질없는 일이라고 잊으려다가도 혹시나 의사가 옳을지도 모른다는, 아니 의사가 옳았으면 좋겠다는 바람이 언제나 나를 혼란스럽게 만들고 만다.

위그는 이미 앞머리가 짧고 뒷머리가 긴 모양의 이사도라 커트가 완성돼 있다. 가위를 바닥에 내려놓고 마지막으로 손으로 만져 가발 모양을 예쁘게 만들었다. 내일 시험에서 적어도 커트는 문제없을 것이다. 이제는 웨이브 차례다. 웨이브는 커트와 달리 머리칼에 롯드를 말아놓은 모양이 깔끔하고 섬세해야 하기 때문에 내게는 좀더 어려운 과제다. 롯드를 대, 중, 소의 크기대로 죽 늘어놓다가 한기에 몸을 부르르 떨었다. 아무래도 등의 시린 기운 때문에 이제 그만 옷을 입어야 할 것 같다.

오백이가 소리도 없이 다시 욕실 문을 열고 들어선 건, 내가 막 브래지어 위에 스웨터를 걸쳐입으려던 순간이었다.

다했어. 조금만 기다려. 금방 비워줄 테니까.

나는 스웨터의 단추를 채우면서 오백이 쪽은 돌아보지도 않고 말했다. 그러다 뒤돌아 오백이 쪽으로 시선을 향한 까닭은 오백이가 아무런 대꾸도 해오지 않았기 때문이다. 오백이는 등 뒤로 욕실 문을 닫고는 나를 향해 걸음을 옮기고 있었다. 올려다보니 오백이의 눈이 뭔지 모르게 열에 들떠 번들거렸다. 오백이의 그런 눈은 처음 보는 것이다. 뭔가 말을 해야 할 것 같은데 내 입에서는 아무 말도 나와주지 않았다. 내가 입을 오물거리는 사이 오백이는 벌써 내 앞으로 바짝 다가들었다.

누나, 한 번만 하자.

얘가 지금 무슨 말을 하는 걸까. 겁이 나진 않지만 왠지 몰라 당황스럽다. 오백이가 날 누나라고 부른 게 처음이라고 생각하는 사이, 오백이는 내 앞에 쭈그리고 앉는다.

나, 아직 한 번도 못해봤거든. 누나도 손해날 거 없잖아. 여태 누나하고 하고 싶어한 사람 없었을 거 아냐. 그렇지?

오백이는 벌써 내 어깨를 꽉 붙들고 있다. 얼마나 세게 쥐었는지 살 속으로 오백이의 손가락이 파고드는 것만 같다. 무슨 말이든 해야 하는데. 이럴 땐 뭐라 말해야 하는 거지? 온몸이 떨렸다. 오백이가 잡았던 어깨를 놓고 이번에는 내 다리 위에 양손을 얹었다. 그리고 천천히 거꾸로 타고 올라간다. 숨을 내뱉기도 전에 너무 급하게 들이마셔 머리가 멍해진다. 온몸의 힘이 빠져 꼼짝도 할 수가 없다. 오백이가 나를 번쩍 안아서는 자신의 다리 위에 올려놓는다. 멀리서 무슨 소리가 들리는 듯하다. 흡사 수많은 아이들이 한꺼번에 고함치고 웃는 소리 같다. 나는 바닥을 더듬어 가위를 집어들었다. 잠깐, 가윗날이 새하얗게 번뜩인다. 고함소리와 웃음소리가 갈수록 또렷해진다. 급기야 그 소리는 내 귓속을 온통 채워버리며 웅웅거린다. 오백이의 이마에 땀이 흐르는 게 보였다. 가위를 번쩍 치켜들어 오백이의 등 쪽으로 가져갔다. 이제 내 안에는 거친 숨소리와 고함소리, 웃음소리가 뒤범벅돼 울린다. 그것이 오백이가 내는 소린지 아니면 어디 다른 곳으로부터 밀려온 소린지 까마득하다.

가윗날은 오백이의 등을 살짝 스치고 머리통으로 거슬러올라간다. 나는 가위질을 하기 시작했다. 오백이의 짧은 머리칼이 바닥으로 떨어져내렸다.

작가의식 선명한 신감각풍 소설

방민호 문학평론가

1

　작가 김이은 씨가 창작집을 내게 되었다는 소식을 전해듣고
반가웠다. 그러나 필자가 김이은 씨를 미리 알고 있었는가 하
면 그렇지 않다. 지난겨울쯤이었던 것으로 기억한다. 어느 출
판사에서 신진작가들의 단편소설들을 중심으로 선집을 엮어내
면서 이 가운데 세 편의 작품에 대한 간략한 평설을 부탁해왔
다. 이 출판사는 필자와 깊은 인연을 가진 선배와 연결되어 있
었던 까닭에 여러 일로 사정이 여의치 않음에도 불구하고 일을
맡게 되었다. 이렇게 해서 만나보게 된 세 편의 작품들 속에 이
창작집에 실려 있는 김이은 씨의 「마다가스카르 자살예방센
터」가 들어 있었다.
　최근에는 다종다양한 등단절차를 거쳐 많은 신진작가들이

배출되고 있는 형편인지라 이들의 작품을 일일이 검토한다는 것은 불가능에 가깝다. 또 눈 빠르게 작가를 따라 읽는 것이 바람직한 것만도 아니다. 한국에서는 리뷰를 중심으로 비평활동을 하는 사람보다 긴 호흡을 가지고 주제 중심적인 아르바이트 비평을 해나가는 사람이 적은 까닭이다. 시간이 갈수록 후자 중심의 비평활동이 필요하다고 생각하게 되는 필자가 김이은 씨의 존재를 발견하게 된 것은 순전히 「마다가스카르 자살예방센터」라는 단편소설이 필자에게 선사한 소설 읽는 맛 덕분이라고 해야 할 것 같다. 이 글을 쓰는 지금도 필자는 김이은 씨에 대해서 아는 바가 별로 없다. 이 창작집에 실린 또 다른 작품인 「일리자로프의 가위」가 《현대문학》(2002년 6월호)을 통한 등단작품이라는 것 정도가 전부라면 전부다. 그 밖에 여성이라는 것 말고 또 무엇을 알고 있을까.

문학작품이 우주에 홀로 던져진 돌멩이가 아니라 작가가 자기 삶과 현실을 자료 삼아 창출한 하나의 건축물이라면, 어떤 작품이 아무리 오연한 독자성을 과시한다 해도 그것 바깥에 놓인 것들과의 관련성을 묻고 생각하는 것은 당연하다. 필자는 최근 비평이 텍스트주의에 경도된 것을 좋지 않게 생각하며 컨텍스트에 대한 고찰이 더욱 강조되어야 한다고 본다. 그리고 컨텍스트를 통한 고찰에서 작가에 대한 이해는 중요하다.

그러나 김이은 씨에 대해서라면, 이 창작집에 대해서라면 필자는 작가에 관해서 구체적으로 알지 못하는 이 상황을 충분히 향유하고 싶다. 미지의 신진작가를 작품만으로 알게 되고 그것으로 매력을 느끼게 되고 또 그것으로 그 작가의 창작집을 살펴본다는 것은 위험한 즐거움이다. 이 위험한 즐거움을 맛보고 싶다. 「마다가스카르 자살예방센터」라는 작품이 필자에게 선사한 즐거움에 대한 반응으로서.

2

　최근에 많은 신진작가들이 다투어 소설작품을 발표하고 창작집을 내고 있는 것을 볼 수 있다. 그런데 이것이 개개의 독자들에게 반드시 좋은 일이라고만 할 수는 없다. 우리는 개성이 엇비슷한 작가들을 동시에 여럿 만날 수 있는 상황에 처하게 된다. 개별 작가들로서는 억울한 일이 될 수 있지만 가까운 근거리에서 보면 매우 다르게 보여도 원거리에서 보면 초록이 동색인 경우가 항다반사다.

　오늘날 우리는 소설에 관한 하나의 주류적인, 그리고 유행적인 스타일을 경험하고 있다. 단편소설은 분량상 200자 원고지 칠팔십 매를 넘어서는 경우가 별로 없다. 그 대부분은 허구적 의장이라는 원칙 아래 인물과 대화와 사건을 적절히 배분한 결과물들이다. 이런 암묵적인 원칙이 오늘날의 한국소설의 존재방식을 규정하고 있다. 따라서 오늘날 작가가 독자적인 영역을 개척한다는 것은 이러한 유행적 스타일에 얼마만큼 저항할 수 있는가, 또는 그 자신만의 새로운 스타일을 어떻게 창조해나갈 수 있는가에 달려 있다고 말할 수 있다. 김영하 씨나 박민규 씨나 최근에 필자가 중시하고 있는 권리 씨 같은 경우가 바로 그런 작가들이다. 그러나 이들의 스타일이 실제로 얼마나 새로운가 하는 문제는 재심문해볼 필요가 있다. 하늘 아래 완전히 새로운 것이 없고 한국에서 새로운 것이 세계문학상으로 새로운 것이 아니고 표면의 새로움이 이면의 진정한 새로움의 표현인 경우도 드물기 때문이다. 이런저런 문제들을 염두에 두고 생각해볼 때, 이번에 첫 번째 창작집을 선보이는 김이은 씨는 스타일상의 새로움도 새로움이지만 그만큼이나 그 이면에 놓인 작가의식상의 진지함이 돋보이는 것 같다.

앞에서 소개한 「마다가스카르 자살예방센터」와 「진미식당 블루스」라는 두 편의 작품으로 이것을 설명할 수 있을 것 같다. 이 두 작품은 스타일상으로 상당한 차이를 보여준다. 「마다가스카르 자살예방센터」가 환상적 장치가 돋보이는 신감각풍이라면 「진미식당 블루스」는 한결 '전통적'이다. 그러나 신감각풍이든 '전통적'이든 이 두 작품에는 김이은 씨만이 보여줄 수 있는 개성적인 시각이 돋보이는 것 같다. 이 점을 잘 파악하는 것이 김이은 씨 문학을 제대로 이해할 수 있는 첩경이 아닐까 한다.

「마다가스카르 자살예방센터」가 자아내는 신감각풍 분위기는 무엇보다 그 환상적 장치로부터 발생하는 것 같다. 한 남자가 있다. 실업상태에서 광고전단을 붙이는 일로 생계를 이어가고 있다. 그의 이름은 이태백, 이십대 태반이 백수라는 세간 한

탄에서 따온 이름이다. 이름부터가 하나의 장치다. 어느 날 그에게 휴대폰으로 방문을 알리는 문자가 날아오고 자살예방센터에서 일한다는 김도명이라는 여인이 그를 찾아온다. 그녀가 그를 찾아가는 과정 역시 환상적으로 처리되어 있다. 신촌역에 내려서 남자가 사는 곳을 찾아갈 방도를 몰라서 헤매는 여인 앞에 웬 택시 한 대가 나타나 그녀를 목적지로 데려가는 것이다. 또한 남자를 만난 여자는 남자에게 '비상구'라는 이름을 가진 이상한 클럽의 존재를 소개하고 초대하는데 이곳 역시 실재적 공간과는 거리가 먼 곳에 있다. 이러한 환상적 장치는 배꼽이 사라져버린 여자의 이야기를 그린 「쥬라기 나이트」나 이상 성장현상을 보이는 꽃에 관한 이야기가 담긴 「숑카 그리고 그녀의 花」 같은 작품에서도 두드러진다.

한편 「마다가스카르 자살예방센터」에서 신감각풍 분위기를 형성하는 또 다른 방법은 이미지 병치다. 남자와 남자가 애완용으로 키우고 있는 마다가스카르휘파람 바퀴벌레를 병치적으로 터치해나감으로써 이 소설은 남자가 겪고 있는 소외를 낯설고 이국적인 이미지로 제시해 보인다. 이야기 속에서 남자는 햇빛을 쏘일 수 없는 이상한 병에 걸려서 생쌀과 야채만을 먹는 민간요법을 쓰면서 살아가고 있는데, 이것은 곧 그가 키우고 있는 마다가스카르휘파람 바퀴벌레의 생리를 닮은 것이다. "머릿속에서 남자의 몸은 자꾸만 구석을 향해 벌레처럼 작아져갔다"라든가 "남자는 마다가스카르 바퀴에게나 자신에게나 모두 빛이 죽음이라는 건 엄연한 사실이라고 생각한다"라든가 하는 문장이 이를 뒷받침한다.

　사실 이 작품은 보기에 따라서 실업자로 살아가는 젊은이의 소외를 그려내 보인 것이라고 단순화시킬 수도 있는데, 그럼에도 이 작품이 진부하거나 통속적으로 읽히지 않는 것은 이미지 병치, 또는 마다가스카르 바퀴벌레라는 매개를 통해서 남자의 소외적 양상을 실체화해나가는 객관화 방법 때문이다.

　이러한 이미지 병치나 매개 설정으로 말미암아 이 작품을 자연스러운 호흡에 따라 읽어나가는 것은 쉽지 않다. 이야기는 남자의 현재와 과거 이야기, 마다가스카르 바퀴벌레에 관한 여러 이야기, 여자에 관한 이야기들이 뒤섞여 매우 복잡한 양상을 보이게 되고 이 복잡함을 소화하면서 독서를 진전시켜나가는 과정에서 독자들은 남자와 바퀴벌레를 연결하려는 작가의 집요한 의지를 엿보게 된다. 이러한 장치들의 존재를 우리는 하성란이나 천운영 같은 작가들의 작품에서 흔히 보게 되는데, 따라서 김이은 씨의 독특함은 이러한 면면들로부터 자연적으로 입증되는 종류의 것이 아니다.

　따라서 필자가 권유하고 싶은 것이 「마다가스카르 자살예방센터」 같은 작품을 「진미식당 블루스」 같은 작품과 함께 읽어보는 것이다. 현저히 다른 스타일을 가진 두 작품 사이에서 공통되는 것을 찾아봄으로써 우리는 김이은이라는 작가에 대한 이해의 폭을 넓힐 수 있게 된다. 결론부터 이야기한다면 김이은 씨는 우승열패적인 경쟁논리가 체질화된 이 시대적 풍조 속에서 소외된 사람들에 대해 깊은 관심을 기울이되 이것을 냉정하게 객관화하여 제시하는 방향을 즐겨 취하는 타입의 작가다.

「진미식당 블루스」는 이 창작집에 실린 김이은 씨의 여러 작품 가운데 가장 안정된 스타일의 작품이라고 할 수 있지만 작가는 오히려 이 작품을 통해서 그 자신이 다만 재능이 있을 뿐만 아니라 날카로우면서도 인정이 담긴 눈을 갖춘 작가임을 보여주었다.

한 여자가 있다. 전직 간호사인 그녀는 그녀가 다니는 병원 의사의 애인이었지만 교통사고로 다리를 절게 되면서 버림을 받는 처지에 빠지게 된다. 그런 그녀는 지금 진미식당이라는 곳에 앉아 있다. 그녀는 오늘 마음이 돌아서버린 남자와 그곳에서 만나기로 했다. 변심해버린 의사 애인을 쾌쾌한 냄새가 나는 식당에서 기다려야 하는 여자의 처지가 가여운데 정작 애인은 나타나지 않는다. 이 줄거리만 놓고 생각해보면 진부한 소재에 뻔한 스토리 같다. 그러나 김이은 씨는 이것을 만만하게 처리하지 않았다.

우선 불행한 상황에 처한 여자의 심리를 그려나간 솜씨가 예사롭지 않다. 여자를 불행의 나락으로 떨어뜨리는 것은 그녀의 허위의식과 욕망이다. 의사인 애인으로부터 흘러나오는 "환한 빛"에 넋이 나가서 세상을 분간하는 감관기능을 잃어버린 여자의 모습은 애인으로 하여금 자기 아이를 지우도록 하는 데서 단적으로 드러난다. 자기가 얼마나 깔끔하고 세련된 여자인지 증명해 보이기 위해서 수술을 자청하는 것이다. 애인의 환한 빛을 동경한 나머지 애인의 세계에 소속되려는 여자의 욕망과 착각은 이야기가 끝날 때까지 변함이 없다. 대개 작중 말미에 이르면 자기가 창조한 인물을 동정하고 그것과 타협하고 싶어지는 것이 작가의 생리인데 김이은 씨는 이 점에서 무척 냉정하다.

나아가 이러한 여자를 중심에 놓고 그 옆에 진미식당을 찾아온 서민들의 잔치판과, 다운증후군에 걸린 칠 개월이나 된 태아를 죽여버리고도 태연자약한 병원 풍경과, 가짜 약사 일을 하면서 살아가고 있는 남자가 동생을 만나는 장면 등을 그려넣은 것은 김이은 씨가 대조적 병치법을 구사할 줄 아는 솜씨 좋은 기술자라는 사실을 깨닫게 해준다. 이러한 대조적 병치법은 실제 삶이 보여주는 억양과 음영을 두루 살펴볼 줄 아는 사람만이 구사할 수 있는 수준의 것이다. 원고지 칠팔십 매 분량의 말들을 가지고 앙상한 뼛조각이나 단순 소박한 단면만을 부조해놓고 만 작품이 얼마나 많은가.

「진미식당 블루스」의 존재는 「마다가스카르 자살예방센터」와 같은 작품을 다시 돌아보게 한다. 여기서 김이은 씨는 실업 생활을 이어가는 남자의 삶을 극한적인 수준으로 밀어붙여서 마다가스카르 바퀴벌레와 같은 존재로 그려나간다. 남자는 곧 살아 있는 화석, 화석화된 생명, 빛을 감당할 수 없는 바퀴벌레 같은 존재다. 이런 이미지들은 김이은 씨가 소외되었거나 도태되어가는 약자들, 정신적이든 육체적이든 결핍 속에서 살아가는 사람들의 삶을 찬찬히 살펴보고 새로운 방법으로 드러낼 수 있는 능력을 가지고 있음을 말해준다.

3

　최근의 작가들 가운데 이처럼 이미지의 소설을 보여주는 작가들은 많지만 김이은 씨처럼 그것을 사회적으로 열악한 상황에 처해 있는 사람들의 존재를 부각시키는 쪽으로 구사하는 작가는 많지 않다. 그러면서도 진부하거나 감상적이거나 평속한 느낌을 주지 않고 세련되고 냉정한 태도를 유지하는 것이 김이은 씨 소설의 매력이라고 할 수 있다.

　이 창작집에 실린 작품들 가운데에서 「매직카페」, 「일리자로프의 가위」 등은 앞에서 설명한 두 작품과 함께 이러한 면모를 잘 보여준다. 「매직카페」의 기억상실증에 걸린 여주인공, 「일리자로프의 가위」에서 연골무형성증에 걸린 여주인공 등을 그려나가는 작가의 태도는 성실할 뿐만 아니라 그녀 자신의 인간애를 보여주기에 부족함이 없다. 여기서 필자가 주목하고 싶은 것은 이러한 그녀의 작품들이 보여주는 취재형 소설로서의 특징과 작가의식의 관련 양상이다.

　「매직카페」와 「일리자로프의 가위」는 김이은 씨의 소설이 취재를 통해서 이루어진다는 사실을 잘 보여준다. 「매직카페」는 비교적 단순하기는 하지만 마술을 부리는 장면을 구체적으로 묘사하고 있는 것을 볼 수 있고 「일리자로프의 가위」는 키를 늘려주는 일리자로프시술에 관한 지식이나 연골무성형증에 관한 지식 없이는 쓰기 힘들다. 김이은 씨의 소설에서 이러한 양상은 폭넓게 분포한다고 할 수 있다. 앞에서 살펴본 「진미식

284

당 블루스」에 그려진 산부인과 병원 풍경이나 낙태시술 문제, 그리고 「마다가스카르 자살예방센터」가 보여주는 마다가스카르 바퀴벌레에 관한 이야기 등이 그렇고, 「외인출입금지」의 칠불사 아자방亞字房을 중심으로 한 에피소드나 「날아라, 이글」의 쇼윈도 디스플레이에 관련된 에피소드, 그리고 「숑카 그리고 그녀의 花」에 나타나는 새벽의 신문 초판 배달에 관한 에피소드 등도 모두 취재 없이는 쉽게 쓰기 어려운 것이라고 생각한다. 이러한 점들은 김이은 씨가 취재형 작가의 폭넓은 가능성을 가진 사람임을 말해준다.

  현재 우리 문단에서 이러한 취재형 작가로 쉽게 떠오르는 사람으로는 우선 최인석이 있다. 그는 군대에서부터 사창가에 이르는 극한적인 시공간에서 살아가는 사람들의 생활에서 취재한 내용을 바탕으로 하여 사실과 환상이 어우러진 독특한 소설 세계를 창조해나가고 있다. 또한 최근 들어서 주목을 받고 있는 김별아 같은 작가는 자기 이야기를 중심으로 소설을 쓰는 스타일에서, 역사적 사실들에서 소재를 구해 작가적 상상력을 발휘하는 스타일로 전환해나간 경우에 속하는데, 이러한 과정에서 작가는 과거의 스타일로는 얻을 수 없었던 문학적 성과를 일궈낼 수 있었다. 비록 작품성을 둘러싼 냉정한 판단의 문제가 남아 있지만 세계일보에서 주관한 장편 공모의 당선작으로 선정된 후에 대중적 관심을 불러일으킨 『미실』이나 최근에 필자가 우연한 기회에 일독해볼 수 있게 된 『영영 이별 영이별』 같은 신작은 신라나 조선의 여인들 이야기를 취재한 결과물이라는 점에서 특기할 만하다.

　요컨대 필자는 자기 이야기를 중심으로 이야기를 써나가는 작가들의 역량을 전혀 무시할 수 없다고 생각하면서도 취재형 작가들의 확장적인 창작경향에 대해서 기대를 많이 하는 편이다. 그러나 요즈음에는 취재형 소설에 대해서도 크게 경계해볼 만한 것은 인터넷이나 그 밖의 여러 경로를 통해서 쉽게 취재하고 쉽게 쓸 수 있는 가능성이 많이 확장되어 있는 까닭이다. 이러한 조건으로 인해 취재형 소설은 작가가 자기의 협소한 자아에 안주하지 않고 타자들의 세계로 관심을 돌려서 인간 삶의 중요한 문제들을 취급한다는 본래의 취지에서 일탈할 가능성이 커졌다. 취재형 소설이라는 것은 작가가 발로 뛰어 찾아낸 소재를 작가의 뚜렷한 가치의식을 중심으로 새롭게 가공함으로써 의미가 풍부한 세계를 창출함을 의미하는 것일 텐데 최근에는 취재만 있고 작가적 모럴의식은 결여하고 있는 경우가 많은 것이다.

　반면에 김이은 씨는 취재된 것들이 그 사실적 내용의 진기함이나 새로움으로 기능하는 데 머물지 않고 작가가 생각하는 가치를 드러내는 적극적 계기로 전환되는 양상을 보여준다. 이런 측면에서 필자는 「빈이 비니」라는 작품을 매우 인상 깊게 읽었다. 이 작품은 사랑이 결핍된 상황에서 외롭게 성장해나가고 있는 빈이라는 소녀의 내면적 고통을 비니라는 개와의 관계를 중심으로 극적으로 묘사한 수작이다.

　작중에서 여주인공인 빈이와, 선천적인 이유로 제대로 걷지 못하는 삽살개인 비니는 외로운 섬에서 서로 의지하는 삶을 이어가고 있다. 이것은 「마다가스카르 자살예방센터」에 나오는 남자와 바퀴벌레의 관계와 같다. 남자의 삶이 바퀴벌레의 그것으로 표현되듯이 빈이의 정신적 고통은 비니의 신체적 상태로 표현된다. 남자가 바퀴벌레를 키우는 것으로 위안을 삼듯이 빈이는 비니를 키우면서 고독한 정신적 상황을 견뎌나간다.

자기를 사생아로 키웠을 뿐만 아니라, 사진작가로서의 욕망 실현을 위해서 딸을 외딴 섬에 방치하고 있는 어머니를 증오하면서 이제 막 고통스러운 사춘기에 접어들고 있는 빈이의 내면적 상태는 배추벌레를 짓이기는 행위에서 적나라하게 드러난다. 「빈이 비니」는 여주인공의 심리를 드러내는 이미지 장치를 매우 효과적으로 사용하고 있는 작품이다.

그런 빈이가 비니에게 가르쳐주고 싶어하는 것은 "자기를 해치려는 사람에 대항해서" "스스로를 지킬 수 있도록 해주"는 것이다. 이것은 빈이 자신이 바라는 것이기도 하다. 사춘기로 접어들면서 어머니로부터까지 자기를 지켜야 하는 고통스러운 상황에서 극도의 정신적 중압에 시달리는 그녀인 때문이다. 작가는 이러한 정신적 중압감으로 인해 빚어지는 참담한 비극을 보여준다. 때마침 발정기에 접어든 개가 자기를 향해 달려들자 소녀는 그만 개를 죽여버리고도 이런 일을 벌인 사람은 정작 자기가 아니라 자기의 어머니라고 착각하는 것이다.

「빈이 비니」는 작가가 정신병리학적 현상 등을 비롯한 여러 문제들을 성실하게 취재한 소산임을 알 수 있게 해준다. 그러나 작가는 이것을 단순한 흥밋거리 또는 현학적이고 냉소적인 이야기로 만들지 않고 고통스럽게 성장하고 있는 아이들의 정신적 상황에 대한 관심을 환기시키는 방향으로 이끌어나갔다. 그러나 또한 이러한 작가적 의도는 작품의 표면에 드러나지 않는다. 작중에서 독자가 일차적으로 볼 수 있는 것은 냉정하게 객관적으로 제시된 상황이다. 필자는 바로 이것 안에서 작가의 가치의식이 공표되지 않은 채로 살아 있음을 엿볼 수 있었다. 이 점이 미덥다.

김이은 씨의 첫 번째 창작집에 실린 작품들을 일독하면서 필자는 작가가 그 자신의 문제의식을 장편소설에 실어 넓게 펴고 깊게 파헤쳐서 보여준다면 이 창작집이 보여준 것보다도 많은 것을 보여줄 수 있으리라고 기대하게 되었다. 이 창작집은 여러 면에서 매력적이다. 그렇지만 좀더 욕심을 낸다면 삶에 대해서 많이 생각하고 이야기하고 싶은 것이 많은 작가일수록 장편소설을 써야 하는 법이다. 단편소설이라는 한정된 양식이 주는 제약에서 벗어나 환상적이면서도 극적인 이미지를 향해 뻗어나가는 상상력을 자유롭게 발휘할 수 있다면 김이은 씨는 독자들에게 지금보다 더 많은 것을 보여줄 수 있을 것이다.

기법과 문제의식이 잘 어우러진 작품집을 선보인 김이은 씨의 창작적 진로에 높은 성취와 기쁨이 있기를 성원한다. 재능과 의식을 두루 갖춘 신진작가의 행로를 지켜보는 것은 좋은 일이다.

얼마 전, 한쪽 귀가 먹먹하고 잘 들리지 않는 증세가 생겼습니다. 신체적으로는 아무 문제가 없는데도 이상 증세는 사라지지 않았습니다. 이유가 뭘까 생각하다 그만 세상에 귀를 닫아버리고 싶은 마음이 생긴 건 아닌지, 스스로를 의심하게 됐습니다. 그리 생각하니까 입가에선 한숨이 새나오고, 눈가엔 습기 또한 솟아났습니다.

그런데 오히려 나머지 한쪽 귀를 더 크게 열게 되더군요. 잘 듣기 위해서 말입니다. 또한 나를 둘러싼 모든 일들이 한쪽 귀만을 통해 곧바로 마음으로까지 흘러드는 느낌이었습니다. 한쪽 귀가 닫히자, 더욱 마음을 다해 듣게 된 것이지요.

문득 『산해경山海經』에 나오는 한 구절이 떠올랐습니다. '……이름이 장우長右요, 귀가 넷인 동물이 있는데, 신음하는 듯한 소리를 가진 이 동물이 나타나면 마을에 큰 물이 진다……' 는 구절이 말입니다. 귀가 많으면 무슨 일이든 더 많이, 더 깊이 듣게 될 테지요. 자연 아프고, 힘들고, 슬픈 일들이 더 많아지게 될 겁니다. 그래서 흐른 눈물이 골이 패고, 줄기가 되어서는 급기야 큰 물이 지게 된다는 뜻이 아닐까…… 하고 짐작해보았습니다.

　그래서…… 귀에서부터 마음으로 이르는 길을, 그 가느다란 선을 잘라버려야 할까? 나는 그러지 않기로 마음먹었습니다. 눈에서 눈물이 마르지 않고, 지금처럼 줄곧 진창에 구르더라도 온전히 아파하고, 제대로 앓아내자! 그것이 요즘 내가 생각하는 순리입니다.

　그런데 대체 이놈의 귓병은 언제쯤이나 사라질까요…….

　모든 분들께 감사드립니다.

2005년 8월
김이은

마다가스카르 자살예방센터

지은이   김이은
펴낸이   양숙진

초판 1쇄 펴낸날   2005년 8월 16일

펴낸곳   ㈜현대문학
등록번호   제1-452호
주소   130-905 서울시 서초구 잠원동 41-10
전화   516-3770
팩스   516-5433
E-Mail   book@hdmh.co.kr
홈페이지   www.hdmh.co.kr

찍은곳   대한교과서주식회사

값 9,000원

ISBN 89-7275-328-9 03810